KB193952

연애 컨설팅

석경로 · 고현정 · 김일섭 · 지운실 지음

도서출판 선영사

1판 1쇄 찍은날 2006년 9월 20일
1판 1쇄 펴낸날 2006년 9월 30일

지은이 석경로·고현정·김일섭·지운실

편 집 장상태
디자인 김윤곤

펴낸이 김영길
펴낸곳 도서출판 선영사
주 소 서울시 마포구 서교동 485-14 영진빌딩 1층
전 화 02-338-8231~2
팩 스 02-338-8233
이메일 sunyoungsa@hanmail.net

등 록 1983년 6월 29일(제02-01-51호)

ISBN 89-7558-167-5 03810

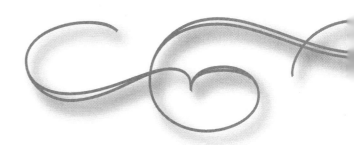

프롤로그

연애나 할까 라는 표현을 많이 한다. 우리가 자주 쓰는 말에 "시골 가서 농사나 짓지"라는 말이 있는데, 농업을 직업으로 갖고 있는 사람들의 귀를 거슬렀다고 해서 지금은 피하고 있는 표현이다. 농사는 우리가 쉽게 접할 수 있고, 또한 누구나 할 수 있는 직업이라는 점에서 연애와 연결되기 때문이다.

하지만 지금의 농사는 아무나 하기에는 너무나 전문화되어 있고 다른 산업과 똑같이 여러 수단을 이용해야만 한다.

연애는 어떨까.

한 영화에서 연애나 하자고 덤비는 남성이 있다.

미래는 생각하지 말고 가벼운 마음으로 연애를 하자고 한다.

과연 연애나일까. 시험에 한 번 실패를 하더라도 세상이 끝난 것 같고 사업은 한 번 망하면 정말 세상이 끝나 버리는 경우가 생긴다. 하지만 연애는 어떨까? 연애에 실패한 경험이 있는 사람은 아마 성인

인구의 대부분일 것이다. 처음의 연애 대상자와 결혼에 이르고 행복한 가정생활을 영위해 가는 사람은 얼마나 될까? 내 주위에는 한 명도 없다. 누구나 실패를 하는 연애를 하지만 실패를 했다고 해서 누구의 비난도 사회적인 불편함도 없는 연애이지만, 다른 어느 것보다 가슴 한구석을 앗아버리는 것은 연애만한 것이 있을까.

연애를 잘한다고 해서 상을 주지는 않는다. 간혹 연애를 잘하면 바람둥이라는 낙인이 찍혀 곱지 않은 시선을 받는 것이 사실이다. 어디 가서 우리 자식 공부를 잘한다, 사업을 잘한다, 영어를 잘한다는 자랑은 하지만….

"우리 애가 연애를 정말 잘해"라고 자랑을 하는 부모는 없을 것이다. 어떤 사람이 연애를 잘할까? 주위에 연애를 잘하는 사람을 한번 살펴보자. 연애를 잘하는 사람일수록 자기 일을 열심히 하고, 사람들과 원만한 관계를 유지하고, 상황에 대한 대처하는 방법도 깔끔하다. 물론 더러는 연애에 비중을 두는 만큼 다른 일에 소홀한 점도 있겠지만, 어디 연애 한번 안 해본 사람이 있나 자신도 연애를 할 때는 어딘가 정신을 놓고 온 것 같이 실수를 하지 않았나.

주위를 살펴보자. 연애를 잘하는 방법에 대해서 책을 내놓고 있는 사람들의 면모를 본다면 외국의 경우 심리학을 전공하고 심리 치료를 담당하거나 인간관계에 관한 전문가들이 대부분이다. 우리나라도 현직 의사 및 연애 경험이 풍부한 사람들이 대부분이다. 모두 다 공통된 연애에 관한 지론은 적을 알고 나를 알면 백전백승이다.

상대가 어떤 생각을 하고 있는지? 현재 내가 가장 매력적인 요소는 무엇인지를 알고 있다면 물론 100번 프러포즈해서 100번 성공하는 것이 당연지사일 것이다. '상대를 관찰하고, 상대가 나의 이런 행동에 어떻게 대처를 할 것인가' 가 가장 중요한 키포인트이다. 세간의 사람들은 연애관련 서적에 대하여 이렇게 비판을 한다.

"예쁘고 잘생기면 그게 다가 아닌가. 잘하는 방법이 따로 있는가?"

여기서 말한 연애는 아주 협의의 연애에 지나지 않는다. 연애가 단순히 동물적인 짝짓기의 개념이 아니기에 외모로써 연애에 성공한다는 주장은 많은 동조를 이끌어 낼 수 없다. 연애는 상호작용이 바탕이 되며, 상대를 이해하고 상대와 나와의 합의점을 찾아가는 협상의 일환이며, 하나의 변수로서 전혀 다른 결과를 만들어 내는 변화무쌍한 인간관계다.

해외 토픽에 났던 기사 중에 비교적 평범한 얼굴을 가진 남자가 자신을 이 세상에서 가장 못생겼다고 생각하는데, 이유는 수많은 여성에게 5,000번이나 청혼을 시도했지만 모두 거절당한 아픈 과거 때문이라고 한다. 그 기사를 한번 보면,

"더구나 에밀 씨는 재력 있는 유능한 변호사였지만 많은 여성으로부터 청혼을 연거푸 거절당하자 이를 자신의 못생긴 외모 때문이라고 생각했다. 그의 자신감은 갈수록 사라졌고, 비관적인 사고관에 빠진 그는 일기장에 '나처럼 생긴 사람은 돈으로도 사랑을 살 수 없다' 라는 말까지 썼다."

여기서 과연 이 남자가 청혼을 했지만 거절을 받았다면 무엇이 문제였을까? 바로 연애가 없었기 때문이다. 여성들은 아름다운 연애를 꿈꾸게 마련이다. 결혼은 안정을 우선시하지만 아름답고 로맨틱한 연애가 없는 교감은 무의미하다고 생각을 할 것이다. 이 남자에게는

연애라는 중간 과정을 무시했기에 이 같은 결과가 나왔을 것이며, 앞으로 청혼만을 거듭한다고 해서 상황이 나아지지는 않을 것이다. 물론 운이 좋아 자신이 의도하는 여성과 결혼을 하더라도 그것이 얼마나 행복할 수 있을까. 이제는 행복한 결혼이 아닌, 결혼 자체가 목적이 되었기 때문이다. 여기서 연애의 전문가가 되어서 다른 사람의 연애에 간섭을 하라는 것이 아니라, 연애의 실패를 하지 않기 위해 연애에 관한 여러 사례를 통해 여러분이 행복한 연애를, 나아가 행복한 인생을 영위할 수 있도록 하기 위해서이다. 우리가 해박한 지식을 갖은 연애 전문가가 될 필요는 없다. 어떤 영화에 나온 누구나 도인이 될 수 있다고 말을 하듯이, 누구나 연애 달인이 될 수도 있다.

연애란 상호작용을 전제로 이루어진다. 일방적이지 않기 때문에 변수는 늘 존재를 하며, 이런 변수를 어떻게 적절하게 대처해 나가는 것이 바로 연애 전문가다. 모두가 연애 전문가가 아니어도 좋다. 이 책의 의도는 연애를 통해 상실의 시대를 맞이하는 불행한 삶이 아닌, 행복한 삶을 영위할 수 있도록 자신에게 좋은 연애를 지향하자는 취지이다. 여기에는 각기 다른 3,333명의 사례를 모델로 이 분야 전문가들의 통쾌한 조언을 담고 있다.

다시 한 번 말하지만 정답은 없다. 하지만 좋은 답을 제공해 줄 수 있다. 연애실패로 인한 국가적 낭비(연애에 실패해서 최소 하루는 고민을 하고 현업에 열중하지 못했을 것이다. 성인 남녀 중 1,000만 명만 단순 계산해도 8,000만 시간을 허비하게 되었고 최저 임금으로 단순 계산해도 약 2천5백억 원)를 초래하는 사태를 막아 애국적인 의도도 어느 정도는 있다. 물론 그보다는 각 개인의 행복이 이 책의 근본

취지이며, 존재의 이유이다.

지금 연애를 진행 중에 있는데 무엇인가가 부족한 사람, 정말 연애다운 연애를 못 해 본 사람, 연애에 대해 거부감을 가질 정도로 아픈 기억이 있는 사람, 지금의 연애 방식을 바꾸고 싶은 사람, 기타 등등. 이처럼 어떤 주제가 다양한 접근법에 따라 다른 각도로 보이는 것이 있을까…?

연애는 진화한다. 문화와 함께 진화하며, 사람들의 가치관에 따라 진화를 한다. 하지만 모든 진화에는 바뀌지 않는 것이 있듯, 연애에서도 변하지 않는 대전제가 있다. 바로 사랑이다. 사랑이 바탕이 되지 않는 연애는 일종의 유희에 지나지 않을 것이다. 유희를 가지고 연애를 논하는 것은 온라인 게임을 하면서 컴퓨터 박사라 칭하는 것과 다르지 않다. 사랑이 엄청난 시스템에서 앞으로 말할 연애는 하드웨어이며 소프트웨어가 될 수 있다. 어떻게 활용하느냐가 관건이 될 것이다.

이 책을 읽고, 진정한 연애를 통하여 행복한 당신을 발견하면 성공이다.

석경로

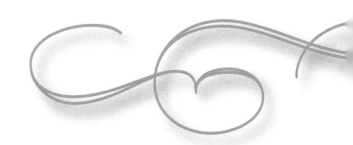

차 례

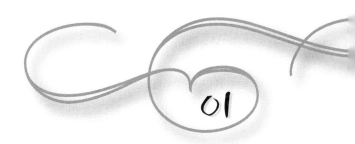

연애를 아십니까?

길을 걷다가 꼭 만나게 되는 사람들이 있다.

"도를 아십니까?" 대부분 그냥 무시해 버리고 제 갈 길을 가지만, 가끔은 궁금증을 유발하는 경우가 간혹 있다.

한번은 시간이 남아서인지, 호기심을 주체할 수 없어서인지, 그의 말에 귀를 기울이게 되었다.

내가 워낙 인상이 좋고 행운이 있는 관상이라는 말로 시작해서, '운명'이라는 것은 타고나지만 노력을 한다면 좋은 방향으로 바꿀 수 있다고 했다.

그 방법으로써 제사를 지내고, 제사를 지내는 데 몇 백만 원의 돈이 필요하다고 하기에 '아, 이래서 사람들이 피하는구나'라고 생각하며, 급하다는 핑계를 대고 자리를 피한 적이 있었다.

'도를 아십니까?' '글쎄, 그들이 도를 알고 있는 것일까? 단지 돈벌이로서 '도'를 이용하는 것이겠지' 그렇게 생각하고 넘어갔다.

'연애를 아십니까?' 내가 길거리 또는 연애를 하는 커플들에게 무작위로 이렇게 물어본다면 사람들의 반응은 어떨까?

하루종일 '연애를 아십니까?' 라는 물음이 아침에 들어서 하루종일 흥얼거리는 유행가처럼 반복하고 있었다.

한 친구로부터 연락이 왔다.

자칭 '연애 박사'로 다른 사람들에게 자신의 연애 경험담을 떠벌리기 좋아하는 친구였다. '내가 말이야 대시만 하면 안 넘어오는 여자가 없어' '지금까지 성공률 100퍼센트라니까' 하면서 늘 자신의 연애 행각을 로또라도 당첨된 양 자랑하던 일종의 바람둥이 기질이 다분한 친구였다.

얼마 전 '사랑하는 여자가 생겼어' 라고 충격적인 발언을 했었다.

'사랑' 이라는 말을 처음으로 사용했다는 사실에 주위로부터 놀라움과 호기심을 유발시켰었다.

한 여자를 사랑하게 되었고, 진지하게 연애를 하고 있다는 사실 이외에는 성공담에 대해서 어떤 자랑의 떠벌림이 없었기에 어떤 여자인지, 어떻게 만났는지도 알 수가 없었다.

단지 진지한 그의 모습과 말투에 낯설고 약간은 불안하다는 생각이 들기까지 했었다.

그리고 얼마 전 전화를 걸어서 지나가는 투로 물어본 그의 말이 떠올랐다. '여자가 울면서 헤어지자고 하는데 어떻게 하는 게 가장 좋은 거냐?

'글쎄, 보통의 경우는 헤어지기 싫다는 표현을 그렇게 하는 경우가 있지'라고 상투적인 얘기를 해주었던 일이 떠올랐다.

"잘 지내지, 요즘 일은 어떠냐?" "참 연애는 잘되어가니?" 그냥 늘 하는 식의 인사를 건넸을 때 그의 반응은 웅크린 고양이같이 알 수 없는 분위기였다.

"오늘 저녁 시간 되니?" 다짜고짜 물어보는 그의 질문에 "무슨 일 있니?"라고 물어보고 싶었지만, 할 수가 없었다.

그의 연애 고민은 한 여자를 사랑하게 되었는데, 자꾸만 다가가면 은 여자는 한 걸음 물러난다는 것이었다.

늘 연애 박사라고 하면서 많은 여자를 만났었던 그 친구의 위풍당당함은 어디 간 데 없고 사랑하는 사람을 잃어버릴지 모른다는 두려움에 가득 찬 표정이었다.

"지금까지 만난 여자하고는 달라."

"사실 그렇게 예쁜 것은 아니지만 청초하다고나 할까, 향기나는 여자 있잖아, 꼭 그런 것 같다니까."

"지금까지 썼던 방법들이 다 안 먹히더라고, 괜히 분위기만 서먹해지고."

전형적인 연애 기술로 충만한 사람들의 오류를 보여주고 있었다.

사람들은 자신이 한 분야에서 주위와 비교시 비교 능력을 갖추고 있다면 최고의 고수인 양 뽐내면서 경솔한 행동을 곧잘 한다.

하지만 자신보다 훨씬 나은 능력을 갖추고 있는 사람은 얼마든지 있으며, 자신이 모르는 분야는 더욱더 많다.

자신이 지금까지 경험한 일들은 아주 미비하며, 너무나 하찮다는 사실을 간과한다면 실패를 거듭하게 된다.

세계적인 연애 전문가들은 연애의 숫자는 세계 인구와 같다고 이야기를 한다. 각기 다른 사람들이고, 각기 다른 생각과 사고방식을 유지하였기에 서로 다른 방식의 사랑을 하고 연애를 한다고 한다.

자칭 연애 박사라고 하는 사람들의 경우 만나는 상대들은 대개 비슷한 스타일로 통일된다는 점에 사뭇 놀랄 것이다.

그들은 종종 새로운 다른 스타일의 상대를 찾아보지만 그다지 성공을 거두는 예는 많지 않으며, 다시 이전에 연애를 했던 스타일의 상대를 찾게 된다.

그들은 또한 자신의 상대에 접근하는 방법과 함께 대략 단계를 정해 놓고 통일된 방법을 사용한다. 그렇기에 그것에 동조하는 상대 자체도 비슷한 부류에서 벗어나지 못하는 것이다.

그러면서 자신을 연애 박사라고 칭하면서 자신이 아는 연애가 전부인 양 의기양양하다.

하지만 실패를 경험하게 되고, 금방 잊어버린다.

시간이 지나면서 실패를 인정하지 않게 되고, 또다시 다른 연애를 찾게 된다.

연애의 실패는 그들에게는 인생의 크나큰 오점으로까지 생각을 하기에 실패는 기억 속에서 지워 버리게 된다. 그럼으로써 승산이 없는 연애에 도전하기를 꺼리고, 자신 있는 연애에만 늘 같은 방식의 연애를 추구하게 되는 것이다.

연애의 실패는 자신을 과신하는 데서 비롯된다고 해도 과언이 아니다. 자신이 연애 박사라고 칭하며 연애를 한다고 해서 행복한 결과를 낳는 것은 절대 아니다.

"이 연애를 성공시키기 위해서 준비를 어떻게 해야 할 것인가?"에 마음에 늘 대비할 수 있는 마음 자세가 필요할 것이다.

곧잘 연애에서 진실한 마음이야말로 연애를 성공으로 이끄는 가장 큰 무기라고 얘기를 한다. 맞는 얘기다. 여기서 중요한 것은 어떻게 진심을 표현하는 방식이다.

아무리 아름답게 꾸미더라도 진심이 아니면 상대에게 감동을 줄 수 없으며, 진심이더라도 표현의 방식이 영 아니라면 상대는 알지 못하고 지나쳐 버리게 되기 때문에 어려운 것이 연애이다.

연애는 정도가 없다. 자신이 가는 길이 정도이다.

누군가 길을 안내해 줄 수는 없다. 길에 대한 정보를 줄 뿐이며, 같은 길이라도 어떤 차를 가지고 가는가에 따라 그 길이 좋고 나쁨이 판가름나듯이 길에 대한 정보는 전부가 될 수 없다.

누군가 만약 나에게 "연애를 아십니까?"라고 묻는다면, "아니오"라는 말을 해야 정답에 가까울 것이다.

연애란 각자가 갖고 있는 것이기에 내가 알고 있는 연애는 극히 한정된 나만의 연애이기 때문이다.

연애코치
- - - - - - - - - - - - - - - - -
"연애 박사 vs. 연애 초보" 백지장 차이.
연애를 쉽다고 생각한다면 실패도 쉬워진다.
연애는 그때그때 달라요! 연애는 우리 맘 속에 있는 거죠~

Puppy Love (풋사랑)

풋사랑에 대한 기억들을 가만히 떠올리면 입가에 미소는 어느새 아련한 추억을 대변해 버린다.

어린 날 누군가를 좋아했던 감정이 부끄러움보다는 '내가 그때는 그랬었구나!' 라고 생각하고, 왜 그런 느낌이었을까를 생각하기보다는 그 사실에 더욱더 신기하게 생각된다.

풋사랑의 대상은 주변 인물에서 처음으로 찾아오게 된다. 연예인을 좋아하는 선망과는 구별된다. 그 대상은 선생님 또는 친구의 오빠, 누나, 같은 반 이성 친구 등에서 그 대상을 찾아볼 수 있다.

"친구네 집에 놀러 갔는데 친구 오빠가 있더라고요. 4살이나 많은 오빠였는데 얼마나 멋있던지 최고였어요! 친구 말로는 공부도 잘하고 자기한테도 잘 해주는 오빠라고 자랑을 하더라고요."

"그런데 저뿐만 아니라 저랑 같이 갔던 친구도 그 오빠를 좋아하게 되었다고 하더라고요. 우리는 시간이 날 때마다, 아니 시간을 만들어서 그 친구네 집으로 놀러 가는 핑계거리를 만들었어요. 그런데 어느 날 그 오빠가 여자 친구를 데리고 온 거예요. 대학생이니까 여자 친구가 없을 거라고는 생각을 안 했지만, 그래도 막상 여자 친구를 보니까 이상한 감정이 들더라고요. 질투였나 봐요. 그 날은 잠도 안 오고, 밤새 어떻게 해야 하나 고민했었어요. 그러다가 그 오빠한테 과외를 받게 되었죠. 아르바이트를 찾는다는 말에 집에 졸라서 과외를 받기로 했죠. 얼마나 가슴이 뛰었던지 오빠를 좋아하는 마음을 고백하고 싶은데 오빠가 어떻게 받아들일지 고민이에요. 저의 마음을 고백할 수 있는 좋은 방법이 없을까?"

흔히 보이는 사춘기 소녀의 이성에 대한 고민거리다.

10년, 20년이 흐르면 이 소녀에게도 입가에 미소를 남기는 하나의 사건으로 남아 있겠지만, 자못 현재로서는 너무나 커다란 고민거리일 것이다. 하지만 기분은 좋았다, 아직도 이런 순수한 소녀의 고민을 듣게 되어서. 며칠 전 들었던 초등학생의 고민은 과연 요즘 아이들이 이렇게까지일까 하는 생각을 들게 할 정도였으니까 말이다.

"6학년인데요. 지금 세 번째 여자 친구를 사귀고 있어요. 저는 별로 맘에 안 들어요. 여자 애가 매달려서 불쌍해서 사귀게 되었는데, 친구들이 자꾸 놀려서 차 버리려고 해요. 그리고 4학년 때부터 좋아하는 여자 애가 있는데, 예쁜 핀을 선물하면서 사귀자고 하려고 해요. 그런데 그 여자 애가 남자 친구가 있더라고요. 그래서 고민이에요. 어떻게 할까? 그 여자 애를 뺏고 싶은데, 어떻게 뺏으면 좋을지 모르겠어요."

대충 이런 내용의 고민이었다.

내용을 정확히 이해하기 위해서는 모르는 단어에 대한 설명을 5번이나 되물어서 알게 되었지만, 말하는 언어보다는 그 아이의 생각에 대해서 당황이 되었다. 초등학생의 얘기가 아니라, 성인 같다는 생각에 어른들이 말하는 세월의 빠름을 절실하게 느끼는 계기가 되었다.

전혀 풋사랑 같지 않고 완전히 성인들의 연애 놀음을 흉내 낸 어린 친구의 고민에 조언을 해 줄 수는 없었다. 또한, 여자를 뺐다는 생각은 잘못되었고, 진심으로 대한다면 그 여자 친구는 알아줄 거라는 형식적인 말은 전혀 먹혀들어갈 것 같지를 않았다.

풋사랑에 대한 모두가 공통된 의견을 내놓는다. 어린 시절 겪게 되는 작은 열병 같은 가슴 시린 하나의 추억으로 간직하는 것이 가장 좋은 것이라고.

어떠한 조언도 필요 없다. 단지 지금의 자신의 위치에 맞는(학생 신분이 대부분이겠지만) 행동을 한다면 그 아름다운 감정에 대해서 어느 누구도 비난을 하지 못할 것이다.

문제는 풋사랑 같은 연애를 하는 성인들이 있다는 것이다.

어린 친구들의 그것은 서툴고 어수룩하고 다듬어지지 않은 애교로 넘겨 줄 수 있는 그것을, 용납되지 않는 나이에도 감행을 하는 사람들이 있다.

그를 비난하는 것은 아니다. 그들은 얼마나 고민이 많을 것이며, 가슴 시린 내용이 많겠는가?

가끔 매스컴을 장식하는 키덜트(kidult)들의 연애 고민을 예로 들어

보면,

"다른 부서에 새로운 여직원이 들어왔어요. 너무나 마음에 들었는데 어떻게 가야 할지 모르겠어요. 주위에서 여러 가지로 조언을 해 주었지만, 막상 그렇게 하려고 하면 괜히 자신도 없고, 상대가 어떻게 생각할지 두려워서 지켜만 보고 있어요. 그러다 1년이 지났고, 또 다른 부서 동기랑 약혼식을 한다고 하네요. 그놈은 바람둥이인데, 그 여자만 아깝죠. 그렇지만 어쩔 수 없죠. 전 왜 늘 이런 식일까요?

그냥 좋아했던 감정만으로 만족해야죠."

아니, 애들도 아니고 자신의 감정을 솔직하게 털어놓는 게 뭐가 그리 두렵다고 쯔쯔쯔.

실로 요즘 어린 친구들보다 더 바보스러운 자태가 아닐 수 없다. 그렇다고 이 사람을 비난할 수도 없다. 단지 불쌍하고 안타까울 뿐이다.

앞에 말한 성숙한 초등학생 친구와 나이 들어서 연애 한번 제대로 못 하는 성인의 경우를 보면 그럴 수도 있지라고 넘길 수도 있지만, 가슴 한구석에 남아 있는 찜찜한 감정을 감출 수가 없다.

역시 자신의 나이에 맞게 행동을 해야만 사회적으로 인정을 받게 되며, 또한 사람의 몸이 그렇게 만들어져 있기 때문에 적응하지 못하거나 정도를 벗어나는 사람은 그렇지 못하는 사람들로부터 따돌림을 받게 된다. 더욱더 그 분야에 대해서 자신감을 잃게 되는 사태로 만들게 되는 것이다.

Puppy Love는 풋사랑, 아직도 익지 않았지만 그 나름대로 의미를 들 수 있는 그러한 과정이다. 수학 공식에서 과정을 무시한 답은 인정되지 않는다. 그리고 어려운 주제일지 모르지만, 과정을 무시한 결과를 중시하는 사회의 문제점은 사회 · 정치 · 경제 모든 분야에서 걷잡을 수 없이 터져 나오고 있다. 그만큼 과정이 중요하다.

단계가 시작되고 따라서 다음의 단계가 진행이 되듯이, 시작하고 막연하게 결과를 기다리게 되면 어느 것도 해결되지가 않는다.

연애도 마찬가지이다.

어린 나이(학창 시절)에 누군가를 좋아해라(물론 이성이다), 그리고 고민을 해 봐라, 그때의 감정은 나중에도 전혀 느껴보지 못한 중요한 그 무엇이기 때문이다. 나이 들어서 하는 풋사랑은 전혀 풋사랑 같지가 않다. 영어의 의미처럼 Puppy Love가 낫지, Dog Love라고 하면 정말 이상하지 않은가.

공부는 때가 있다고 말을 한다.

학창 시절에 딴 짓거리 하지 말고 학업에만 열중하라는 것이다. 그렇다고 훌륭한 사람이 되고 행복할까? 어린 시절에도 무엇이든지 해 보는 것이 좋다.

이성 친구를 사귀어 보면서 성적도 떨어져 보고 가슴 아파해 보기도 하며, 설레는 가슴 깊은 추억을 간직한 사람이 나중에 행복해지지 않을까? 학창 시절을 떠올리면 흰색과 검은색(흰색 종이의 검은색 글씨, 검은 칠판에 흰 글씨)만을 기억한다면 잃어버린 시간이 아닐까?

교육 정책에 대한 비난을 얘기하고자 하는 것은 아니다.

단지 나중에 연애 장애인이 되지 않기 위해서는 어린 시절에 다른 이성을 좋아하고, 아파해 보고, 그것을 이겨내는 것이 필수의 과정이라는 것이다.

주위에 친구들과 얘기를 하더라도 초 · 중 · 고등학교 시절 좋아했던 누군가가 있었던 사람이 연애 실패의 확률이 낮다.

단계를 거쳐왔기 때문이다.

혹자는 애들도 연애만 하도록 부추긴다고 비난할지 모르지만, 그래도 상관없다.

너무나 연애에 치중을 하게 되면 주위 친구·부모님·선생님 들이 알아서 중심을 잡아줄 테니까. 물론 자신이 깨닫는 것이 가장 좋은 방법이지만.

연애는 아름답다.

그러기 위해서는 예쁘고 귀엽고 앙증맞은 풋사랑의 경험은 필수처럼 느껴진다. 풋사랑을 경험하지 않았다면 인생에서의 한 번의 기회를 넘겨 버린 것이다.

인생에서의 정말 좋은 추억거리를 도둑맞아 버린 것이다.

연애 코치

Puppy Love는 수학 문제를 공식에 연결해 주는 그 무엇이다.
Puppy Love은 아름답지가 않다. 단지 예쁠 뿐이다.
아직 풋사랑의 기억이 없다면 늦지 않았다. 어서 감행해라.

C.C 음모 이론

C.C란 흔히 말하는 "campus couple" 이라던가 "company couple" 이라는 말로, 같은 학교나 직장의 이성과의 연애를 일컫는 말이다. 간단히 여기서는 "C.C"라는 표현을 쓰도록 하겠다. C.C들은 다른 사람들의 부러움을 사는 경우가 많이들 있다. 같은 학교를 다니면서, 혹은 같은 회사에 다니면서 많은 시간을 같이 있게 되고, 자연스럽게 학교와 회사가 데이트 장소가 되며, 서로 이해의 폭이 넓어지는만큼 관계도 금방 좋아지고 지속할 가능성이 커지게 되기 때문이다. 과연 C.C들에게는 좋은 점만 있을까? 물론 C.C를 반대하는 목소리에는, 사귈 때는 좋지만 행여 헤어지기라도 하면 서로 불편하고 학교나 회사 생활에서 껄끄러워지기 때문에 반대하는 사람들이 있다.

"그녀와 저는 캠퍼스 커플이었어요. 같은 과이고, 집도 같은 방향이어서 서로 자연스럽게 가까워지게 되었죠. 처음에는 사귀고자 하는 마음도 없었고, 그냥 친한 이성 친구로 생각하게 되었는데, 남녀가 붙어다니면 정분 난다는 옛말이 있잖아요, 딱 그 짝이었죠.

결정적인 것은 여자 친구를 아는 선배가 좋아한다고 고백을 했는데 여자 친구는 그 선배를 정말 싫어했다는 거죠. 그때 옆에서 지켜주고 싶은 마음에 연애를 하자고 말해 버려서 지금까지 온 것 같아요.

지금 생각하면 후회가 되는 일이지만요.

잘 맞는 줄 알았는데 그렇지 않더라고요. 제가 친구들을 좋아하는데, 어울리는 것에 대해서 싫어하더라고요. 동아리 MT도 가려고 해도 못 가게 하고, 다른 후배들하고 어울리는 자리도 피하게 되고, 꼭 강제적으로 그러는 것은 아니지만, 학교에서 늘 같이 있고 집에도 바래다줘야 하니까 자연스럽게 저의 사생활이 없어지더라고요.

그러다가 싸움도 많아지게 되어서 지금은 헤어졌지만, 너무 힘들었죠.

예전의 그냥 친한 이성 친구로 지냈으면 얼마나 좋았을까라는 생각이 자꾸만 들어요.

어떻게 예전처럼 그냥 친구로 남아 있을 수 없을까요."

이런 문제로 인하여 C.C를 반대하는 목소리가 커지는 것이다. 연애를 할 때는 너무나 좋다. 자연스럽게 같이 있는 시간도 많아지고 서로 이해할 수 있는 폭도 깊어지고, 경제적으로 절약도 할 수 있고… 거기까지가 C.C의 장점이라고 생각되게 한다.

"이제 회사를 그만두어야 하나 고민이 많아요. 저희 팀 팀장님하고 연애를 하게 된 지 꼭 1년이 되었네요. 사람들이 알게 된 것은 회식자리에서 팀장님이 술김에 나를 찾는 바람에 들통이 났고요. 그래서 사람들의 시선이 부담스럽던 차에 팀장님이 다른 여자를 만나면서 헤어지게 되었죠.

직장이라는 게 하루에 잠자는 시간 빼고 대부분을 보내는 곳인데, 주변 사람들의 시선도 그렇고 너무나 힘들어요.

처음에는 팀장님이 바람을 피우고 여차저차해서 헤어졌다는 사실이 너무 분하고 가슴이 아팠는데, 이제는 잊을 수 있다고 생각을 했는데 동료도 그렇고 다른 부서 사람들도 사귀었던 사실에 대해서 말들이 많더라고요.

마음 같아서는 당장 직장을 그만두고 싶은데 딱히 다른 곳으로 옮기기도 어렵고, 그렇다고 계속 다니기에는 자존심도 많이 상하고 괴롭네요."

물론 C.C로 만나서 결혼으로 성공을 해 아주 행복하게 사는 사람들이 많다. 더할 나위 없이 좋은 일이고 축복할 일이다. 하지만 헤어지는 커플들은 앞에 두 경우에서처럼 연애가 끝날 뿐 아니라, 자신이 속한 조직 및 모임에서도 이별을 고하고 마는 극단적인 일이 발생하게 된다.

한 사람을 보았을 때 다른 사람이 그림자처럼 따라다니고, 그 사람의 과거를 떠올리게 되는 것이 바로 C.C로서 연애에 실패한 사람들이 안고 있는 문제다.

사람의 세 치 혀가 무섭다.

영화 〈올드보이〉에서 발생했던 사건은 바로 아무 의미 없이 놀린 세 치 혀였다는 사실에 어이없어했던 기억을 떠올릴 수 있을 것이다.

C.C에서도 마찬가지이다.

C.C에서 헤어진다고 해서 특별히 다른 것은 없다. 단지 주변에서의 시선과 무성한 이야기들의 한가운데 서 있다는 사실이 견디기 어렵게 하는 것이다.

자신의 이야기를 하기 좋아하는 사람도 있지만 대부분은 남의 이야기를 하기를 더 좋아한다. 거기다가 다 같이 아는 사람 둘이 연애를 하고 있다면 그만큼 구미에 맞는 이야깃거리도 없을 것이다.

둘은 철저하게 분석된다.

자신도 모르는 일이 사람들의 대화 속에서 창조되는 경우가 많이 있다. C.C의 연애가 대부분 그렇다.

처음에 사람들의 눈을 피해 만나다가 어떠한 단계에 이르면 주위에 알리게 된다.

그때부터 불필요한 검증을 주위로부터 받게 된다. 나라의 주요 인사의 인사 청문회를 떠올릴 정도로 신랄한 내용이 오가게 된다.

자신의 과거 연애 이력과 행적에 대해서 주변의 평이 쏟아지게 되고, 자신보다 주위에서 자기 자신을 더 많이 알게 되는 어처구니없는 일이 발생한다.

그리고 재미로 던져진 말이 몇 번의 전파를 통해서 사실화가 되고 자신이 그 이야기를 들었을 때는 자신의 기억의 사전을 꼼꼼히 살펴볼 만큼 사실로 포장돼 버리게 되는 것이다.

여기에 기대에 부응해서 헤어지기라도 한다면 사람들에 입에 오르내렸던 사실로 포장되었던 사건들이 현실이 되며, 전혀 무관한 사람들로 인해 자신의 인생에 오점을 남기게 되는 상황까지 발전을 한다.

더군다나 재기의 발판은 어디에서도 찾아볼 수 없다. 그 조직 내에서는 더 이상의 연애는 생각할 수 없을뿐더러 연애와 상관없는 다른 일에까지 영향을 끼치게 되는 것이다.

처음에 단순히 좋아서 시작한 연애의 끝은 만신창이가 된 명성(?)만 남게 되고 불미스러운 수식어들로 자신을 기억하는 사람들이 많아지게 된다.

지금 C.C로서 연애를 하는 사람이거나 시작을 고려 중이라면 철저히 비밀로 해라.
서로 연애하는 사실에 대해서 부끄럽거나 떳떳지 못해서가 아니라, 강력한 후폭풍에 최대한 자신을 보호하기 위한 안전장치이다.

물론 확고한 확신(확신이 있다고 해서 꼭 성공하는 것은 아니지만)이 없다면 시작하는 것을 말리고 싶다. 만약 그렇지 않다면 보안을 유지하는 것이 좋다. 학교에서는 힘들 것이다.

세상에는 많은 음모 이론이 있다.
케네디 대통령의 암살부터 에이즈를 미국 CIA에서 퍼트렸다는 등의 일까지 말이다. 모두 확인된 것은 없다. 다들 음모 이론이다.
음모 이론은 정확한 출처를 밝히는 경우가 있지만 그렇지 않은 경우가 대부분이다. 사람들의 입에서 입으로 전해지면서 개연성의 검증을 받게 되고, 서로 공감을 하게 되면 바로 그럴지도 모르는 사실로 받아들여지는 것이다.

C.C가 바로 음모 이론을 통해서 자의가 아닌 타의에 의해 흘러갈 수 있는 전형적인 사례다.

내가 의도하지 않았지만, 남들이 그렇게 믿고 있다면 더는 나의 주장을 받아들여지지가 않는다. 상대에게도 마찬가지로 아무리 나에 대해서 주장을 하더라도 객관적이라는 유혹에 빠져 사람들의 평가에 더 비중을 두기에 원하는 연애의 방향을 이끌 수가 없다.

그렇게 되면 나와 그(녀)만의 연애가 아니라 사람들의 이야깃거리 중의 하나인 연애로 전락하게 되는 것이다.

대부분 자신이 중심을 잘 잡으면 외부의 어떠한 압력이나 소문이 있더라도 아름다운 연애를 지켜갈 수 있다고 생각을 하지만 현실은 그런 의지를 무색하게 만들어 버린다.

단지 내 생각과 의지만으로 연애를 하는 것은 힘에 벅차게 되고, 자신이 스스로 포기를 하게 됨으로써 아쉬움을 남기고, 나의 연애사에 한 페이지를 쓸쓸하게 차지해 버리게 된다.

C.C란 참으로 어렵다.

그렇다면 성공하는 C.C는 없을까? C.C로 해피엔딩을 맞게 되는 방법을 과연 무엇일까?

C.C로 성공하는 비결은 절대 1년을 넘기지 않는 것이 중요하다.

무슨 말인가 싶을 것이다.

C.C의 신분으로 1년이면 족하다는 것이다. 1년 넘게 C.C의 신분으로 남아 있는 것은 도움이 되지 않는다. 앞에 말했던 것처럼 음해 세력뿐만 아니라 1년 이상의 시간은 서로가 지칠 수 있는 적당한 시기

이다. 변화를 주지 않는다면 둘의 연애는 위기를 맞게 된다.

주위를 살펴 보아도 오랜 기간 C.C의 신분으로 결혼으로 골인한 예는 찾아보기 어려울 것이다. 학교라면 1년 안에 졸업을 하던지, 아님 유학을 가든지, 아니면 어학연수를 떠나든지 변화를 줄 수 있는 상황에 있을 때만 C.C가 되라.

만약 사내 커플이라면 1년이라는 시간은 보안을 유지할 수 있는 적당한 시간이다. 웬만큼 철저하지 않은 한 6개월에서 1년이면 다 무형의 사내 게시판에 올려지게 된다.

주변 사람들이 얼마나 남의 이야기를 하고 싶어하고자 안테나를 세우고 있을 텐데 1년 넘게 무사히 넘어갈 수는 없다.

1년이면 무사하게 사람들의 음모 이론의 희생자가 되지 않을 가능성이 크다.

너무 주위에 시선을 두려워하는 것이 아니냐? 내가 좋아하고 사랑하는 사람이니까 연애를 하겠다고 덤비는 사람 중에 여럿 후회하는 사람들을 보았다.

연애가 갈수록 어렵다고 느끼겠지만, 연애는 어렵지가 않다.

단지 그 순간의 상황이 연애를 흔들어 버리기 때문에 이겨내기 어려울 뿐이다.

주변을 너무 의식하는 연애도 문제지만 주변을 무시하는 처사도 옳지 못하다. 더불어 가는 삶이기에 연애도 하나의 인간관계의 연장선상에 서 있다.

연애를 잘하고 못 하는가에 따라서 주변에 지탄을 받을 수 있고 찬사를 받을 수가 있다.

C.C가 가장 두드러지는 특성이 있는 연애이다.

음모에 빠지지 않는 C.C로 남기 위해서는 조심 또 조심해야 한다.

얻어지는 것이 많지만 그만큼 잃어버릴 것도 많은 것이 바로 C.C
이다.

연애코치
- - - - - - - - - - - - - - - - - - -
C.C가 되기 전 3번 생각을 해라.

C.C는 얻는 것도 많은 만큼 잃는 것도 많다.

음모 이론을 인식한다면 벌써 이론이 아니라 사실이다.

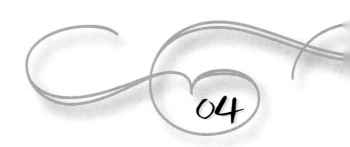

연애, 순간의 진실

연애에 있어 순간을 놓친 아쉬움을 토대로 순간 포착의 중
요성을 알아야 성공할 수 있다.

누군가에게 고백을 해야 한다고 할 때 언제가 가장 좋은 방법이고,
어떻게 해야 하는지를 아는 것은 절반의 성공이라고 할 수 있다.

또한, 주변 인물들을 이용하는 것도 중요하다. 자신의 판단이 정확
한지 아닌지를 모를 경우 자연스럽게 주변의 조언을 듣게 마련이고,
최소한 반응을 살피는 것이 일반적인 행동이다. 그렇게 된다면 자신
의 편이 주변 인물들은 배심원이 되어서 고백을 받아들이는 것이 옳
은가 그른가를 판가름해 줄 수가 있다.

그리고 절대 비밀에 부쳐 두어야 한다. 누군가 나를 좋아하는 것을
다른 이에게 듣게 되고, 고백이 예정이라고 알게 된다면 김 빠진다.

고백은 당사자에게서 듣게 될 때 가장 신뢰가 가고 감동을 전할 수가 있다. 그렇기에 절대 비밀로 하고 때를 기다려야 한다.

영화나 드라마를 따라하지 마라.

"네가 없는 이 세상은 아무런 의미가 없어. 평생 나와 같이 있어 주겠니?"

드라마 대사다.

너무 거창한 말로 지키지 못할 약속을 하는 것은 상대에게 부담감만을 줄 뿐이다.

그냥 '늘 보고 싶다' 라는 말이 부담감도 덜하고 새롭게 시작하는 연애를 알리는 더 나은 표현이다.

또한 '네가 아니면 안 된다' 라는 말은 너무 집착하는 것처럼 들릴 수가 있다.

사실 고백에 정확한 타이밍 같은 것은 없다. 단지 적절한 타이밍이 있을 뿐이다.

자신이 가장 적절한 때라고 생각한다면 용기 있게 자신 있게 그렇게 다가가면 되는 것이다.

"하루 만에 성공할 수도, 1년 만에 성공할 수도 있는 것이 바로 고백이다. 성공과 실패는 언제나 반반의 확률. 이 정도면 도전해 볼 만한 확률이 아닌가?

만약 고백을 한 후 상대방이 시간이 필요하다고 한다면 기다려 주는 센스를 잊지 마라.

간혹 기다려 달라는 말이 거절의 뜻으로 받아들이는 경우가 많은데 절대 그렇지 않다. 거절은 정중하게 거절하는 방법을 쓴다는 것을 잊지 마라.

물론 결정이 원하는 대답이 아니지만 기다리는 매너를 지키는 것만큼은 좋은 인상으로 남을 수 있지 않은가.

하지만 적절한 타이밍을 알아채기란 쉬운 일은 아니다.
여기 26살의 한 남자의 예를 살펴보면,

"며칠 전에 아는 여자의 오래된 친구를 소개받았습니다.
저는 한눈에 반했어요. 활발하고 성격도 좋고 내숭도 없어서 정말 괜찮았습니다. 서로 얘기도 잘 통하고, 정말 즐거운 하루를 보내게 되었죠. 헤어지면서 문자도 서로 주고받았습니다.
그리고 며칠간 제가 문자를 보내면 답장을 주고, 그리고 통화를 하게 되면 서로 안부를 물으면서 친근감이 드는 정도예요.
그래서 만난 지 일주일 뒤에 다시 만나기로 했는데 사귀자고 고백을 하려고 해요. 친구가 내 여자다 싶을 때 잡지 않으면 놓쳐 버리고 만다고, 생각날 때 바로 고백을 하지 않으면 안 된다고 하더라고요.
저는 좀 빠르다 싶은데 어쩌죠, 고백을 해야 할까요?"

두 번째 만남에서 고백을 한다(?).
너무 무모한 도전이 아닐까 싶다. 느낌이 좋은 여자와의 연애에서 위험 부담이 큰 무리수를 두고 있다. 타이밍이 안 좋다.
물론 여자는 흔쾌히 수락을 할 수가 있다. 하지만 대부분 거절을 하지 않을까. 잘 알지도 못하는 남자의 고백에 OK 하는 여자가 얼마나 있겠는가.
여자는 이 남자가 경솔하며, 너무나 생각 없이 행동하는 사람으로 생각할 것이다. 아무 여자나 두 번째 만나는 여자에게 고백을 하고 거절당하면 그냥 그대로 생각하는 연애를 우습게 알고 고백을 쉽게 생각하는 남자쯤으로 여기지 않을까?

처음에 친밀감이 있어야 한다.

어느 정도 친밀함이 없는 사람과 연애를 하는 사람은 없다.

덧붙여 얘기를 하자면, 친밀감 있는 남자에게서 고백을 받는다면 쉽게 거절을 못 한다. 한 번 더 생각을 해 보게 된다. 과연 받아들여야 맞는 것인지.

왜냐하면, 지금의 친밀감을 나누는 사이를 저버리기가 싫기 때문이다.

그리고 너무 늦지 않게 때를 기다려야 한다.

'도대체 언제가 좋은 시기냐? 라는 물음을 할 텐데, 사실 이것은 자신이 잘 알고 있을 것이다. 몇 번의 만남으로 서로 친해지게 되고, 다음의 단계로 연애를 하고 싶은 그때가 바로 적절한 순간이다.

대신 부적절한 타이밍을 피하는 것이 중요하다.

상대가 공부나 취업, 그리고 직장에서 힘들 때 절대 고백하지 말아야 한다. '그래 지금 힘드니까 내가 곁에 있어 준다고 고백을 해야지'

가뜩이나 복잡한데 괜한 고민거리 하나 안겨주면 누가 좋아한단 말인가?

그냥 친구로 옆에 있어 주면서 같이 술잔을 기울이는 사람이 필요하다고 느끼기 때문에 새로운 연애의 고백을 받는 것을 부담스러워한다.

먹을 때 고백하는 사람은 정말 센스 없다.

사람의 욕구 중에서 식욕이야말로 축복이라고 생각을 하는데, 이런 시간을 방해하는 고백은 정말 센스 없고, 만약 해장국 먹으면서 고백을 들었다고 한다면 누가 좋아하겠는가? 해장국이 아니라 스테이크도 마찬가지이다.

차라리 술잔을 기울이면서 하는 것이 더 나을 것이다.

그리고 한 가지 명심할 것은 고백은 맨정신에 하라. 술 취한 모습으로 하게 되면 진담으로 받아들여도 괜히 걱정을 한다. 술 깨면 잊어버릴까. 그리고 보통 술 깨면 잊어버리지 않나?

술김에 하는 고백만큼 신빙성이 떨어지는 것도 드물다. 고백을 하려면 술 한두 잔 기울이고 해야지, 두서너 병 먹고 해롱해롱한 상태에서 자기도 모르게 고백을 하면 안 된다. 고백을 하려고 마음먹으면 술 취하게 되자마자 말을 해 버리는데 어떤 여자가 좋아하겠는가.

헤픈 남자라고밖에는 생각하지 않는다. 물론 여자도 마찬가지…

정작 연애를 하게 되어서 서로 타이밍이 맞지 않는다면 어떻게 해야 하나?

"소개팅으로 만난 남자가 있었어요.

그날은 그냥 이야기하고 밥 먹고 했는데, 첫인상과는 달리 헤어질 때는 좋은 느낌이 좀 있었어요…

음…. 그냥 떨리지도 않고 편안한 느낌 정도… 굳이 좀 싫은 게 있다면 리더십이 없는 것 같은 느낌이 있더라고요… 그 다음부터 문자랑 전화 통화 가끔 하긴 하는데, 그때마다 그냥 기본적인 안부 정도만 하는 거예요… 전화 통화할 때도 짧게 이야기하게 되고, 좋다는 느낌은 많이 안 드는데, 편하긴 해요…

근데 그 사람이 어제 저보고 정식으로 사귀자고 문자로 왔더군요.

만난 건 한 번뿐이라서 망설여서 몇 번 더 만나보고 대답하겠다고는 했거든요… 그 사람이 절 좋아한다고 하는 건 너무 고마운데, 지금까지 전화 통화나 문자로 주고받을 때 정작 휴일에 제가 그 사람 생각나서 연락하거나 하면 그 사람은 다른 일 있다고 이따 전화한다고만 문자로 보내요…

음… 타이밍이 그 사람하고는 안 맞는 거 같기도 하고…

그리고 제가 연애 한 번도 안 해 봤거든요.

그래서 지금의 감정이 연애를 해 보고 싶어서 고민을 하는 건지, 아니면 좋아하긴 하는데 설렘보다는 편안한 느낌 때문에 고민을 하는 건지 모르겠어요… 타이밍은 안 맞지만 편안한 남자… 어떤가요?"

지독하게 타이밍이 맞지 않는 사람들이 있다. 무슨 운명의 장난도 아니고, 내가 보고 싶으면 상대가 시간이 안 되고, 상대가 우울할 때 급한 일이 있어서 못 만나고… 이런 일이 반복이 되면 '우린 운명적으로 안 되는 커플인가 봐' 라는 생각을 한다.

이런 비슷한 경험은 누구나 한 번쯤은 겪어봤을 것이다.

이렇게 나랑 타이밍이 맞지 않는 상대를 계속해서 만나야 하나, 아니면 과감히 정리를 해야 하나?

드라마에서 보면 왜 그리도 어긋나는지? 다른 쪽을 바라볼 때 지나가 버리고 방금 떠난 카페에 헐레벌떡 들어와서 두리번거리고…

대부분 해피엔딩으로 끝나고 말지만….

연애에서 두 사람의 사이클이 맞물려 돌아가야 한다고 믿고 있다.

서로 원할 때 타이밍이 딱 막으면 '우린 천생연분'이라고 탄성을 자아낸다.

하지만 나랑 타이밍이 맞지 않는 상대는 운명이라는 명분으로 이별을 준비하도록 한다.

이러하기에 상대와 타이밍을 맞출 수밖에는 없다.

자신의 일을 팽개치고 상대가 부르면 달려가라는 뜻은 아니다.

상대에 대해서 조금만 더 관심을 가져주면 그뿐이다.

상대의 스케줄을 알아서 상대가 언제쯤 무엇을 원하는지 예측을 하고 자신의 스케줄을 조절하면 된다.

어려운 시험이 있는 날이면 고생했다고 같이 있어 주고, 힘든 프로젝트가 있을 때는 귀찮게 안 하고 끝날 때 성대한 파티를 준비하면 끝이다.

상대의 타이밍이 나하고 맞는다…

천만에 말씀, 미리미리 자신에 대해서 상대가 요목조목 준비한 것이다.

우리는 참으로 운명에 대해서 맹신을 한다.

운명을 타고났고, 그런 운명을 예시하는 일들이 늘 주변에서 일어난다고 생각한다. 타이밍이 맞지 않으면 서로 다른 운명이라고까지 여기게 된다.

이렇게 준비를 하고 했지만, 어쩔 수 없는 일이 발생할 수가 있다. 아무도 미래를 예측할 수 없고, 주변이 나를 중심으로 일이 진행되지 않기 때문에 그래서 자꾸만 어긋나게 된다면, 아무리 노력을 해도 상대의 타이밍을 맞출 수 없다면 아무 미련 없이 빠이빠이 하는 것도 나쁘지 않다.

분명히 둘은 운명이 아니라고 생각을 하지만 좋아하는 감정으로 억지로 연애를 이끌어갈 것이고, 안 좋은 일이 있을 때마다 운명이라는 도구를 사용해서 둘만의 관계가 하늘로부터 허락받지 않았다고 자책을 하게 되기 때문에 나중에 더 심한 상처를 동반할 수가 있다.

헤어지게 되더라도 타이밍이라는 녀석의 간섭이 시작된다.
일단 헤어지자고 마음을 먹었는데… 잘못된 타이밍을 선택해서 골머리를 썩힌 일이 있을 것이다.
명분이 필요하다.
헤어짐의 정당한 이유가 없는 한 상대는 이해하지 않는다. 설령 이해하더라도 나는 나쁜 사람이라는 낙인이 찍힌 후이다.
명분을 찾았다면 적절한 타이밍에 이별을 통보해야 한다.
이별의 장소는 화려함보다는 깔끔한 장소가 더 유리하며, 음식을 먹는 때보다는 차나 간단한 칵테일이 좋다. 서 있을 때보다 앉아 있는 때가 더 좋으며, 늦은 저녁보다 초저녁이 훨씬 좋다.
주말보다 평일이 헤어지기에 좋은 타이밍이다.

순간 포착을 잘하는 사람이 그냥 지나쳐 버리는 매 순간순간을 자기 것을 만들 수 있어야만 이 시대에 살아남을 수 있고, 연애에서도 성공적인 성과를 거둘 수가 있는 것이다.

이외에도 언제 첫 키스를 해야 하는지? 스킨십을 하는 타이밍을 언제 알 수 있는지? 첫 경험을 하기 위한 좋은 타이밍을 만드는 방법 등에 많은 궁금증이 있을 것이다.
이곳저곳에 밝히고 있으니 자기 것으로 잘 만들어서 연애를 잘하길 기원한다.

한 가지 명심할 것은 타이밍이 중요하지만 아무런 준비 없이 그저 호시탐탐 좋은 기회를 노린다면 절대 기회는 오지 않음을 깨달아야 한다.

연애코치

준비 없는 절묘한 타이밍은 없다.

순간 포착이 연애의 성패를 좌우한다.

기회는 늘 찾아오지만 그것을 늘 알지는 못한다.

연애는 미친 짓이다

연애는 미친 짓이다

연애는 미친 짓(?), 미친 짓이지만 누구나 하는 연애, 연애하기를 거부하는 결벽증이 있는 사람의 고민.

"저는 22살 여대생이에요. 학창 시절 전 그냥 평범한 학생이었죠.
남자 친구도 몇 번 만나고, 아무튼 남들과 비슷했죠.
이상한 말처럼 들리겠지만 좋고 호감이 가던 사람이 저한테 고백해서 사귀게 되면 같이 있을 수가 없어요. 남자 친구가 싫다거나 만나는 것이 지겹다거나 그런 것이 아니라, 같이 있으면 왠지 모르게 불편하더라고요.
데이트를 마치고 집에 돌아와서 혼자 있으면 진짜진짜 편했어요.
메신저 들어갔다가 남자 친구가 로그인해 있으면 말 걸지 않고 그냥 나와 버리기도 해요.

이런 것이 제가 좋아서 쫓아다니고 고백을 한 사람한테도 얼마간 지나면 똑같아져요.

이게 '가정환경 탓일 수도 있다'라고 생각을 하거든요. 아버지가 굉장히 권위적이고 때로는 폭력적이셨는데, 그런 영향도 있을 것 같아요.

하지만 저는 성격 무척 명랑 쾌활하고, 모르는 사람한테도 말 잘 걸고… 놀러 가도 분위기 잘 띄우고 그렇거든요.

그런데 진짜 문제는 제가 좋아하는 사람이 생겼다는 거예요.

하루종일 생각나고 보고 싶고 메신저에 없으면 계속 신경 쓰이고… 있으면 왜 말 안 걸까 생각하고 있고…

처음엔 몰랐는데 그 사람도 저한테 호감이 있는 것 같아요.

좋은데도 다가갈 수가 없어요. 그 사람이 어디 가자 그러면 이리저리 핑계 대면서 빠져나가려고 하고… 정말 관심없는 척하고 그래요.

정말 이러고 싶지 않은데, 이러다 정말 연애 한 번 못 해 볼 것 같아요… 만약에 그 사람이 사귀자고 말한다면 저는 어떻게 해야 할까요? 정말 몇 년 만에 좋아하는 사람이 생겼는데… 이대로 아무것도 못 하는 건 싫어요.

하지만 어떻게 해야 할지 몰라서 고민하다가 헤어지게 되었죠. 이런 저 자신이 너무나 싫었어요.

그러다가 허전한 마음에 동갑들만 모이는 인터넷 동호회에 가입을 하고 모임에 참석을 하게 되었는데, 문제는… 친구들 중 한 명이 저에게 다가오는 것이에요.

저는 먼저 애인 후보감이라는 생각에 따로 만나게 되었는데… 자꾸만 헤어졌던 기억이 생각이 나서 가까워지는 것이 두렵더라고요. 그래서 전 그냥 친구 하자고 했습니다. 사실 며칠 고민을 했죠.

저 친구랑 연애를 하면 어떨까? 근데 친구 이상의 감정이 안 생길 거 같아요… 뭐… 사람 일이란 거 모르는 거지만… 남자 친구와 헤어진 지도 얼마 안 되었고, 사실 저는 애인보다 저의 고민을 같이 고민해 줄 친구가 필요했던 것 같더라고요.

그 친구는 친구로 시작하면 연인 되기가 힘들다며 안 된다고 하고, 저는 친구로 지내다가 더 서로에 대해 많이 알게 되면 그때 연인이 되어도 안 늦다고 얘기를 했죠.

결국, 친구로 지내기로 했는데, 이 친구 저한테 전화도 자주하고, 다른 남자 친구가 제게 전화라도 하면 무지 신경 쓰고… 보고 싶다… 자기야… 이런 말을 하죠… 단둘이 만나는 거 상당히 부담스럽거든요. 계속할 수도 없고… 확실하게 자존심 다치지 않게 친구로 못 박을 수 있는 방법이 없을까요?'

이럴 경우 어떠한 방법을 택할 것인가? 여자는 현재의 연애를 거부하고 있다. 사실 과거에 얽매여 있어서 다시 감정을 추스르는 데 시간이 필요할지도 모른다.

깊숙이 들어가서 살펴보면 연애의 감정이 생기지 않았다고 하는 것이 맞을 것이다. 여자는 지금 사귀고 싶지 않다는 표현을 친구로 지내자는 구태의연한 표현으로 거절을 하고 있지만, 행동이 그렇지 않기에 남자는 받아들이지 않는 것이다.

친구 사이가 연애하는 사이가 되고, 또한 서로 같이 사는 사이가 되는 것이라고 생각을 하기 때문에, 친구라는 이름으로 옆에 있고 싶은 것이 남자들의 공통된 생각이다.

미련을 갖게 마련이다.

이런 관계를 정리하는 데는 서로 다른 연애 대상이 생기거나 그렇지 않고 누군가 다른 의도로 이용하지 않을 경우 외에는 어렵다.

지금 연애를 미친 짓(?)이라고 생각하는 사람들에 대해서 얘기를 하고 있다.

연애는 미친 짓이다.

어느 한 분야에 전문성을 갖추라는 의도로 미쳐 보라는 표현을 자주 쓴다. 연애도 미친 짓이다. 연애에 미쳐 보지 않는 사람은 사랑에 대해서 어떻게 논할 수가 있단 말인가?

하지만 연애를 하는 것 자체를 이해하지 못하고 미친 짓이라고 속단하는 사람들의 생각이야말로 잘못된 것이다.

연애 자체를 즐겨야 한다. 한 분야에 미쳐(?) 있는 사람들의 공통점은 지금 자신이 하는 일에 흥미와 재미를 느끼고 있다는 것이다. 현재의 상황이 중요한 것이지 미래에 닥칠 일들은 전혀 중요하지 않다.

앞으로 몇 개월 몇 년을 즐겁게 연애를 하고 헤어져서 며칠 이별의 슬픔을 안고 괴로워한다면 이득이 아닐까 하는 생각이 든다.

매일 신나고 재미있을 순 없다.

하지만 연애를 통해서 즐거운 시간이 훨씬 더 많다면 소위 말하는 손해 보는 장사는 아닐 것이다.

지금도 연애라 하면 너무나 어렵게 생각을 하거나, 힘든 여정의 시작이라고 생각을 하며 거부하는 사람들이 있다.

우리의 주위에도 찾아볼 수 있을 것이다.

'내가 저 사람과 사귀게 되면 좋은 점은 무엇이고 나쁜 점은 무엇일까?

　'헤어짐이 너무 힘들어서 만나는 것 자체가 고민이 돼.'

　'괜히 연애하다가 헤어지면 서로 나쁜 인상만 주는 것이 아닐까?'

　'난 결혼할 사람하고만 연애를 할 거야!'

　구더기 무서워서 장 못 담그는 사람들이다.

　연애를 너무 어렵게 생각하지 마라.

　연애는 어떤 것을 증명해야 하는 과학이 아니다.

　자신의 감정을 솔직하게 표현하는 예술의 한 분야와도 같다.

　지금의 처한 상황에서 자신을 가장 소중하게 나타낼 수 있는 바로 그것이 연애의 감정이며, 현실화하는 것이 바로 연애이다.

　연애를 하기 위해서는 준비도 필요하다.

　하지만 이런 준비에는 앞날에 대한 걱정이나 두려움을 깨끗하게 접어 버리자.

　즐겁고 행복한 연애를 하기에도 너무 짧다.

　힘든 연애를 하게 된다면 다음에 쉽고 신나는 연애를 하면 된다.

　미리 준비된 답안은 없다.

　지금 당신이 써내려가는 연애의 족적들이 바로 정답이다.

연애코치

연애의 시작은 행운이지 불운의 시작이 아님을 명심하자.

정답은 없다(?). 지금 당신의 연애가 정답이다.

힘든 연애가 있어야만 행복한 연애가 있게 마련이다.

연애 못 하기

연애를 못 하는 사람들의 치명적인 오류를 끄집어내어 신랄하게 비판하고 해결책을 찾을 수 있는 적극 대처법.

"나만큼 갖춘 여자도 없다고 봐요."

깜찍한 외모, 앞뒤가 정확한 깔끔하고 당당한 스타일, 수습이긴 하지만 중견 기업에 다니고 있고, 친구관계도 비교적 원만한 편인 객관적으로 좋은 인상을 주는 여성의 첫마디였다.

그런데 20대 중반이 넘도록 연애다운 연애 한 번 해 본 경험이 없다는 것이 문제였다.

'주변에서 소개를 해 주는 것을 기대하고 있어야 할까요?

나에게 아무런 문제가 없다고 생각하는데 뭐가 문제일까요?'

풍요 속에 빈곤이라 했던가?

모든 조건을 갖춘 여자 중에 연애 경험이 없는 사례가 많다는 것이 고개를 갸우뚱거리게 한다.

아마 꽤 많은 남자가 연애 작업을 시도했을 것이다. 남자들의 눈은 비슷하니까. 다른 이에게도 괜찮은 이성으로 보였을 테니까. 기회는 여러 번 있었지만 여자가 거부를 했을 것이다. 왜냐면 시시했으니까 말이다.

여자의 자신감과 약간의 도도함, 가정환경에서 부모의 유별난 관심과 대중 매체에서 부추기는 현실에 없을 멋진 이상형 남자들의 홍수가 환상을 만들었고, 환상을 현실로 끌고 나오려고 하기 때문에 연애 자체가 불가능했을 것이다.

싹싹한 맛도 없고, 그렇다고 화려한 외모도 아니라면 환상을 깨는 것이 맞다(?).

어느 정도는 맞다.

경제적인 원칙에 빗대어 본다면 남자들도 한두 번은 연애 시도를 해 보다가 비슷한 다른 여자에게 옮겨가 연애를 했을 것이다.

잘 찾아보면 대체할 만한 비슷한 또래의 연애 상대 여자는 많기 때문이다.

연애를 하려면 먼저 상대를 기분 좋게 해 줘야 한다.

상대 남자에게 환심을 끌어야 한다.

남자를 기분 좋게 하는 것이 첫째요, 남자가 나를 좋아하게 하는 것이 두 번째다.

남자들이 여자를 처음 만날 때에 여자의 프로필이나 조건을 충분히 알고서 연애 작업(?)을 시작하는 것이 아니다.

프로필은 그 다음이다.

연애를 못 하는 치명적인 오류를 범하고 있는 여자들의 경우 몇 가지 예를 들 수 있다.

자신의 절대적인 반쪽을 무작정 기다리는 스타일로, 소위 말하는 '필'이 꽂히는 남자를 만나기 위해 늘 준비하고 있다. 그렇다면, 잘 찾아 보면 좋으련만 절대 먼저 실행하지 않는다. 와주기를 기다린다. 인연이라면 어떻게든 나타날 것이라고 생각을 하고, 아무것도 아닌 일에 대해서 인연을 운운하며 늘어나는 주름살을 지켜보게 된다

또 다른 유형으로 흥선대원군도 아닌데 새로운 것을 절대 받아들이지 않는 스타일이다. 과거에 집착을 하게 되고, 과거 연애의 잣대로 새로운 연애를 그 자체로 받아들이지 않는 스타일이다.

새로운 것은 다르다는 의미인데, 그들에게는 그렇지 않다. 새로운 것은 단지 과거의 연속이며, 과거가 가진 좋은 점들을 꼭 가지고 있어야 하는 고집을 하고 있기에 상대의 이해를 이끌지 못해 연애를 못 하는 스타일이다.

그리고 마지막으로 연애의 맛을 모르는 유형이다. 극히 드문 경우이지만 연애를 통한 기쁨을 알지 못하기에 이것이 연애인가를 의심하게 되고, 연애란 어떤 것인가를 타인에게서 지식으로 얻고자 하는 유형인데…

연애를 지식의 한 형태로 얻으려고 하는 발상 자체가 연애를 하는 데 있어 치명적이 오류를 범하는 것을 절대 알지 못한다. 그냥 상대에게 이끌려 '정'이라는 이름으로 결혼을 하고, '정'이라는 이름으로 인생을 살아야 하는 팔자를 타고난 것이다.

여자들이 연애를 못 하는 것에 대해서 다들 의아해 한다. 여자는 마음만 먹으면 어떤 남자든 만날 수 있다는 생각을 종종 하는데, 실제로는 연애를 못 하는 여자들이 많으며, 이들은 늘 환상적인 연애를 꿈꾸고 있는 공통점이 있다.

앞에서도 밝혔듯이 연애를 못 하는 가장 큰 요인은 연애를 즐기지 못하는 것이다. 친구를 사귀면서 연애 상대를 만나는 것은 어렵다는 논리는 이제는 이해할 수가 없다.

친구를 사귀듯, 직장 동료를 만나듯 그렇게 연애를 해라.

동료애와 우정과는 태생이 다른 연애이지만, 사람 사이의 관계를 포괄하는 개념으로서는 같은 맥락이라고 할 수 있다.

그래도 여자들은 낫다.

연애를 하기 위해서 남자들은 여자에게 끊임없이 대시를 한다. 지금은 여자들이 대시를 많이 한다고는 하지만 극히 소수일 뿐이다.

여자는 남자의 대시를 자극해 주는 정도의 역할을 하는 것이다.

하지만 연애를 시작하는 결정은 늘 여자가 하게 된다. 절대로 남자가 결정할 수 없는 사항이다. 남자가 하는 것처럼 보인다면 현명한 여자거나 바람둥이 여자다.

그렇기에 연애를 못 하는 여자의 경우는 연애를 선택할 기회가 주어지지만, 연애를 못 하는 남자들의 경우는 선택의 폭이 너무도 좁다.

아무리 대시를 한다고 해도 여자가 선택해 주지 않으면 연애 자체가 힘들어지기 때문이다.

남자들이 연애를 못 하는 이유 중에 가장 중요한 것이 바로 연애를 못 하는 자신의 문제를 모른다는 것이다.

물론 하나의 단점이 있다고 해서 연애를 못 하는 것은 아니지만, 그만큼 기회는 줄어들게 마련이다.

'무슨! 자신의 문제를 모르는 사람이 어디 있어?' '왜 없어~'

알면서도 무시하는 것이라고 생각을 하겠지만 사실은 진짜 모르는 사람이 있다. 예전에는 알았지만 자꾸 부정을 통해 이제는 기억에서도 사라진 것이다.

자존심이 무엇인지 주제 파악만 하면 될 것을 그렇게 심각한 연애를 못 하는 바이러스를 지니고 살게 되는 것이다.

자신의 문제를 알게 된다면 소심해서 말을 잘못 붙인다거나, 여자를 잘 몰라서 나오는 행동 등을 커버할 수 있다. 연애는 늘 새로운 것을 창조하는 능력이 있다. 새로운 것을 취하기 위해서는 자신이 그것을 받아들일 수 있는 자세를 가져야 한다. 가장 중요한 자세는 단점을 고치고 새로운 것을 그에 맞도록 튜닝하는 것이다.

연애를 못 하는 사람들은 어디에서나 있다.

멀리서 찾지 마라! 자만에 빠진 당신일 수도 있다.

지금 몇 번의 연애를 해 봤다는 것으로 자신은 연애를 못 하는 사람이 아니라고 착각하지 마라.

연애를 못 하는 사람과 잘하는 사람의 차이는 거의 없다.

자신을 잘 아느냐 모르느냐에 있는 것이다.

연애는 둘이서 한다.

셋이나 넷 등의 삼각관계, 사각관계에 대해서는 제외하자.

그렇기에 상대를 파악하고자 혈안이 되어 있다. 나와 맞는 사람인가. 이런 점은 나하고는 안 맞는데… 기타 등등.

동시에 상대도 나를 파악하고자 한다.

그렇기에 남을 파악하기 전에 자신을 먼저 파악하는 것이 우선시 되어야 한다.

내가 연애를 하는 데 부족함이 없는가?

이 사람과의 연애를 위해 어떤 장점을 부각해야만 하는가?

스스로 고칠 점은 어떤 것이 있을까? 등등.

적을 알고 나를 알면 백전백승이라고 했다.

상대만을 알아서는 성공적인 연애가 될 수 없으며, 진정한 연애를 할 수도 없다.

먼저 자신을 알아야 한다.

내가 연애하기에 부족하다고 생각을 한다면 고치면 그만이다. 자신을 너무 과대평가하지 말고, 포장으로 단점을 가리는 오류를 범하지 마라. 언젠가 드러나는 단점은 너무나 썩어 있어서 되돌릴 수 없는 지경이 되어 버린다.

연애코치

연애를 잘하는 것이 자랑은 아니지만, 못 하는 것은 문제다.
적을 몰라도 나만 알면 되는 것이 바로 연애다.
단점을 덮어 버린 예쁜 포장지도 바로 단점이 되어 버린다.

연애, 처음 그리고 시작

연애의 처음은 언제인가? 연애의 시작은 어디서부터인가? 자신도 모르는 사이 연애는 찾아오게 되고, 준비하지 못한 연애는 좋지 않은 결과를 낳게 되는데, 상대와 같이 시작하는 연애를 만들어 보자.

'지금 우리가 연애를 하고 있는 거 맞아?' 상대에게 가끔 이런 질문을 한다.

자신은 지금의 만남과 감정이 연애라고 생각을 하지만 상대는 전혀 아니라고 생각을 한다.

"과연 연애의 시작은 언제부터인가?"라고 누군가 말을 해 줬으면 하는 생각이 가끔 들 것이다.

'자 우리 이제 사귀는 거야'라며 친절하게 말을 해 주기도 하지만 서로 연애를 하는 것인 줄 확인하기 위하여 "우리 지금 연애하는 거 맞지?'라며 질문을 하게 된다.

"제가 좋아하는 사람이 생겼습니다. 그 사람도 저에게 호감이 있는 거 같은데, 가끔 나 같은 사람이 좋다고 했었거든요…

그래서 나의 남자 친구가 되어 달라고 고백을 하게 되었죠.

그 사람도 기분 UP이라며 사랑이 고팠다고 많이 사랑해 달라고 하더군요. 그럼 연애의 시작 아닙니까? 서로 마음을 알았다면, 그걸로 연애의 시작 아닌가요?

서로 멀리 떨어져 있는 관계로 만나지 못해 고백한 후부터 전화로, 문자로, 한 시간에 한 번꼴로 연락하며 챙겼습니다. 아침이면 잘 잤느냐, 밤이면 잘 자라, 다쳤다면 어쩌다 다쳤나 하며 맘 아파하고, 끼니 때 되면 밥 먹었느냐 챙기고, 그 다음 날이면 다친 거 어떠냐 확인해야 맘이 놓이고(그 사람은 이렇게 자길 챙겨주는 사람이 좋다고, 그리고 저 역시 챙겨주는 걸 아주 좋아하거든요). 그런데 그런 연락을 한 지 얼마 지나지 않아 그 사람한테 아직 제가 호감의 대상 중 한 명이라는 걸 알았습니다.

순간 그 사람한테 고백한 제가 너무 민망해지고 당황스럽더군요.

저는 철석같이 그 사람이 제 애인인 줄만 알았고, 저 역시 제가 그 사람의 애인인 줄 알았는데, 그러더라고요. 저한테 나는 이런 사람이 좋다, 그런 사람을 만나고 싶다 그러더니, 자기 같은 사람 어떠냐고… 그래서 좋다고… 그래서 내가 너 좋아하는 거라고 했죠.

서로 애인이라는 표현을 안 했지만 저는 당연히 이런 것이 연애라고 생각을 했어요.

그러다가 친구들이랑 바람을 쐬러 갔다가 경치가 너무 좋아서 제가 전화해서 남자 친구랑 오면 아주 좋을 거 같다 하니까, 그 사람이

하는 말… 나중에 생기면 꼭 가라고 하네요.

그렇다면 사랑해 달라고 하면서 매일 연락하고 자주 만나는 이것이 연애가 아니라는 말인가요? 도대체 남자들이 생각하는 연애라고 생각하는 것은 언제인가요?"

연애의 처음 그리고 시작은 언제부터인가의 물음에 누가 정확한 답을 해 줄 수 있을까?

서로 연애의 시작이라는 관점이 다르기 때문에 상대에게 실망을 하고 감정이 상하게 된다. 내가 연애의 시작이라고 생각을 하면 상대도 그것을 이심전심으로 알아주면 좋으련만 세상 일이 그렇듯 쉽게 풀리지는 않는다.

모든 사람이 연애를 하는 데 배려라는 이름으로 상대를 먼저 생각하는 척하지만, 실상은 자기 중심적인 것이 일반적인 연애의 패턴이다.

그렇기에 직설적으로 연애의 시작을 공표를 한다고 해서 자신이 시작이라고 생각하지 않는다면 절대로 그 연애는 한 발짝도 나갈 수 없는 것이다. 그렇다고 상대를 비난할 수 있을까?

'상대가 행동하는 것이 연애가 아니면 무엇이었단 말인가? 라며 상대를 비난할 수 있을까? 절대 못 한다.

단지 상대의 언행을 보며 스스로 판단을 했을 뿐 상대는 연애라는 표현을 하지 않았기 때문이다.

그렇게 편하게 생각하면 그만이냐고… 물론 그렇다. 말했듯이 연애는 상대의 배려가 아닌 자기 중심적인 감정이다. 상대가 편하게 생각했다면 상대를 비난하는 것은 아무런 의미가 없다.

자신의 감정을 다치지 않기 위해 돌다리도 두드려 보고 건너는 심정으로 연애의 시작을 늦게 하는 사람들은 상대를 늘 혼란스럽게 만든다.

분명히 말과 행동이 연애가 아니면 도저히 할 수 없는 것이기에 연애라고 철석같이 믿는다면 스스로 상처를 받게 될 것이다.

말 하나도 아주 조심스럽게 한다. 보통 연애를 표현하는 여러 가지 표현 중에서, 한 예로 사랑이라는 표현을 하지 않으면 연애가 아니라고 생각을 한다. 단지 만남의 반복이며, 연애를 하기 위한 워밍업 정도로 받아들이기 때문에 상대는 혼란스럽고 자존심이 상하게 마련이다.

똑같이 대할 수밖에 없다.

상대가 나를 연애의 후보로밖에 여기지 않고 있다면, 그에 걸맞은 행동과 감정을 사용하면 된다. 지나치게 스스로 연애라고 생각하여 적극적으로 다가간다면 도망가는 습성을 지녔기에 절대로 먼저 다가가면 안 되고, 늘 일정한 간격을 유지해야 한다.

키스 등의 육체적 접촉을 했다고 해서 절대 연애라고 생각을 하지 않는 것도 연애의 시작을 늦추는 사람들의 성향이다.

먼저 접근하기까지 기다리는 수밖에는 특별한 방법이 없다. 하지만 연애라고 생각을 한다면 자신이 내린 결정에 대해서 자신 스스로 완벽하기를 원하기에 오랫동안 유지되며, 좋은 결말을 맺는 확률이 높다.

이렇게 연애의 시작을 자신이 생각하는 것보다 느린 사람뿐만 아니라 너무 빨리 혼자 시작하고 끝내 버리는 경우가 있다.

물론 상대적이기에 기간을 명시할 수는 없지만, 몇 가지 행동의 패턴에서 알 수가 있기에 찾아올 연애를 놓치는 경우가 없도록 준비하는 자세도 필요하다.

"그 사람이 저를 좋아하는지 몰랐어요.

저한테 관심을 보이는 선배가 있었죠. 저보다 나이는 한참 많았지만 워낙 여자랑은 친하게 지내지 않는 편이고, 또 조금만 친해지면 금방 좋아하는 타입이라 어느새 저도 모르게 그 선배를 마음에 담아두고 있었나 봐요.

그렇게 갑자기 전화며 문자며 자주 연락이 오고, 개인적으로 따로 만나서 같이 보내는 시간이 많아지면서 저도 모르게 그 선배한테 조금씩 기대를 하게 되었지요. 아 나도 드디어 고백이란 걸 받아보고, 연애도 해 보게 되겠구나 하고 말이죠.

그런데 그러고는 연락이 뜸해지더니 뜬금없이 '네가 날 안 좋아하는 것 같아서 포기한다' 고 하는 거예요. 나의 행동에 무슨 문제가 있었는지도 모르겠고, 사귀자고 하면 사귈 생각이었는데 어처구니없는 말을 들으니까 좀 혼란스럽더라고요."

남자는 개인적으로 따로 만나는 것 자체를 연애라고 생각을 했을 것이다.

하지만 여자의 행동이 자신을 단지 친한 선배로 대한다고 생각을 했기에 스스로 포기를 했을 테고 상처도 받았을 것이다.

여자와 남자가 느끼는 연애의 감정은 남자와 여자라는 생리적인 차이보다는 각 개인이 설정한 기준에 따라서 다르게 나타난다.

자신은 시작도 못 한, 하지만 다른 사람은 벌써 시작하고 끝내 버린 연애를 종종 경험하게 된다.

내가 몰랐는데 이제 알았으니 진정으로 연애를 해 보자고 해도 벌써 상대는 감정 정리를 마친 상황이기에 새로운 시작은 어렵다.

황당하다고? 물론 황당하다. 하지만 이런 경우가 어디 한둘인가. 나의 행동이 의도하지 않은 방향으로 상대에게 받아들여지는 것, 무심코 던진 돌멩이를 개구리들이 심각하게 생각하는 것처럼 말이다.

나의 아무렇지도 않은 행동이 상대에게는 연애라고 받아들여졌기에 서로 상의 없이 시작을 했지만, 상대가 연애가 아님을 알았을 때는 실망감을 무시할 수 없다. 한 번 받은 상처를 치유하기도 힘들다.

"뭐, 나도 모르게 혼자서 연애를 하고 끝내 버렸는데 어쩌란 말인가?"라고 질문을 한다면 할 얘기는 없다. 하지만 그런 상대가 마음에 들고, 지금이라도 진정으로 연애를 하고 싶다면 얘기는 달라진다.

그러기에 늘 연애의 준비를 하는 습관을 가져야 한다.

시중에는 많은 준비와 관련된 서적들이 있다. 연애에 관련한 책들도 연애에 대한 여러 가지 유형을 알려주며 연애를 철저히 준비하라고 하지만, 시험공부 열심히 한다고 해서 공부 안 한 부분에서 문제가 나오듯이, 연애도 철저히 준비한다고 해서(철저히 준비하는 것은 불가능하지만) 성공을 거두는 것은 아니다.

하지만 한 가지 지켜야 할 자세를 이야기하자면 늘 열어두어야 한다.

지금 만나는 사람이나 주변의 사람에 대해서 오감을 열어두고 마음을 열어두어야 한다.

아무나 만나라는 뜻은 아니다. 누군가 자신에게 관심을 두고 연애를 하자고 다가선다면 아무리 둔하더라도 어떠한 조짐을 느끼게 마련이다.

상대가 갑자기 나의 일상에 대해서 궁금해한다거나, 전과는 다른 표현을 쓴다거나, 고민을 공유하길 원한다거나 기타 등등.

이런 감정의 변화의 조짐을 알아채야 하며, 그러기 위해서는 오감을 열어놓고 마음까지도 열어놓아야 한다.

그렇게 된다면 상대가 무엇을 의도하였는가를 파악할 수가 있다. 보통의 경우는 상대가 연애를 시작했다고 생각하는 것보다 많이 늦지만 그렇다 하더라도 후회할 수 있을 정도는 아닐 것이다.

이때 자신이 성급하게 먼저 다가선다면 일을 그르칠 수 있다.

기다리면 그뿐이다. 그저 '내가 당신의 연애의 시작을 알고 있고 받아들일 준비가 되었다' 는 것만을 알려주면 알아서 다가오고 그때부터 상대의 기준이 아닌 나 자신의 기준의 연애가 시작된다. 그렇게 된다면 절대로 후회하지 않을 것이다.

연애가 어렵다며 술잔을 기울인다.

당연히 어렵다.

예지 능력과 독심술에 능하면 쉬워질까?

쉬워질지는 모르지만 재미는 반비례로 감소할 것이다. 어떻게 변화할지 모르기에 연애가 재미있는 것이다.

지금 주위를 둘러보자!

누군가 지금 나와 연애를 한다고 생각하지는 않을까?

아니면 벌써 나도 모르는 사이에 연애를 마쳐 버린 사람은 없나?

준비해 놓자!

상대를 위해서가 아니라 내가 후회하지 않도록…

열린 연애의 습관이 스쳐가는 아까운 많은 기회를 놓치지 않도록 해 준다.

연애코치

연애를 같이 시작하는 방법. 상대에게 맞출 수밖에 없다.

늘 준비하지 않으면 떠나간 연애를 후회한다.

연애는 상대적이기도 하지만 지극히 개인적이다.

데이트

데이트

뉴요커들에게 데이트라 해면 으레 같이 밥을 먹거나 술을 마시고 같이 성관계를 갖는 것을 의미한다. 데이트를 잘하기 위해서는 어떤 것들이 필요할까? 성공하는 데이트는 과연 무엇일까?

데이트는 통상적으로 이성 간의 만남이나 만남의 약속을 의미한다.

우리는 데이트를 한다.

사랑에서 소프트웨어는 사랑하는 감정과 같이 눈에 보이지 않는 것을 의미한다면, 데이트는 사랑을 구성하는 실제의 만남과 접촉을 의미하는 하드웨어로 생각할 수가 있다.

아무리 소프트웨어의 시대라고 하지만 하드웨어가 없는 소프트웨어가 있을 수 있을까?

연애에서 데이트는 연애의 시작을 알리는 일종의 신호탄과 같다. 또한, 연애를 완성하는 의미도 갖게 한다.

한 사람을 짝사랑하면서 몇 년간을 끙끙 앓고 있는 것을 연애라고 부르는 사람은 없다. 만나서 서로 재미있는 시간을 보내고, 서로 사랑을 확인하는 행위인 데이트가 있어야만 진정한 연애라고 부를 수 있을 것이다.

여러분은 참 많은 데이트를 해 봤을 것이다. 하지만, 다양한 데이트를 경험해 보지는 않았을 것이다.

어떤 사람은 데이트의 유형보다도 데이트를 한 사람이 많을 수도 있다.

연애가 끝나고 다른 사람과 연애를 할 때에도 똑같은 장소에 가서 밥을 먹거나 같은 장소에 놀러 가는 유형이 많이 있다.

만나서 영화 보고 밥 먹고 술 마시고, 이런 식의 데이트 이외에 색다른 데이트를 발굴하기 위해 끊임없이 인터넷을 서핑하며 각종 정보에 귀를 기울이지만, 단지 영화가 뮤지컬이 되고 밥의 질이 좋아질 뿐 더 나아질 것이 없을 것이다. 같은 취미 활동을 통해 데이트를 대신하는 것 자체가 더 새로운 데이트를 찾는 것을 포기하면서 마지막으로 내놓는 카드이다.

데이트의 종류는 무척 많다.

여기저기 데이트 잘하는 방법, 어디에 가서 데이트를 하면 어떻게 좋아진다는 내용까지, 남자들은 끊임없이 여자들을 감동시키기 위해 데이트를 준비하는 데(물론 아무 생각 없이 만나는 남자도 많다. 이런 남자를 용납해 주고 스스로 준비를 하는 여자들도 있을 정도로 축복

받은 남자들이 종종 있다) 노력을 기울인다.

어떻게 하면 상대를 감동시키는 데이트를 할 수 있을까?

"남자 친구랑 만난 지 얼마 안 되었는데요.

만날 때마다 뭐할래? 어디 갈래? 정말 항상 물어보고 정말 난감합니다. 집이 멀기는 해도 중간에서 만나는데, 약 한 시간 거리거든요. 일주일에 두세 번씩은 만나서 데이트를 하는데 어디 가자고 할 데도 딱히 없고, 그리고 더 한 것은 남자 친구는 꼭 제가 하자는 대로 하거든요. 날 많이 생각해 주는 건 알겠는데…

매번 만날 때마다 "어디 갈까?" 라고 물어보면 "어디 가고 싶은데? 너 가고 싶은데 가자"고 하니까 정말 짜증 나거든요.

둘이 좋아하긴 정말 좋아하는데 만나서 밥 먹고 술 먹거나 영화 보는 게 다예요. 그렇다고 영화 속에서처럼 특별한 데이트를 원하는 것은 아니지만 남자 친구가 조금 더 노력해 줬으면 하는 바람이에요. 그렇다고 제가 미리 알아보고 그러는 건 조금 자존심도 상하는 것 같아서요."

남자도 정말 영화 속에서 나오는 것처럼 낭만적이고 감동을 줄 만한 그런 데이트를 해 주고 싶을 것이다. 하지만 방법을 모를 뿐만 아니라, 원하는 것을 따라주는 것이 여자 친구를 위하는 것이라고 생각한다.

여자는 남자가 리드해 주길 원한다. 남자도 리드를 하고 싶어한다.

하지만 여자가 무엇을 원하는지 알지 못하기에 머뭇거리게 되면서 여자의 눈치를 보는 것이다. 참 배려심 깊고 자상하다고 생각을 하면 오산이다.

단지 소심할 뿐이다.

예전에 자신이 원하는 데이트를 했을 때,

'이게 뭐야' '난 그거 먹기 싫어' '여기 분위기 정말 아냐' '너무 힘들어. 어디 더 좋은 데 없어?' '어휴, 나 이거 싫어하는 거 몰라' 등의 여자의 투정을 들었기에 자신감을 잃지는 않았을까?

그렇다면 데이트를 성공적으로 이끌 수 있는 방법은 무엇일까?

거창한 데이트가 늘 환대를 받는 것일까?

꼭 그렇지만은 않은 것이 사람들의 공통된 성향이다.

흔히들 이런 말들을 한다.

"잘못하다가 한 번 잘해 주는 것이 늘 잘해 주다가 한 번 잘못하는 것보다 낫다." 너무 계산적이고 계획적이지 모르지만 어느 정도는 수긍이 간다.

늘 화려한 데이트를 리드할 수는 없다. 언젠가는 에너지가 소진되어서 지치게 된다면 상대는 실망을 하게 되고, 이런 실망감은 연애 감정을 악화시키는 결정적인 요소로 발전을 한다.

처음에는 화려하고 감동을 주는 데이트를 계획을 하고, 점차 그 강도를 약하게 하며, 이제 나만의 연인이라고 생각을 하면 점차 감동의 수위를 높여가는 것이 가장 적절한 데이트 방법이다.

이런 것을 누구나 알고 있는 사실이다. 하지만 늘 성공을 한다. 늘 이성적으로 반응하는 사람이 아닌 감정의 동물이기 때문이다.

그리고 데이트에서 남는 것은 작은 기억밖에는 없다.

늘 근사한 데이트를 할 수 없다. 사실 경제적인 문제도 여기에 기인한다.

그렇다면 작은 것 하나하나에도 감동을 줄 수 있는 그런 데이트를 진행을 해라.

선물도 좋다.

이 세상에 선물을 싫어하는 사람은 결단코 없다. 작은 것 하나라도 나를 위해 고민을 하고 받을 때 상대의 기쁜 모습을 상상하면서 고른 것이라면 어떤 것이라도 상대방에게 호감을 줄 수가 있다.

작은 것에 감동한다.

데이트를 마치고 며칠이 지나면 무엇을 했는지보다, 그 남자의 세심한 배려나 멋지고 낭만적인 말만 기억이 난다.

감동적인 말에 대해서 굳이 고민할 필요 없다. 어떤 아름다운 수식어보다 더 중요한 것은 진심으로 감정 어린 사랑의 언어면 족하다.

어렵다고 생각을 한다면 이런 표현은 어떨까?

"내가 세상에서 제일 소중한 줄 알았는데 오늘부터 너로 바뀌었어."

"기억상실증에 걸렸어! 너만을 생각하기 위해 기억을 지워 버렸거든."

"평생 네 옆에 있어야겠어. 네가 내 마음을 돌려줄 때까지."

약간은 닭살스럽고 얼굴이 화끈화끈할지도 모른다.

"웃기고 있네? 어디서 주워들은 거냐?"

이런 반응을 보일지도 모른다.

하지만 감동을 줄 수 있다. 명심할 것은 진심으로 우러나온 말이어야 한다.

그냥 말장난의 화려한 말은 몇 번은 감동을 줄 수 있지만, 이상하게도 여자들은 곧잘 알아차린다, 그것이 그냥 말뿐이었다는 것을…

라면을 먹고 공원 벤치에서 자판기 커피를 마시더라도 나를 사랑하고 있다는 표현을 듣게 된다면 나중에 무엇을 먹었는지 기억이 나지 않는다. 단지 그 순간의 황홀한 기억만이 지배할 뿐이다.

사람의 뇌는 한정적이기에 중요하고 맘에 드는 것만 기억을 하는 절묘한 작용을 하기 때문이다.

데이트를 어떻게 해야 할까 너무 걱정하지 마라.

어떤 데이트든 최선을 다하는 것이라면 중간은 간다. 보통의 데이트라면 연애에서 어느 정도 성공적이다.

너무 고민을 하게 되는 데이트를 하고 있다면 상대와 자신이 맞지 않는다고 봐도 무리가 아니다. 편하게 생각하고 자유롭게 데이트를 할 수 있는 나만의 연인을 다시 찾아봐야 할 것이다.

"얼마 전 스포츠 센터에 다니게 되었는데, 강사가 계속 저한테 '언제까지 다닐 거냐?' '이름이 뭐냐?' '사귀는 사람은 있느냐?' 묻는 거 있죠. 이 사람은 제 직장 동료하고도 잘 아는 사이인데, 잠깐 다른 사람이 사정이 생겨서 일주일간만 나온다고 하더라고요.

자꾸만 저에게 관심을 두는 것 같고 저의 미니홈피에 들어와선 글 남기고 그러더라고요. 이번 주 토요일까지 나가는데 토요일에 데이트 신청을 한다고 하더라고요… 처음에는 농담인 줄 알았죠. 동갑내기라서 친하게 지내자는 것쯤으로 생각했는데, 토요일이 다가오니까 너무 설레는 거 있죠. 이 사람에 대해 하는 평도 좋고. 여자에게 많이 치근대는 스타일도 아닌 것 같고. 근데 토요일에 이 사람 안 나왔더라고요. 그 사람도 마지막 날이고 저도 마지막으로 나가는 날이었는데 말이죠.

데이트 신청한다는 말 그냥 하는 말인가요? 감이 안 오네요."

가끔 외국 영화나 시트콤 등을 보면 참 우리나라에서는 데이트 신청을 어렵게 한다는 생각이 든다.

한 유명 시트콤에 출연하는 남자 주인공들을 봐도 바에서 만나 간단한 대화를 하고, 다음날 데이트 신청을 하고, 그리고 같이 관계를 맺고…그리고 아무렇지 않은 듯이 바이바이…

그네들의 방식이기에 좋다 나쁘다는 얘기가 아니다.

우리는 너무 어렵게 데이트 신청을 하고, 힘들게 데이트를 수락을 한다.

위의 예에서도 강사는 데이트를 신청하기 전에 사전 정보를 얻고자 직간접적으로 시도를 했을 것이다. 거부감이 느껴지지 않도록 약간은 장난스럽게 질문을 하고, 또한 인터넷상으로 거절해도 상처 안 받게 친절하게 사전 예고도 하며, 아마도 직장 동료를 통해서 여러 가지 정보를 얻었을 것이다. 그러다가도 나중에 여자 쪽에서 확실하게 긍정의 표현을 하지 않았기에 데이트 신청을 못 했을 것이다.

얼마나 시간과 감정 낭비인가?

앞에서 말했듯이 데이트는 연애를 실현할 수 있는 하드웨어의 역할을 한다. 우리가 컴퓨터를 살 때 하드웨어를 반드시 구입하고, 그리고 소프트웨어를 구입하듯이, 일단 데이트를 하면서 연애의 감정을 싹트게 해야 한다.

너무나 데이트 신청에 대해서 미리 겁을 먹을 필요는 없다.

거절당하면 어떤가? 인연이 아니라고 생각을 하면 그만이다.

하드웨어를 사야만 다양한 성능의 소프트웨어를 구현시킬 수가 있지 않은가. 길을 가다가 정말 맘에 드는 이성을 만난다면 데이트 신청을 해도 좋다.

그래서 데이트가 성사가 되면 연애로 가는 첫 단추를 잘 끼운 것이고, '이 남(여)자 미친 거 아냐?' 이렇게 얘기를 하면서 거절을 하더라도 그 여(남)자는 길거리에서 데이트 신청을 받았다는 사실에 우쭐해질지도 모르고 입가에 미소를 지을 만큼 유쾌한 기억으로 남아 있을 수 있지 않은가.

데이트 신청을 함으로써 최소한 한 사람의 기분은 좋아지게 만들었다면 얼마나 가치 있는 일이 아닌가.

어떤 일이든 그렇지만 데이트도 시작이 어렵다.

이것저것 재보고 생각하고 다짐을 하면서 시간을 끌어서 데이트를 신청을 한다면 과연 성공률이 높을까?

절대 그렇지 않다.

'이때쯤 나한테 데이트 신청을 할 거야' 라고 예상을 하게 되면 상대도 생각을 하게 된다. '이 사람과 만나도 괜찮을까?' '괜히 만나는 것은 아닐까?' 이렇게 생각을 하게 된다면 일단 성공률은 반으로 줄어들게 된다.

쭈뼛쭈뼛 데이트를 신청할 것처럼 하다가 때를 놓치고 시간이 흘러서 하게 된다면 여자는 우유 부단한 사람으로 남자를 보게 된다.

다들 알고 있겠지만 여자들이 싫어하는 스타일의 대표적인 유형이 우유 부단한 사람이다.

데이트 신청의 성공을 위해서는 상대에게 거절의 빌미를 생각할 시간을 주지 않도록 해야 한다.

여자는 언제나 좋은 포장으로 거절을 통보하기에 절대로 포장할 시간을 주면은 안 된다.

쉽게 하는 데이트 신청에 대해서 너무 경솔하다고 생각하지 마라. 자신이 좋아하는 여자라면 남도 좋아할 가능성이 크지 않은가.

아침에 일찍 일어나는 새가 벌레는 잡을 수 있듯이 먼저 데이트를 신청하는 사람만이 연애를 할 수 있는 것이다.

자신감을 가져라!

자신에게 관심이 있는 사람에 대해서 거부감을 느끼는 사람은 없다. 거절을 당해봐야만 다음의 데이트 신청에 성공을 거둘 확률은 높아져 간다.

연애코치

데이트 신청은 시간이 흐를수록 가능성은 떨어진다.

연애는 소프트웨어, 데이트는 하드웨어

데이트에서 남는 것은 무엇을 했는가가 아니라 어떻게 했느냐다.

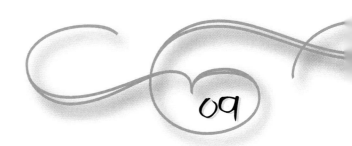

09

남자, 두 번 태어나다

'사나이로 태어나서 할 일도 많지만~'

정말 사나이로 태어나서 할 일이 많은 것이 우리나라 남자들이다.
태어나서 할 일도 많다. 남자로 태어나서 특별한 하자가 없는 한 군대
라는 과도기적인 집단에서 2년간의 의무를 가진다. 남자들은 만나면
늘 군대 이야기를 하게 되는 것도 군대라는 하나의 공통된 문화를 접
했기 때문이다. 군대는 공통된 문화와 생활양식이 있기에 군대 이야
기는 서로 연결해 주는 매개가 된다.

연애로 보면 가장 왕성한 시기에 군대라는 조직에서 울고 웃는 연
애의 쓴맛 단맛을 느끼게 되는 시기이다.

"제 남자 친구는 지금 일병이에요. 일병을 단 지 2개월 되었죠. 제

남자 친구는 좀 과묵한 편이고 신중한 편이에요. 말이 별로 없는데 저한테만 애교도 많고 말도 잘하고… 그러는 남자 친구죠. 그러던 남자 친구가 군대 간 후로 많이 변했어요.

연락도 잘 안 하고, 만나면 말도 잘 안 하고, 그렇게 변한 그를 보면서 툴툴대고 투정부리기도 하고 짜증 나게 만들기도 했어요. 군대 가기 전에 봐왔던 내 어떤 사랑 방식이나 행동들이 모나게 보였을까요?

얼마 전부터 달라졌다는 걸 느끼게 되었죠. 연락이 잘 안 되어서 서로 맘을 잘 알지는 못하지만 여자의 육감이라는 게 무섭잖아요. 남자 친구와 어긋날 때면 항상 육감이 작용하거든요. 기분도 우울해지고, 슬퍼지고 더는 남자 친구가 날 사랑하지 않는 듯한 느낌을 많이 받게 되네요.

이렇게 말하면 연락 안 해 준다고 투정부리는 여자처럼 보일지도 모르지만, 그래도 불안한 마음은 감출 수가 없네요. 상병 때까지만이라도 기다려보고 아니면 헤어지고 싶어지면 그렇게 하려고요. 제가 나쁜 것일까요?"

애인을 군대 보내고 고민을 하는 한 여성의 사연이다.

군대 간 애인과의 고민에 대한 여자들의 심리적인 고민을 단적으로 드러내고 있다. 예전의 군대에 비해서 너무나 발전하고 좋아진 군대라고 여기저기서 끊임없이 발표를 하지만, 아직까지는 외부와의 차단된 공간이고, 하나의 목적을 위해 존재하는 공간이기에 단절이라는 단어가 아직까지 친숙하다.

그러기에 연애 기간 사이에 남자 친구가 군대에 가게 되면 서로 다른 공간에서 다른 생각을 하게 되고, 남자는 남자대로 여자는 여자대로 늘 고민에 잠기게 하는 곳이다.

물론 예전과 같이 여자 쪽에서 일방적으로 고무신을 거꾸로 신었다고 해서 문제를 일으키는 군인이 없어진 것은 아니지만, 그렇다고 일방적으로 남자가 이별을 감수해야 하던 예전과는 너무나 다른 양상이 나타나는 것이 요즘의 현실이다.

고무신을 거꾸로 신은 여자들에 대해서 많은 비난을 퍼부었다. 절대로 왜 그런 일이 발생을 했는지, 혹시 남자가 잘못한 것은 아닌지? 에 대한 물음보다 거꾸로 신었다는 사실 자체가 원인을 완전히 무시하게 되었다.

하지만 상대적으로 군화를 거꾸로 신는 일에 대해서는 지탄을 덜받게 된다.

왜일까? 군인들이 약자(?)라는 고정관념이 우리에게 뿌리 박혀 있기 때문이다.

그도 그럴 것이 군인은 한정된 장소에서 외부와 단절된 생활을 하게 되기에 그렇지 않은 여자 친구에 비해서 상대적 약자의 역할을 하게 된다.

요즘의 세태를 보면 더는 고무신을 거꾸로 신은 애인을 생각하며 고개를 숙인 군인들을 찾아보기는 그리 쉽지가 않다.

더욱이 군화를 거꾸로 신어 버리는 군인들이 많이 늘었다. 이 모든 것이 일부 부대를 제외한 자유로운 통신 수단과 인터넷의 보급을 통하여 더는 외부와 완전히 단절된 공간이 아니라는 것이 가장 크게 작용을 했다.

그만큼 군대 간 애인들에 대해서 고민도 예전 못지않게 많이 늘었다. 이런 고민이 발생하는 가장 큰 이유는 서로 오해가 있어도 바로바로 확인을 하지 못하는 경우가 많으며, 서로 거리적인 차이로 인해서 자주 만나지도 못하기에 오해는 더욱더 깊어지는 이유일 것이다.

"남자 친구가 군대 가고 꼬박꼬박 편지 쓰고 때 되면 선물 보내주고, 정말 열심히 잘했다고 생각을 해요. 얼마 전에 만난 지 500일이 되어서 면회를 가려고 했는데 훈련이라고 못 오게 하더라고요. 그래서 그 다음 주에 가려고 했죠.

그런데 오빠의 홈페이지를 보다가 이상한 말이 올라와 있어서 글 올린 사람의 미니홈피에 가보니, 저보고 오지 말라고 하는 그때에 예전에 사귀던 여자 친구하고 찍은 다정한 사진이 있었던 거예요. 그 여자가 면회 온다고 해서 저보고 훈련 핑계로 면회 오지 말라고 했던 것 같아요.

배신감에 정말 잠도 오지 않고, 당장 헤어지자고 했고, 기다리지 않겠다고 했어요. 그런데도 며칠이 지나도 미안하다는 용서를 비는 전화가 없네요."

이런 유형의 고민을 하는 애인을 군대 보낸 여자들의 수는 갈수록 늘어가고 있다. 남자들이 변하고 있는 것이다.

우스갯소리로 이런 말을 한다. "군대 와서 애인이 고무신 거꾸로 신지 않게 하려면 어떻게 해야 하나? 애인과 헤어지고 오면 된다."

그처럼 군대에서 애인이 헤어지게 되는 경우가 많이 있다.

가장 많은 시기는 군대 간 지 1년이 넘어서는 단계.

군 계급으로 보면 일병에서 상병으로 넘어가는 시기이다.

군화를 거꾸로 신건 고무신을 거꾸로 신건…

왜일까? 1년이라는 시간이 군대가 아니라면 쉽게 지나쳐 버리는 시간이며, 상대적으로 군대 있는 사람보다는 빨리 지나가는 것으로 느껴질 것이다. 이병·일병 시기가 가장 시간이 가지 않는 시기이며, 그만큼 힘든 시기이기 때문이다.

아무리 군 개혁을 한다고 하더라도, 집처럼 편한 군대를 만든다고 하더라도 절대로 변하지 않을 것이다.

어쩌면 사람이 아주 다른 환경에서 완벽하게 적응을 하는 것이 개인차가 있겠지만 1년이 아닌 듯싶다.

하여튼 1년이라는 시기가 오면 군인들은 육체적으로든 정신적으로든 어느 정도 안정을 찾게 되고 시간의 여유가 생기게 된다 .

그렇기 때문에 자신이 지금껏 살아온 일들에 대해서 생각을 해 본다. 그리고 아무리 애인이 잘해 준다고 해도 그동안 만났던 다른 여자들과 비교를 하게 되고, 계속 만나야 할 것인가에 대해서 아주 객관적으로 생각을 하게 되는 것이다. 그렇게 생각을 통해 결정을 하게 되는데, 헤어진다는 결정이 나면 상병이 끝나기 전, 아니면 애인에게 어느 정도 기대를 하거나 의지를 하게 되면 병장 때까지 유지를 하지만 바로 헤어지는 경우가 많이 있다.

여자 친구가 아무리 잘해 준다고 해도 남자의 결심을 바꿀 수 있는 방법은 전혀 없다.

고무신 거꾸로 신은 경우에는 나중에 되돌릴 수 있다고는 하지만 군화를 거꾸로 신은 경우에는 절대로 예전의 관계로 되돌릴 수 없다.

이유는 간단하다.

자신이 객관적으로 심사숙고해서 성인으로 가장 처음 결정한 문제라고 생각을 하기 때문이다. 대학의 선택 및 다른 모든 것에 대해서 군대 가기 전에는 주변의 도움을 받았다.

그리고 연애에서도 군대 이전의 연애는 첫사랑이니 어린 시절의 추억으로 치부를 해 버리고, 헤어짐에 대해서 스스로 명분을 세우기 때문이다.

그리고 제대를 하면 새로운 출발을 할 것이라고 생각을 한다.

지금도 군화를 거꾸로 신고자 하는 남자들이 있을 것이다.

절대로 되돌릴 수 없다는 것을 잊지 마라. 되돌릴 수 있다고 믿었다면 1년도 못 가는 것이니까. 다른 연애 대상을 찾는 것이 현명할 것이다.

이와 마찬가지로 여자의 경우도 1년이 고비이다.

주위를 보아도 1년을 넘은 커플들은 제대까지 가는 경우가 많다. 대부분 군 입대 후 1년을 버티지 못하는 경우다.

이런 여자들의 특성은 절대 혼자서 살 수 없는 스타일이다. 친구가 되었든 애인이 되었든 누군가가 옆에 있어 주지 않으면 안 되는 스타일이다.

늘 자기 옆에 있어 주기를 원하고, 자신이 원하는 방향으로 관계를 이끌고자 하는 애인이 있다면 한번 군대를 가봐라, 1년 아니 6개월을 버티지 못할 것이다.

여자를 비난할 문제가 아니다.

그녀도 어쩔 수 없을 것이다.

태어나기를, 사랑을 지속적으로 받지 않으면 불안한 감정을 주체하지 못하도록 태어났기에 지속적으로 만나주고 관심을 가져 주지 않으면 다른 대안을 찾을 수밖에 없는 성향을 갖고 있는 것이다.

그리고 다른 부류는 특별한 성향을 나타내고 있지는 않다.
군대에 가 있다고 해서 특별히 달라지는 것이 아니라 쉽게 다른 남자들에게 노출이 되어 있다는 것이다.
여자는 사랑을 받고 싶어하는 존재이다.
자신이 힘들면 누군가 의지가 되어 주는 사람이 자신을 위해 진정으로 필요한 사람이라고 생각을 한다.
군대에 가게 되면 그렇게 하지 못하기에 어쩔 수 없는 것이다.

애인이 군대에 가 있는 여자한테 접근하는 나쁜 놈이라고 생각을 할지 모르지만, 대부분 그런 여자들은 내색을 하지 않는다.
군대 간 남자 친구를 그냥 친구로 말하는 경우가 많이 있다.
조선 시대도 아니고 수절하는 여자가 어디 있단 말인가.
연애도 기회라는 것을 알고 있는 것이다. '내가 그 남자를 기다린다고 달라지는 것이 어디 있을까? 라고 생각을 한다.
지금의 상황에서 가장 필요한 것을 제공해 주는 사람에게 자연스럽게 다가가게 되는 것이다.

그렇다면 군대 있는 2년 동안 나의 여자 친구를 지키는 방법이 있을까?
여러 가지로 많이들 얘기를 한다. 기념일 꼬박꼬박 지키기, 휴가 때 이벤트 해 주기, 감동의 편지 보내기 등등.

다들 좋은 방법이다.

그렇다면 군인이 아닌 일반인이 애인과 헤어지지 않는 법은 무엇일까? 같은 방법 아닐까?

군인이라고 특별한 방법을 찾는 것은 어리석은 일이다.

그냥 최선을 다하면 그뿐이다. 여자 친구가 헤어짐을 통보했다고 하늘이 무너지거나 세상이 끝나지 않는다.

그리고 연애는 변한다.

제대를 해서 다시 만날 수 있는 방법이 있다.

안 만나도 세상의 반은 여자라는 말을 하지 않는가?

군인들이 고민하는 여자 친구에 관한 고민과 남자 친구를 군대에 보내고 겪게 되는 여자들의 고민을 특별하게 생각을 해서는 안 된다.

다른 것이 무엇이 있단 말인가?

자주 못 만나고 해서 그것이 특별한 연애란 말인가?

그렇지 않다.

다른 접근 방법을 선택을 해야 한다. 둘 사이의 고민을

'네가 군대에 갔기 때문에 곁에 있어주지 못해서…'

'내가 군대에 있으니까 자꾸만 다른 생각이 나서…'

다 핑계일 뿐이다.

이제 군대를 핑계로 여기지 않았으면 한다.

단지 잠시 떨어져 있을 뿐이지, 둘 사이의 감정은 그대로 유지되지 않는가? 그것으로 군대 때문이라는 핑계를 댄다면 자신의 잘못된 행동을 포장하는 말밖에는 되지 않는다.

군대에 있는 남자 친구가 헤어지자고 한다면 "군인들은 다 그런가요?"라는 질문은 이제 무의미하다.

그가 군인이라서가 아니라 남자이기 때문이다.

내가 군대 와서 여자 친구가 떠났다(?). 아니다, 군대에 오지 않았어도 떠나갈 여자였다.

연애는 새로운 사람을 만나서 새로운 일들이 생기는 것이다.

하지만 반복적이기도 하다.

새로운 사람을 만날 때 느끼는 감정이 제일 반복적이며, 데이트하는 습관도 그렇기 때문이다.

하지만 군대는 반복해서 가지 않는다.

평생에 한 번이다.

군대라는 핑계로 헤어짐을 통보받는다면 의연하게 받아들여라.

다시는 그런 일이 없을 테니까…

평생을 살면서 한 번의 아픔이라면 아파할 만하지 않을까.

당연히 나중에 살면서 도움이 될 것이다. 군대에서 애인과 헤어져서 평생을 포기했다는 사람을 들어본 적이 없다.

다 옛날 얘기다.

군인과 연애하는 것, 군인으로서 연애하는 것도 자신의 연애사를 화려하게 만드는 하나의 족적일 것이다.

연애코치

군대 와서 헤어졌다고? 군대 안 와도 헤어졌을 것이다.

평생에 한 번 있는 군대에서의 연애 즐겨라.

1년이 가장 큰 고비이다. 할 수 있는 것은 다 해 봐라.

매트릭스

채팅의 좋은 점은 무엇이 있을까?

바로 익명성에 있다. 자신을 드러내 놓지 않고도 아주 손쉬운 방법으로 전혀 모르는 사람과 대화를 나눌 수 있고, 실제로 만남으로 연결이 되며, 연애로 발전할 수 있는 우리 시대의 아주 유용한 매체이다.

〈접속〉이라는 영화를 통하여 사이버상의 누군가를 만나고자 하는 사람들이 많이 늘어났고, 채팅 전문 사이트를 통하여 많은 연애 커플들이 탄생이 되었다.

좋은 면이 있으면 나쁜 면이 늘 따르는 법.

채팅의 인기가 날로 증가하면서 부정적인 면에 대해서 앞다투어 보도를 하게 되었는데, 그것이 바로 불륜과 성매매에 관한 것이었다.

채팅이 취미라고 하는 사람도 없거니와, 그렇다고 하는 사람이 있다면 일단은 아래위로 훑어 보게 한다.

연애에서 채팅은 연애 대상을 만나는 하나의 대표적인 장인 반면, 연애를 저해하는 요소로 많은 문제점을 낳고 있는 것이 사실이다.

실제의 연애와 사이버상의 연애를 별개로 생각하는 사람들이 늘어나면서 고민을 토로하고 끝내는 파국으로 치닫는 커플들이 늘고 있다.

"만난 지 5년 넘은 커플입니다.

남자 친구는 거의 매일 다른 여자랑 밤에 채팅을 합니다.

저 몰래 친구로 등록되어 있는 여자도 몇몇 있고요.

남자 친구한테 '채팅 안 하면 안 돼?'라고 구슬려보기도 하고,

'채팅하지 마!!'라고도 해 봤습니다, 울면서….

이제 안 할 것이라는 대답을 듣기는 했지만 절대 고쳐지지 않더라고요.

그래도 계속하네요. 남자 친구는 그냥 심심해서 하는 거라고 하지만, 다른 여자랑 얘기하는 자체가 너무 불결하고 정말 싫어요.

제가 너무 민감하게 생각하는 걸까요?

채팅하는 것만 빼면 저희 사이 별로 문제될 게 없는데…

이것 하나로 5년 동안 같이 지냈던 시간이 잘못될까 봐 걱정이에요."

실제의 애인이 있는 경우에 사이버상에서 다른 사람을 만나고 있는 사람을 주변에서 쉽게 만날 수 있다. 과연 이런 사람들의 생각은 어떤 것일까?

채팅에 대해서 반감이 있는 사람들한테 채팅을 통해 아무도 모르

는 사람과 얘기를 한다는 것을 아주 불쾌하게 생각을 한다.

　채팅을 좋아하는 사람은 채팅은 단지 채팅일 뿐이라고 생각을 하며, 애인에 대해서는 전혀 죄책감이 들지 않는 것이 일반적이다

　그들은 채팅을 통해서 제3자와 친분을 갖고 있는 것에 대해서 애인이 몰랐으면 하는 바람이 있고, 행여 안다고 해서 불쾌한 반응을 보인다면 과민 반응이라고 여겨 버린다.

　절대로 자신의 행동에 대해서 나쁜 짓이라고는 생각하지 않기 때문에 상대가 불쾌하다는 것을 이해를 하지 못한다

　왜일까?

　단지 그들이 생각하는 채팅은 교감의 대화가 아닌 시간 죽이기용의 문자와 문자의 대화라고 생각을 한다. 그렇기에 큰 의미를 두고 싶어하지 않기에 상대의 과민 반응에 대해서 너무 민감하다는 판단을 하게 된다.

　하지만 채팅을 가장 많이 하는 시간이 늦은 밤인 경우가 많기에 서로 감정적으로 민감한 때라서 쉽게 친해지게 되고, 또한 모르는 사람이라서 자신의 속내를 털어놓게 되고, 어느새 아주 친한 친구가 되어 버리는 것이다.

　채팅을 통한 만남은 단순히 문자와 문자의 대화이지만(물론 화상이나 음성 채팅을 제외하면) 서로 만나고 싶어하는 것이 인지상정이기에 어긋난 만남으로 이어지는 경우가 자주 발생한다.

　그래서 지금의 연애와는 전혀 별개의 연애로 발전하게 된다.

　바람이다. 늘 들키게 마련이다. 대부분은 싹싹 용서를 빌고 다짐을 하게 되지만 또다시 채팅을 한다. 실제 만남을 제외한 채….

이런 사람들은 실재하고, 사이버상의 두 공간에서 똑같은 감정을 가지고 연애를 하고자 한다. 직접 만나는 상대와 사이버상의 상대를 통해 각기 다른 만남의 만족을 얻고자 하는 것이다.

실제로 만나는 상대에게서 얻을 수 없는 깊은 자신의 속마음을 다른 이에게 말하고 싶은 욕망을 해소하는 역할을 사이버상의 상대에게 원한다.

실제의 상대에게 만족을 하지 못하거나 일종의 콤플렉스를 가진 경우가 많다.

상대가 채팅에 빠져 있다면 그 자체만을 비난하기보다는(물론 그렇다고 채팅을 해서 다른 사람을 만나는 것은 몹시 나쁜 행동이다) 조금 더 한 발자국 다가가는 태도가 필요하다.

지금 무엇엔가 욕구 불만이 있다. 육체적인 욕구 불만, 대화의 부족 등이 있는 것이다.

자신의 행동이 나쁘다는 것을 알고 있지만 달리 해결할 방법이 없기에 컴퓨터 앞에 앉게 되는 것이다.

심심풀이라고 자신은 얘기하고 싶지만 모르는 사람을 만나는 것 자체에 스릴을 느끼게 되면서 중독에 빠져들게 되는데, 조기에 잡아주지 않으면 문제는 심각하게 된다.

채팅이 단지 시간 죽이기용이라고 얘기하는 것은 자기 합리화다.

엄연히 상대를 기만하는 행위이기에 지금의 연애가 소중하다면 컴퓨터를 끄고 그(녀)에게 전화 한 통이라도 더 하도록 하자.

"개인적으로 힘들었을 때 주위에 고민을 털어놓기가 뭐해서 채팅을 통해 고민을 털어놓고 위안을 받고 싶어서 시작하게 되었어요."

"그렇게 알게 된 사람이었어요. 프리랜서로 컴퓨터 프로그래머로 일하고 있다고 하는데, 모르는 사람이니까 쉽게 제 고민을 얘기하고 위로도 받고 해결책까지 도움을 받아서 친해진 사이에요."

"처음에는 고맙기도 하고, 너무 자상한 사람이라서 만나서 고맙다는 인사를 하고 싶었는데, 나의 고민을 알고 있다는 사실에 머뭇거리게 되었어요."

"그분도 만나자고 했을 때 머뭇거리는 것 같더라고요."

"여차여차해서 채팅을 한 지 2달이 지나고 만나게 되었는데, 채팅을 할 때 하고는 전혀 다른 사람이라는 느낌이 들더라고요."

"얘기도 잘못 하고, 저를 잘 쳐다보지도 못하고, 사람은 깔끔하고 인상도 괜찮았는데 영 대화의 진전이 안 되니까 그냥 고맙다고만 하고 헤어졌죠."

"그 뒤로는 채팅을 하지 않게 되더라고요. 잘 통하는 사람이라고 생각을 했는데, '만나지 않았으면 좋았을 텐데' 라는 생각을 하게 되었고요."

실제 생활과 사이버상에서의 자신과 차이가 많이 나는 사람.

은둔하는 사람일까?

아니면 의사소통 수단이 음성 언어가 아닌 문자 언어로 진화되어 버린 새로운 종족일까?

영화 〈매트릭스〉의 레오처럼 인터넷상에서는 왕성한 활동을 하고, 말도 잘하고 재미있는 얘기도 잘하지만, 실제로 만나면 정말 영화와 똑같이 사이버상의 능력이 전혀 미치지 못하는 사람들이 있다.

대부분 외모 콤플렉스에 사로잡혀 있는 경우가 많이 있다. 절대로 만남에서 외모에 신경을 쓰지 않는다. 어찌 보면 포기를 한 듯한 차림새거나, 전혀 매치가 안 되는 옷차림으로 화려한 사이버상의 화술은 어디 갔는지 쭈뼛 되는 태도며… 스스로 현실로 나오기를 두려워하는 사람들처럼 보인다.

하지만 이런 사람들은 사이버와 현실의 명확한 구분을 지어주고 현실로 나오게 되면 괜찮은 연애 대상이 될 가능성이 크다.

흡사 〈매트릭스〉의 레오(키아누 리브스)처럼.

많은 노력이 필요하다.

연애에 관한 기술서를 그대로 따라해 보는 것도 좋은 방법의 하나다.

창조적인 연애를 하기에 부족하고, 훈련이 되어 있지 않기에 그대로 답습의 방법으로 어느 정도 수준으로 이끌 필요가 있기 때문이다.

어설프지만 그렇게 시도를 한다면 성공적인 연애를 할 수 있는 기틀을 마련하는 것이다.

이처럼 채팅을 통해서 좋은 사람을 만날 가능성 또한 열려 있다. 하지만 채팅이라는 매개체로 만났기에 머뭇거리게 되는 일이 발생이 되며, 다르게 인연의 끈이 연결되었으면 하는 아쉬움을 남기기도 한다.

"요즘 문제가 있다고 하는 채팅을 통해서 괜찮은 사람을 만났어요. 방은 제가 만들었는데, '23~25 작업 NO 친구 OK' 이런 방이었죠.

제가 23살이니깐. 그냥 편하게 불러내어서 술도 먹고, 그냥 뉴페이

스 만나고 싶은 맘으로 만든 거였거든요.

그냥 호기심 반 기대 반이었어요…

첫인상은 참 착하다는 것이 전부였거든요.

채팅이기 때문에 그런 건가 싶기도 하지만 대화하다 보니 대화도 잘 통하고 왠지 모르게 관심이 있더라고요. 서로 연락처를 교환하고 한 번 통화까지 했어요. 목소리도 좋고, 개인 홈페이지 주소 알려줘서 사진을 봤는데 저의 이상형이더라고요. 그 사람은 제 사진은 보지 못했고요.

그런데 그리고 끝이더라고요. 저는 더 만나보고 싶고 잘해 보고 싶은 마음이 있는데 그 사람은 그것이 아닌가 봐요.

저를 채팅으로 만난 그런 많은 여자 중에 한 사람으로밖에는 생각하지 않는 것 같더라고요.

이러다가 어영부영 또 놓치게 되는 게 아닌지?

한 번도 제가 고백 같은 걸 해 본 적 없어서 어떻게 말을 해야 하는지 모르겠어요."

몇 년 전만 해도 채팅이나 사이버상에서 만나 실제로 연인 사이로 발전하는 것에 대해서 의아하게 생각하는 시선이 많았던 것이 사실이다. 그만큼 대중 매체에서는 인터넷을 통한 만남에 대해서 자극적인 내용을 서로 앞다투어서 싣게 되었고, 부정적인 이미지를 심어 주었었다.

하지만 다들 자신이 중심을 잡고 신중하게 선택을 한다면 얼마든지 좋은 사람을 만날 수도 있다고 생각을 하고 있으며, 실제로 주변에서 심심치 않게 사이버 공간에서 실제 연인 사이로, 또 결혼으로 발전한 사람들을 접하게 된다.

하지만 아직까지 부정적인 시각을 갖고 있는 사람들이 더 많을 것이다. 상대가 누구인 줄 알고, 혹은 무섭지 않으냐는 생각으로 반대에 한 표 던지는 사람이 대다수일 것이다.

하지만 사이버에서 연애의 시작을 하는 것은 오늘날 빈번히 접하게 되는 항목으로 여겨진다.

물론 처음 만남의 대상을 찾는 데 사이버를 통하지 않는다고 하더라도, 연애를 하는 데 있어서 인터넷의 존재는 서로 한데 묶어 놓는 끈처럼 되어 버렸다.

전국적인 열풍을 몰고 갔던 동창과의 만남을 주선했던 사이트(실제로 꽤 많은 커플이 이 사이트를 통한 만남에서 이루어졌다). 그리고 아직도 열광하고 있는 미니홈피를 비롯해 블로그 · 카페 등 사이버 매개체의 역할을 통해서 연애로 발전을 하는 예는 많이 있다.

우리가 연애를 언급함에 인터넷을 떼어놓고는 말할 수 없게 되었다. 서로가 정보를 인터넷을 통해 공유하게 되고, 실시간으로 인터넷을 통해 대화를 할 수 있으며, 화상 통신에 음성 전송까지… 인터넷은 모든 것을 가능하게 만들어 버렸다.

실제 만나지 않더라도 외국의 연인과 연애를 가능하게 한 똑똑한 인터넷이다.

잘 쓰면 약이요, 그렇지 못하면 독이다.

바로 연애에서 인터넷이 그렇다.

이제는 국가가 나서서 클린 인터넷을 표방하고 건전한 인터넷 문화를 외치고 있다.

인터넷의 정신이 정보의 공유이듯 자신의 프라이버시를 침해당하는 주된 매체가 인터넷이다.

얼마나 많은 커플이 인터넷을 통해서 인연을 맺고, 또한 인터넷을 빌미로 헤어짐을 반복하였는가.

서로 프라이버시를 지키고, 익명이라는 이름으로 상대를 기만하는 행위는 이제 집어치우고 아름다운 연애의 길로 접어들어야 한다.

분명히 나중에 재미없어지게 될 게 뻔하니까. 자제를 하도록 하자.

연애코치

현실과 사이버 세상을 혼동하는 당신, 지금 스위치를 꺼라.
인터넷을 연애의 도구로 사용할 것인가, 독으로 사용할 것인가?
사이버상이라고 면죄부는 없다.

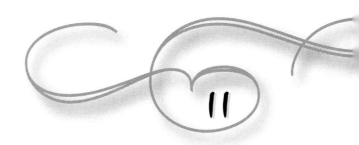

너는 내 여자니까!

우리는 연상연하(남자가 연하)의 커플을 사회의 한 트렌드 라고 한다.

이런 풍습은 멀리 조혼 문화에서 찾아볼 수가 있다. 가문을 잇고 대를 잇는다는 명분을 통하여 어린 나이에 신부를 맞이하는 조혼의 문화가 있었고, 혹자는 여성의 평균 수명이 더 길기에 나이 어린 남자 를 만나는 것은 생물학적으로 당연하게 받아들여지는 현상이라고까 지 한다.

하지만 흔히 말하는 정신 연령을 언급하면서 남성의 나이가 많아 야 정신 연령을 맞출 수 있기에 남자가 연상이어야 한다는 주장을 피 력하기도 한다. 하지만 무시할 수 없는 것이 지금 우리의 사회에서 연 상 여자와 연하 남자의 연애에 대해서 이제는 가십거리도 되지 않은 정도로 흔하다는 것이다.

연애에서 연상연하 커플들이 어떤 면에서 좋다던지, 어떤 면에서는 불편하다던지 하는 얘기 또한 진부한 얘기처럼 들린다.

"지금까지 5년 동안 3살 연상의 여자를 좋아하고 있습니다.

그녀는 저와 (과외)선생님과 제자, 누나와 동생, 이런 관계이고요…

전 너무 좋아하는데 누나는 저에게 너무 무관심한 거 같아요… 군대 가기 전에 좋아한다고 고백했는데 보기 좋게 거절당했죠.

휴가 나와서 연락을 했더니 의외로 반갑게 받아주더군요. 그때 너무 좋아서 부대 복귀할 때도 아무 불만 없이 기분 좋게 들어갔습니다.

그리고 한 일주일쯤 지나서 연락을 했는데, 자기는 남자 친구가 있으니까 그냥 친한 누나 동생 사이면 좋다고 얘기를 하더라고요.

그리고 전역할 때까지 늘 생각만 하다가 드디어 제대를 하게 되어서 다시 연락을 했죠.

그랬더니 또 반갑게 받아주더라고요.

제가 어떻게 사는지 안 그래도 궁금했었답니다. 너무 좋았죠. 하루 종일 웃었습니다.

그런데 이 사람이 이상한 게, 절 좋아하는 거 같으면서도 아무 관심 없는 듯한 느낌이에요. 자기는 연상이랑 결혼할 거라고 하고, 빨리 결혼하고 싶다는 말을 늘 꺼내요.

어떻게 하면 이런 누나한테 관심을 받을 수 있는지. 누나도 그렇고 주위에서 그렇고, 잠시 열병이라는 얘기로 저를 위로하려고 하지만 저는 정말 진지하거든요."

연상을 좋아하는 남자들의 고민은 과연 상대가 나를 너무 어리게 보지 않을까 하는 자존심이 많이 좌우를 한다.

대신 여자들은 연하의 남자에 대해서 관심이 있을 때 가장 걱정하는 것은 어떻게 그를 꼬실 수 있을까 하는 아주 현실적인 문제에 접근을 한다. 그리고 당장 사귀지 않더라도 어떠한 관계를 유지하고자 하지만, 남자들은 그냥 누나 동생의 사이를 거부하고 남자로서 받아주기를 원한다.

아무리 자기가 연하이지만 우월적인 자리를 점유하고픈 것이 남자들의 공통된 습성이다.

물론 연상인 여자한테 느끼는 모성애도 한 부분 작용을 하지만, 연상을 좋아하는 남자들은 그것을 인식하지 못하는 경우가 많이들 있다.

단지 그 여자이기 때문에 좋아하게 되고, 사귀고 싶은 마음이 드는 것이지, 연상이라서 연애를 하는 것은 아니다. 하지만 여성의 경우 연하만을 사귀는 성향이 있는 사람이 있다. 그들의 공통된 성향은 우월적인 위치에 있기를 원하며, 편한 것을, 단조로움을 싫어하는 성격의 소유자들이다.

남자들은 연상을 사귀더라도 다음의 연애 상대로 연상만을 원하지는 않지만, 여자들은 연하를 사귀면 연하를 다시 사귀는 확률은 무척 높게 나타난다.

"처음에 사귄 남자 친구는 5살 연하, 그 다음에 2살 연하, 얼마 전 3살 연하, 이상하게 연하만 만나서 사귀게 되었어요.

저는 사귀면서도 미래까지 생각하면서 만났는데, 다들 착실하고 착하고 참 괜찮은 남자들이었죠. 그래도 막상 가까워지면 뭔가 이건 아니다 싶더라고요. 다들 어디가 부족하거나, 제가 불만이 있어서가 아니라 왠지 편하지 않은 마음과 불안감이 들더라고요. 그래서 연상의 남자를 만나고 싶었는데, 이상하게 이번에도 이전부터 알고 지내던 거래처 사람(2살 연하)이 저한테 관심 있다고, 연애를 하고 싶다고 하네요. 친구들은 좋겠다고 하지만 글쎄요, 저는 연상이든 연하든 상관을 안 하는데 공교롭게 연하의 남자들만 꼬이네요. 제가 문제가 있는 것일까요?"

물론 문제는 없다.

단지 이유가 있다면 연하의 남자들을 끄는 매력이 이 여성에게는 있을 뿐이다. 연상연하의 커플들을 나름대로 분석하는 사람들은 모성애와 포근한 느낌이 좋아서라고 하지만 꼭 그렇지만은 않다.

연상연하의 커플들을 볼 때 여성에게서 모성애를 느낄 수 없을 정도의 여자들을 쉽게 발견할 수 있다. 그렇다면 모성애를 느끼게 되어 연상의 여자를 좋아한다는 전제는 틀린 것일까? 그렇지는 않다. 모성애도 일부 작용을 한다. 모성애는 그렇지만 나이를 막론하고 느낄 수 있는 감정이기에 꼭 연상이라고 해서 모성애를 더 느끼고, 연하라고 해서 그렇지 않다고 보는 것은 잘못된 견해이다.

손가락질을 받을지 모를 일이긴 하지만, 쉽게 헤어질 수 있다는 생각으로 연상을 사귀는 남자들이 있다. 싫증을 내기 좋아하는 성격의 소유자들이 이런 경우에 많이 나타나며, 연하보다는 연상과 헤어지는 게 자신에게 부담감이 적고 훨씬 더 손쉽다고 여긴다.

그들의 성향은 연상의 여자들을 철저하게 이용만 하는 나쁜 버릇이 있다. 여성의 심리를 아주 잘 아는 것인지, 아니면 너무나 잘 맞아떨어졌는지 모르지만, 아주 세세한 것에서까지 연상의 심리를 꿰뚫는 듯한 행동을 하게 된다.

물론 본인은 그렇다고 생각을 하지 않지만, 자신의 과거 행적을 돌아보면 자신이 이런 부류에 속한다는 것을 금방 알 수 있다.

이런 연애는 절대로 오랫동안 지속하지는 않는다. 얼마나 오래가느냐는 여성이 얼마나 참으면서 남자에게 기회를 주느냐에 달렸다.

나이가 어리지만 왠지 의젓해 보이고 늘 밝은 성격이면서 괜히 보호해 주고 싶다가도 순간순간 기대고 싶은 남자, 하지만 절대 골치 아픈 일은 공유하기를 거부하고 좋은 일들만 나누길 원한다. 자신의 사생활은 죽어도 지키길 원하고, '누나' 라는 호칭은 쓰지 않는다. 둘이 만나는 것을 좋아하고, 대부분은 양보를 하지만 자존심은 누구보다 더 강하다.

만약 이렇다면 아무리 연하가 좋다고 하더라도 연애에 대해서 한 번 더 생각해 보라고 권해 주고 싶다. 좋은 결과를 얻을 수 있지만, 그렇지 않을 가능성이 크기에 괜한 에너지 낭비를 할 필요는 없지 않은가?

이런 사람도 있고 저런 사람도 있으니까, '많이 만나보고 나중에 좋은 사람 만나면 되지' 라는 생각이라면 만나는 것도 나쁘지는 않다.

프랑스 청년 드메로부터 그 말이 탄생한 드메 신드롬은 이제 신드롬의 작위를 벗어 버려야 할지 모르겠다.

사실 연상과 연하는 그렇게 차이가 없다. 차이가 있다면 개인 자체의 차이일 뿐 그 사람이 연상이든 연하든 그것에 따라서 연애에 변수를 적용하게 된다면 그것 자체가 모순의 길로 접어들게 된다.

지금 나는 연상의 여자를 좋아한다. 나는 지금 연하의 남자를 좋아한다.

나를 그냥 동생이라고 생각하면 어떡하지?

내가 나이가 많은데 괜히 주책이라며 손가락질을 하면 어떡하지?

괜한 걱정이다.

우리는 스스로 연상 연하 커플에 대해서 편견을 없애왔고, 그리고 없애고 있다. 하지만 '어떨까?' '어떻게 할까?' 라는 걱정이야말로 그런 편견을 다시 부활시키는 작용을 하게 되는 것이다.

당신은 아름답고 모든 것이 가능한 존재이며, 연애를 하는 존귀한 사람이다. 나이가 무슨 상관이 있겠는가.

나이는 단지 숫자에 불과하다는 말이 있듯이 연상 연하라고 느끼는 것 자체가 당신을 연애 미개인으로 몰아넣는 것이다.

'너는 내 여자니까' 라고 외쳤던 가수를 나만의 동생으로, 나만의 남자로 생각한 적은 없었나?

이제 자연스러운 연애를 했으면 한다.

'나보다 나이가 많아서 그러는 것은 아닐까요?' '제가 나이가 많아서 너무 조급한 것은 아닐까요?' 이런 질문은 더는 나오지 않았으면 좋겠다.

생각의 차이가 연애를 판가름하지는 않는다.

아직 사람의 뇌에 대해서 일부만을 알고 있는 것이 사람의 능력이다.

지식의 정도나 정신 연령으로 추정하고 있는 지적 문제보다는 더욱더 풀기 어려운 연애의 감정이 있다.

절대적인 나이보다 정신 연령보다 더욱더 우위에 있는 것이 맞을 것이다.

연애를 하면 젊어질 뿐만 아니라 연애를 하면 성숙해진다.

서로에게 맞추어 가는 것이야말로 연애하는 연인들의 공통된 모습이다. 자신감을 갖고 적극적으로 다가간다면 당신의 연애는 빛을 발할 것이며, 늘 행복의 기운으로 충만할 것이다. 그것이 연상이든 연하든 상관없이.

잊어라, 그(녀)는 그(녀)일 뿐이다. 그를 나타내는 나이는 단지 하나의 그(녀)를 나타내는 인식표일 뿐 그 이상의 의미도 갖고 있지 않다.

연애코치
연상만을 쫓는 남자를 조심해라.
나이를 생각하는 순간 편견은 부활한다.
드메는 이제 신드롬을 동반하지 않게 되었다.

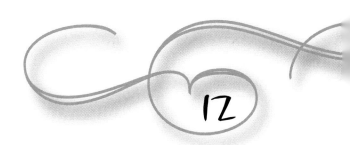

자장면과 스파게티

연애를 하면서 싸우지 않는다?

(물론 육체적인 폭력은 법적인 문제이기에 여기에 포함하지 않는
다.)

과연 얼마나 될까?

한 커플도 없을 것이다. 싸움이 없다면 상대에 대한 사랑의 감정이
식은 것이라고까지 비약하는 사람도 있다.

우리는 맞지 않아. 넌 날 사랑하지 않아. 연애를 이렇게 하는 게 어
디 있어?

이런 이유로 싸우는 일은 극히 드물다.

싸움의 시작은 돌이켜보면 정말 사소한 일로부터 시작이 된다.

그러다가 그동안의 섭섭한 일, 안 좋았던 일, 잘못한 일을 죄다 끄

집어내어 헤어지는 위기까지 몰고 간다.

　남자와 여자는 다르다.

　생물학적으로 다른 종족이다.

　한 작가는 여자와 남자를 다른 행성 사람으로 비교를 하며 서로 다른 점에 대한 이해를 구하기도 했을 정도다.

　그만큼 다른 성향을 가졌기에 의견 대립은 필연적일 수밖에 없다. 더욱이 자신이 원하는 것을 해야만 하는 성향적 특성 때문에 작은 일 하나로부터 비롯된 자존심 싸움은 그 끝을 알 수 없는 방향으로 치닫는다.

　연애를 한 사람과 현재 연애를 하고 있는 사람들은 생각을 해 보면 정말 아무것도 아닌 일로 다투게 된다.

　메뉴를 정하는 일, 어떤 영화를 볼 것인지에 대한 일, 약속 시간에 늦는 문제, 쇼핑할 때의 문제, 사소한 일을 기억 못 할 때 등 남이 볼 때는 참 한심하게 보이고 쓸데없는 일로 싸운다고 할지는 모르지만, 정작 싸우는 당사자들은 작은 것이지만 그것을 포기하기란 쉽지 않다.

　보통 '중요한 일에 대해서는 내가 양보를 할 수 있고, 또 그렇게 해 왔기 때문에 이런 사소한 일에 대해서는 상대가 당연히 양보를 하고 나를 위해 맞추어줘야 한다'라고 생각을 한다. 문제는 둘이 똑같이 생각을 한다는 것이다.

　연애를 하는 여자와 남자는 다들 양보를 하고 상대에 맞추려고 노력을 한다. 문제는 이것을 나 혼자 하고 있다는 생각에 있다.

상대방은 너무 편해 보인다. 왜냐면 내가 아주 잘 맞추어 주니까?

똑같이 그렇게 생각을 한다.

그렇기에 작은 일에 대해서 양보받기를 원하며, 그렇지 않을 경우 지금까지 자신이 기울여온 노력과 양보가 너무나 의미가 없어져 버린다.

본전 생각이 난다.

"어떻게 나한테 이럴 수가…", "남자가 정말 쩨쩨하게…", "이 여자 왜 이리 고집이 센 거야…", "이 남자 마마보이 아니야…?", "이런 공주과 아냐?" "이런 작은 것까지 양보를 안 하는데 나중에는 더 할 거 아냐?"

사소한 문제로 시작되었지만, 더는 하나의 메뉴를 정하는 것이 아니며, 같이 볼 영화를 고르는 문제가 아니다.

"이제는 정말 이 사람을 계속해서 만나야 하나?"라는 질문에 다다르게 되고, 늦었다고 판단을 하지만 더는 물러날 곳은 없어지게 되며, 최악의 상황에는 헤어짐을 고하게 된다.

"먼저 미안하다고 얘기를 했으면 헤어지지는 않았을 거예요."

"쇼핑을 하다가 어울리는 머플러가 있어서 골라 줬는데 절대 안 사겠다는 거예요. 다른 남자들은 여자 친구가 골라주면 고맙다고 하면서 잘만 하고 다니는데, 왜 싫으냐며 다툼이 시작이 되었어요."

단지 머플러 하나로 시작되어서 결국은 이별을 고하게 된 커플의 이야기다.

몇 번이나 기회는 있었지만, 둘 다 서로에게 그 기회를 사용하기를 바라다가 돌이킬 수 없는 각자의 행로로 돌아와 버리는 일을 겪게 되었다.

여자는 남자의 머플러는 골라주면서 너무나 기뻤을 것이고, 자기 스스로 '난 너무 다정다감하고 센스 있는 여자야' 라고 생각을 하며 남자 친구를 센스 있는 옷차림새로 만드는 것에 만족감에 빠져 있을 때, "좀 촌스럽지 않냐?" "그리고 난 이런 색깔 안 어울려, 언제 내가 이런 색깔 하는 거 봤어" 라는 남자의 말에 실망감이 밀려왔을 것이다.

"뭐가 촌스러워. 어제 한 것보다 훨씬 세련되었구먼, 그러니까 오빠가 후줄근하게 다니지" 자신의 꿈을 깨어 버린 남자 친구의 말에 더는 상냥한 여자 친구가 되기 싫은 말투로 대꾸를 했다.

"오빠가 할 거니까 오빠가 골라. 그리고 다음부터 나한테 뭐 골라 달라고 하지 마."

"됐어, 누가 골라달라고 했어?"

그리고 쇼핑을 하는 동안 늘 잡던 손을 한 명은 주머니에, 한 명은 팔짱을 끼고 어색하게 마치는 둥 마는 둥했다고 한다.

그리고 밥을 먹으러 가면서 메뉴를 고르게 되었는데, 아무거나 먹자는 여자 친구의 말에 아무 생각 없이 스파게티를 먹으러 갔고, 거기서도 다툼은 연장이었다.

"나, 면 종류 안 좋아하는 거 몰라? 그리고 요즘 다이어트도 하는데…"

"그러게 뭐 먹을 건지 물어봤잖아. 아무거나 먹자며, 얘기하랄 땐 안 하고 들어와서 웬 난리야."

'이쯤 되면 막 가자는 얘기죠' 라는 말이 갑자기 떠오르는 시추에이션!

그 다음은 경험이 있는 사람들이면 충분히 유추하고도 남을 것이다. 아까 쇼핑하면서 다투었던 얘기. '촌스럽다', '후줄근하다' 등의 표현에 대한 강한 반발감과 실망감에 이전에 모든 일을 끄집어내어서 성토대회를 한다.

그리고 말없이 헤어지고 서로 먼저 사과해 오기를 기다린다.

대부분은 남자가 먼저 제스처를 취한다.

다툼에 대해서는 이야기를 하지 않고, 일상적인 말로써 여자의 현재 감정적인 상황을 살펴보고 다른 얘기를 하게 된다.

하지만 여자는 다투었던 얘기를 한다. 물론 먼저 화해를 건네는 남자를 이해하고 받아들이고 싶지만, 짚고 넘어가야 할 것은 넘어가야 한다고 생각한다. 그럼 남자는 다툼에 대해서 이야기를 한다는 것이 사태를 나아질 것이라 생각하지 않으며, 순간을 모면하기 위해 노력한다. 또다시 아무렇지 않은 듯 그냥 넘어가 버린다. 하지만 여자는 한두 번은 그냥 그렇게 넘어갔지만, 이번에는 그럴 수 없다는 결심을 하고 따져보기 시작하고, 벗어나려는 남자와 요목조목 따져보고 싶은 여자의 갈등은 점점 증폭된다.

한 명이 결정을 해 버린다.
'이런 일이 또 생기지 말라는 법은 없지.'
'내가 잘못 생각한 거야. 이쯤에서 정리하는 게 나아'
'더 좋은 사람 만나면 되지.'

이로써 후에 운명의 장난이 아닌 바에야 다시는 만날 수 없는 각자의 세계로 돌아가 버리게 된다.

후회를 한다고 해도 돌이킬 수 없는 사건이 되어 버린 것이다.

스스로 자위를 한다.
"그래, 어차피 헤어지는 운명이었어, 나의 운명의 사람이 아니야."

사소한 일로 인한 다툼이 연애를 종식하는 역할을 한다는 것에 대해서 다들 공감을 한다.
이런 상황까지 몰고 오지 않기 위해서 어떻게 해야 할 것이다.

앞에서 언급했던 것처럼 남자와 여자는 다른 종족이다.
두 발로 걷고, 같은 의·식·주를 사용하는 것 이외에는 모든 면에서 작은 차이나마 다른 점을 나타나게 된다.
이를 이해하려는 노력이 필요하다.

여자 친구와 다투었을 때 대부분 미안하다는 한마디로 그냥 넘어가고 싶어한다. 왜 미안하고 어떤 일에 대해서 다시는 잘못했다는 것보다는, 남자로서 여자 친구와 다투었다는 사실에 대해서 미안함을 인정하는 것과 별다를 것이 없다고 여자는 생각한다.
꽃다발을 안겨주며 미안하다는 사람은 그래도 무드가 있고 여자를 어느 정도 아는 사람이다.
다투고 그 일을 다시 끄집어내서 얘기를 하는 것을 남자는 정말 싫어한다.

그래도 한 번은 꾹 참고 얘기를 해 보자. 여자 친구가 원하는 것은 일련의 다툼을 발생시켰던 일에 대해서 잘못을 시인받고 고치라는 의도도 있지만, 당장의 목적은 하소연을 받아 줄 사람과 위로를 받고 싶어한다.

들어주기만 하면 된다. 그리고 노력하는 모습을 보여주는 것만으로 여자는 큰 감동을 받게 된다.

남자에게서 그것조차 바라지 않는다면 이별을 원하는 여자이다.

남자를 변화시키는 것은 자신 이외에는 거의 불가능하다.

아무리 말을 해도 스스로 부당하다고 생각하지 않는 한 고치려 하지 않는 것이 남자의 습성이다.

남자가 스스로 고치도록 하는 것이 현명한 여자가 할 수 있는 위대한 능력인 것이다.

자꾸만 다투었던 사건을 끄집어내면 남자는 도망간다. 거기다가 예전에 일까지 조목조목 끄집어내면 혀를 내두른다. 잘 기억도 나지 않는 일에 대해서 정확히 기억하고 있는 여자를 보면 헤어지고 싶어 한다. 대부분의 남자는 그렇다.

다툼이 있은 후에도 남자는 태연하게 일상적인 행동을 한다. '어제는 미안했어, 오늘 맛있는 거 먹으러 가자, 또는 영화 보러 가자' 는 식의 달라진 것이 없다.

전화로 풀 수 없는 일이라는 것을 자신도 알고 있지만 자꾸만 오류를 범한다. 여자의 태도는 어때야 할까?

일상처럼 즐겁게 보내라. 가식적이면 어떤가, 더 나은 앞날을 위한 투자라고 생각을 해라. 그리고 풀어진 것처럼 보여줘라. 여자면서도 속 넓은 것처럼 느끼도록 해라. 그리고 마지막 코스(술자리, 커피숍 등)에서 얘기를 꺼내는 것이 좋다. 오늘 너무 즐거웠다는 말과 함께 이전에 일에 대해서 서운했다고 얘기를 하고, 그렇지 않으면 좋겠다는 말을 해라.

물론 여자 자신도 잘못했으며, 더 노력을 하겠다는 말은 필수로 해주고…

그렇다면 사소한 일을 통한 다툼은 아주 먼 얘기가 되고, 남자가 고쳐야 할 일만 남게 되고, 남자는 고치려고 노력을 하게 된다.

꼬투리를 잡아서 헤어지려는 사람에게는 해당하지 않는 얘기다.

"하도 연락이 없어서 제가 연락을 했더니 아예 안 받더라고요."

"다른 사람 통해서 알아보니까 저하고 만날 때부터 다른 여자를 만나왔던 거예요."

"제가 약속 시간에 늦은 것에 대해서 유난히 화를 내더라고요."

"처음에는 미안하다고 하다가 너무나 그러니까 저도 같이 화를 내게 되었고, 예전에 싸웠던 일까지 끄집어내어서 싸우게 되었는데, 알고 보니까 저랑 헤어지려고 일부러 그랬던 것 같아요."

이 남자가 그런 의도로 일부러 화를 내고 싸움을 유도했다는 증거는 없지만 전반적인 내용으로 봐서 가능성은 매우 크다.

다툼이 있고, 이후에 화해의 제스처를 하지 않는 남성은 벌써 마음이 떠났을 가능성이 크다.

여자의 경우도 남자가 화해를 하지 못하도록 틈을 주지 않을 경우는 이미 때가 늦었기에 마음의 준비를 하는 것이 좋을 듯하다.

연애를 하면서 다툼은 하나의 활력소이자 더 아름다운 관계로 나아가는 데 큰 역할을 하게 된다. 물론 서로 다른 종족이 만났기에 불협화음이 나오는 것은 당연하고, 잘 싸우는 것이야말로 좋은 연애를 완성하는 필수 요소이다.

연애코치

부부 싸움은 칼로 물 베기, 연애 다툼은 물에 칼 담기.

언제나 먼저 손을 내미는 사람이 승리한다.

자장면과 스파게티? 차라리 라면을 먹어라.

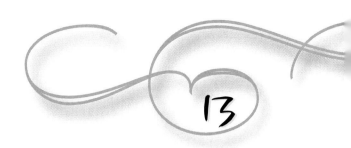

초보 vs. 바람둥이

처음 운전면허를 따고 운전을 하는 사람들은 너무나 두렵다. 기쁨은 잠시이고, 옆으로 쌩쌩 지나가는 다른 차들을 보면서 부럽기도 하고 두렵기도 한 것이다.

초보 운전의 특성은 옆을 보지 못하는 것이다. 무조건 앞만 바라보고 달리기를 하면 옆을 보기 시작할 때 비로소 초보라는 딱지를 떼어버릴 수 있다.

연애에서도 마찬가지다.

연애 초보에 있어서 주위를 돌아보기에는 너무나 어렵고 불가능한 것처럼 여겨진다. 한 사람을 좋아하는 감정이 생기면 다른 생각을 하는 것은 너무나 벅차다.

운전을 잘하는 사람들이 가장 두려워하는 것은 무엇일까? 비포장도로 아니면 대형 트럭? 아니다, 제일 두려운 존재는 방금 끼어든 '초보 운전'이라고 써붙인 운전자이다. 예측을 하기 어렵다. 교통의 흐름을 방해하는 느림과 언제 발생할지 모르는 도발적인 행동에 늘 긴장을 해야 하기 때문에 이내 차선을 바꾸어 버리게 된다.

바람둥이들이 제일 무서워하는 상대는 초보 연애자이다.

예상하기 어렵기 때문이다. 물론 처음 가까워지는 방법은 너무나 쉽다. 하지만 다음이 문제다. 하나하나 알려주는 것도 한계가 있고, 자칫 상대에게 상처를 주게 되어서 언제 발생할지 모르는 앞날의 두려움 때문에 조심스럽게 된다.

영화나 드라마에서 전혀 연애에 대해서 모르는 이성과 갖은 고생을 다 하면서 해피엔딩으로 끝맺는 것은 극히 드물다.

바람둥이는 만날 때 헤어짐을 생각한다. 헤어짐을 생각하지 않는 바람둥이는 바람둥이가 아니다. 단순히 연애를 몇 번 해 본 바람둥이 행세를 하는 것뿐이다.

초보 연애자들의 고민 중 가장 많은 것 중의 하나는 자신은 준비가 안 되어 있는데 상대가 너무 앞서 나간다는 것이다. 과연 그것이 자연스러운 것인지? 다른 연애를 하는 사람의 경우도 마찬가지인지? 혹시 상대가 바람둥이가 아닌지? 이런 것들이다.

간혹 연애를 바둑에 비유하는 사람들이 있다. 아무리 바둑 서적만 본다고 해서 바둑 실력이 느는 것이 아니라, 실제 상급자와의 대국을 통해서 실력이 향상이 된다. 마찬가지로 연애로 사람을 만나고 헤어질 때마다 내공이 쌓인다고 한다. 어느 정도는 맞는 얘기? 누구나 초보의 단계가 있다. 연애에도 초보가 있다. 하지만 연애에는 바둑과 달라 고수는 없다. 도대체 누구를 고수라고 할 수 있을까? 단순히 상대를 감동시키는 재주가 몇 가지 있다고 해서 고수일까? 아님 상대의 마음을 꿰뚫는 능력이 있다고 해서 고수일 수 있을까?

단지 기술이 좋을 뿐이지 연애의 고수라고 말하지는 않는다
그럼 바람둥이는 연애의 고수라고 말할 수 있을까?
수십 명의 이성을 만나봤지만 아직까지 정착을 하지 못하는 그들이 고수라서 사람들의 부러움을 사는 것은 아니다.
초보도 고수가 될 수 있는 것이 바로 이 바닥의 생리다.
초보 vs. 바람둥이의 막상막하의 양상일 것이다. 바람둥이는 처음의 우위를 점유하다 그동안의 사귀었던 노하우를 사용하게 되며, 그로 인해 초보는 감동하고 따르게 된다. 그때뿐이다. 소위 밑천이 떨어지면 그 다음은 어떨 것인가?
이 상태가 되면 초보는 상대의 다음 수순을 예상하게 된다. 반대로 바람둥이는 상대를 예측 불허의 난공불락의 요새로 느껴지게 된다.

"다시는 연애 경험이 없는 사람과 만나지 않을 겁니다. 도무지 알 수가 없어요. 제가 그렇게 노력을 했으면 진전이 있어야 하는데 한 발짝 앞으로 나아갈 수가 없어요. 처음에는 일부러 그러는 줄 알았어요. 스킨십에서도 그렇고, 시간이 흐를수록 전혀 모르는 거라는 것을 알게 되었죠.
처음에도 색다른 느낌이라서 좋았지만 나중에 되니까 제가 지치더라고요. 그렇다고 하나하나 일일이 설명해 줄 수 있는 것도 아니고요. 그냥 그래서 더 늦기 전에 포기해 버렸죠. 더 가까워지면 어떻게 나오게 될지 몰라서인 것도 있고, 확신이 없으니까 제가 잘못하고 있다는 생각도 들고요…"

연애에서 어느 한쪽이 승리한다는 것은 없다. 이기면 둘 다 이기는 것이고, 지면 둘 다 지는 것이다. 연애 초보들은 사소한 일 하나하나에서 조언을 듣기를 원한다. 작은 것 하나에서부터 자신이 초보가 아니라는 인상을 주고 싶은 마음이 간절하기 때문이다.

○○학 입문, ○○학 개론, ○○ 공략법 등 처음 시작하는 사람들에게 새로운 것에 대한 이해를 돕고 잘 적응하게 하기 위한 각종 서적들과 매뉴얼이 많이 있다.

연애도 연애학 개론이라던지, 연애 입문서 등에서 상대를 30분 안에 사로잡는 법, 처음 만날 때 좋은 인상 주기 등 다양한 지식을 전달해 주기 바쁘다.

물론 필요하다. 전혀 모르는 것보다는 얼마간 알고 있다는 것이 심리적인 위안을 준다면 그것 또한 연애에 도움을 주기 때문이다. 하지만 거기까지이다. 이론은 어디까지나 이론이다. 많은 심리학자가 심리학적 분석을 통한 연애의 방법론을 제시하지만, 실제에서는 도움이 되지 않을 경우가 많이 있다.

"26살에 처음으로 연애를 시작하게 되었죠. 처음에는 어떻게 해야 하나, 내가 처음이라고 생각하면 부담 느낄지도 모르고. 그 사람의 마음을 잡고 싶어서 몇 가지 책을 사서 봤어요. 정말 많은 내용이 있더라고요. 남자한테 사랑받는 여자 되기, 남자가 좋아하는 여자 스타일, 이럴 때 상대를 휘어잡아라 등 대충 이런 내용이었어요. 그리고 스킨십을 할 때 어떻게 대처하는 내용까지… 그런데 안 되더라고요… 자꾸만 상대가 멀어져 가는 느낌이 들고, 다른 여자하고 바람이 난 거예요. 처음에는 내가 이렇게 노력을 했는데 바람이 났다는 사실에 배신감이 들어서 싸우기도 하고 설득도 해 보았지만 끝내는 떠나가 버리더라고요. 왜 그랬을까요?"

사랑스러운 여자가 아닌가.

연애 성공을 위해서 최선의 노력을 다하는 모습에 감동할 정도다.

하지만 그 남자는 그렇게 생각을 하지 않았다. 그렇다고 그 책들이 잘못되었을까? 보통의 경우는 책들이 맞아떨어진다. 하지만 보통이라는 말처럼 모호한 의미의 단어도 없다. 처음의 연애에서 교과서적인 연애가 성공을 보장하지 않는다는 것을 깨달았다면 이제 초보의 딱지를 떼어도 될 것이다. 그로써만 만족을 해야 한다.

연애의 입문서는 말 그대로 문에 들어가기까지의 역할을 한다.

그 이상의 것을 기대한다면 지나친 욕심이다.

이제는 실전이다. 책을 통한 지식은 지식일 뿐이다. 연애에 관한 책들은 요가 비디오나 다이어트 비디오처럼 그냥 따라하는 오류를 범하는 초보는 되지 말아야 한다.

축구를 생각해라. 짜여진 작전대로 움직이는 팀과 선수는 발전이 없다. 열풍을 일으켰던 아트사커의 프랑스팀은 자신들의 축구 기술에 창조적인 플레이를 접목시켰기에 세계 제패가 가능했던 것이다.

연애를 통해 세계를 제패할 일은 없지만, 어찌 보면 축구의 세계 제패보다 사랑하는 사람을 얻는 것이 더 중요하지 않은가.

기술은 기술일 뿐이다. 얼마나 창조적이고 자신의 장단점을 파악해서 접목시키느냐가 연애에서 초보를 벗어냄과 동시에 바로 성공으로 가는 지름길이다.

연애코치

연애 기술자가 아닌 연애 창조자가 되어라.

새로운 연애에서 당신은 초보라는 것을 잊지 마라.

연애에는 승자가 없다. 너무 이기려고 발버둥치지 마라.

진심의 숨겨진 음모

'진심이야!'

무엇이 진심이라는 말인가?

과연 자신의 마음이 진심이라는 것을 알고 있다는 말인가?

자신의 마음이 어떤지 어떻게 변할지 모를 지인데 어떻게 진심이라는 표현을 쓸까?

남자는 스스로 방어하기 위해 진심이라는 단어를 자주 이용한다.

매순간 다른 결정을 가지고서도 진심이라고 말할 수 있다.

남자의 진심에 대해서 여자는 영원한 진심으로 받아들이지만 남자의 진심은 그 순간의 진심을 의미한다.

그러면서도 여자들은 남자의 진심에 대해서 늘 궁금하게 생각한다.

다른 사람의 생각을 알고 싶어하는 것은 우리 인류가 늘 지속적으로 가져온 욕구이다.

심리학적으로 남의 심리적인 상태에 대해서 파악하고자 부단히 노력해 왔으며, 지금도 지속적으로 연구 중이다.

독심술이라는 이름으로 다른 이의 마음을 읽고자 하는 시도도 부단히 시행해 왔다.

어느 정도의 성과를 거두었지만, 연애에서의 남녀의 진심? 글쎄, 어떻게 알 수 있을까?

연애에서 가장 많은 고민을 쏟아내는 것이 바로 '상대의 진심이 무엇인가?'에 대한 물음에서 나온다.

상대의 말과 행동에서 진심을 유추하고자 하며, 어떤 것은 그대로 얻고 어떤 말은 반대로 해석을 하며, 자기 나름대로 해석법을 가지고 상대의 진심을 유추한다.

그리고 대화시 알아보는 남자의 진심 20가지, 33가지, 40가지 등 경험을 토대로 한 남자의 진심 알기 프로젝트의 결과물을 내놓게 된다.

하지만 여자의 진심 10가지. 뭐 이런 것은 찾아보기 어렵다.

여자는 늘 진심으로 남자를 대해서… 천만에 말씀이다.

여자는 남자의 말에 의심을 하는 비중이 높다

그만큼 진실이라고 얘기를 하면서 잘 지키지 않고 또 거짓말을 쉽게 들키기 때문에 여자들은 남자의 행동 유형을 정형화하여 서로의 교습 자료로 남기지만, 남자는 잘 모른다. 여자의 말이 진심인지 아닌지?

그 순간 궁금한 걸로 끝이다. 서로 연관 관계를 연구할 필요를 못 느낀다. 그냥 그러려니 하기 때문이다.

여자는 남자의 진심에 대해서 끊임없이 연구를 한다.

몇 가지 여자들이 알고 있는 남자의 진심을 얘기하자면,

"만난 지 일주일 만에 사랑한다고 말하는 남자, 절대로 심각하게 받아들이지 마라. 일주일 안에 헤어지자고 말할 수 있는 남자이므로…

전화번호를 잊어버려서, 건망증이 심해서, 또는 심각하게 아파서 전화하지 못한 경우가 아니라면 그는 당신에게 전화하고 싶지 않은 것이다.

쇼핑을 좋아한다고 말하는 남자의 코를 봐, 피노키오처럼 길어지고 있지는 않은지.

남자가 사랑에 빠지는 데는 시간이 꽤 걸린다. 그러나 일단 빠지면 헤어나기 어렵다.

그는 진심으로 당신을 보호하고 싶어한다. 기타 등등."

이런 것을 보는 남자들은 고개를 갸우뚱할 것이다.

"헤어진 남자 친구가 헤어지고 나서 하는 말이, 자기는 항상 그랬대요.

이 여자를 사귀면, 자기가 사귀자고 말한 순간부터, 운명의 여자인 양, 결혼까지 하고 싶을 정도로 마구마구 좋아진대요… 그래서, '좋아한다, 사랑한다' 라는 말을 하게 되고…

근데 솔직히 여자, 아니 보통 사람들은 통성명하고 안지 1주일도 안 됐는데, 사랑한다고 하면 약간 의심을 하고, 100퍼센트 믿진 않잖아요…

그래서 그런 식으로, 사귀게 된 여자 애가 서로 좋아 지내면서도, 약간 사랑을 의심하고, 자꾸 묻고, 그리고 그런 거 때문에 한 달도 못

가서 헤어지고, 그러면 돌아와 달라고, 너무 좋아하는데 놓치기 싫다고, 자기는 진심이래요…

　그리고… 그 여자를 돌리려 하는 동안에 다른 여자를 만나고 좋아지고 사귀자고 하고 양다리를 걸치거나, 절대 그렇진 않지만, 늘 진심이라고 하지만, 어떻게 헤어져서 다른 사람을 바로 사랑할 수 있다고 하는지 도무지 이해가 안 돼요."

　'널 사랑해, 진심이야!' 라는 말을 남자가 한다면 진심이다.
　바로 그 순간만큼은 다음날 바로 바뀔 수 있을지언정 진심이다.

　어떻게 그럴 수 있냐고 생각을 하겠지만 그렇게 태어난 종족이다.
　어떤 바람둥이가 자신은 이 세상 모든 여자를 사랑할 수 있다고 말했던 것처럼 한 사람을 사랑하고 이별하고, 다시 또 사랑하고 할 수 있는 능력(?)을 지닌 사람들이 의외로 많다.
　연애에 대해서 말하기 좋아하는 사람들은 남자는 첫사랑에 100만큼의 사랑을 주었다면 헤어지면서 90은 남기고 10만큼만 가져오고, 다음의 사랑에 10만큼만 주고 헤어질 때 9만큼 남기고 1만큼만 가져온다고 얘기를 하는데… 물론 그런 사람도 있겠지만, 절대 보통의 경우를 설명할 수는 없다.

　누구와의 연애에 더 비중을 두고 누구와의 연애에는 덜 비중을 두는 남자는 없다. 모든 연애에 대해서 충실하고자 노력을 하며, 또 그렇게 만들 수 있는 것이 남자다.
　연애의 대상이 다르기 때문에 그 차이는 있지만, 대상이 누가 되었건 자신이 지켜온 연애의 패턴은 변화를 주지 않으며, 매순간순간 사랑의 매혹적인 언어를 사용하여 얘기를 하는 것이다.

'진심'에 대해서 말을 하고 있다.

과연 상대의 진심을 확인했다면 그 다음은?

'상대의 진심을 알았으니까 나도 이제 진심으로 대해야지!' 이런 생각이라면 연애를 집어치워라. 상대의 진심을 정확히 알지 못하더라도 자신만은 진심이라고 생각하며 연애에 충실하는 것은 안 된다는 말인가?

꼭 상대의 진심을 확인해야만 자신이 손해를 보지 않는다는 보상 심리란 말인가.

진심이 가지고 있는 음모는 진심인가 아닌가에 대한 문제가 아니라, 바로 진심이 언제 바뀔지 모르는 것에 있다.

영원은 어디에도 없다.

영원하지 않다고 무의미한 것으로 치부를 하고 연애와 사랑에 대해서 거부를 하지 않을 것이지 않나.

그렇다면 매순간순간에 충실해라.

지금의 순간이 아니라면 다시 올 수 없는 것이 바로 연애이며 사랑이다.

남자의 진심이 한순간이라면 그 한순간만을 행복해라.

그것으로 족하지 않나?

그 다음에 영원에 대해서 같이 논하게 되어도 늦지 않을 것이다.

진심이라는 굴레에 자신의 감정을 가두어 놓고 연애의 아름다움을 포기하는 바보 같은 짓은 하지 않도록 하자.

연애코치

여자, 영원한 진심. 남자, 순간의 진심.

남자가 진실이라고 한다면 믿어라, 단 하루만.

여자의 진심을 알고 싶으면 여자가 될 수밖에 없다.

비교, 그 끝없는 유혹

"남자 친구랑 사귄 지는 2년이 넘었어요.

딴 건 몰라도 저만 위하고, 저만 사랑할 줄 아는 남자 같아요(사실 그래서 사귀게 되었고, 계속 연애를 하게 되었던 거지만요).

근데 이러면 안 되는데 다른 남자들이랑 제 남자 친구를 자꾸 비교하게 돼요. 누가 어떻더라 이렇게 얘기는 하지 않으려고 했는데, 친구들이랑 얘기하면 내 남자 친구는 이렇게 해 주고 저렇게 해 주고, 이거 사 주고 저거 사 주고, 이런 얘기하잖아요. 그럴 때마다 좀 남자 친구한테 섭섭한 마음이 들더라고요. 집안 사정이 그리 넉넉하지 않아서 용돈도 자기가 벌어서 쓰긴 하지만, 그래도 한 번도 제 생일을 챙겨 준 적이 없거든요… 그때마다 울기도 많이 울었고요.

얼마 전에는 제가 약속 시간에 늦어서 다투게 되었는데, 제가 '다른 남자들처럼 나한테 잘해 주고나 그렇게 해!'라는 식으로 말을 해 버리게 되었어요.

남자 친구는 미안하다고만 하고, 그렇게 저희는 냉각기 중이에요. 미안하다고는 했지만 그걸로는 부족한 거 같은데 좋은 방법이 없을까요?"

일상에서 비교를 하는 것은 현명한 판단의 필수 요소이다.

물건을 살 때도 다른 물건과 품질과 가격을 비교를 하고, 대학을 선택할 때도 미래의 가치와 진로에 대해 전망이 좋은 학교와 학과를 비교 선택하게 된다.

이런 비교의 특성 중 하나가 결정을 하기 위해 쉼없이 비교를 하지만, 상대 또한 쉼 없이 나를 비교하게 한다는 것이다.

상호 비교를 통해 서로 원하는 것을 얻는 것이 바로 경제의 원칙이며 모든 선택의 기본적인 전제이다.

하지만 연애에서 비교는 좋은 방향보다는 나쁜 방향으로 흘러가도록 만들어 버리는 존재로 비친다.

비교는 상대적이지만 연애는 절대적이기 때문이다.

흔히 연애는 둘이 하는 것이기에 상대적인 개념을 생각한다. 물론 맞는 얘기지만 그것은 연애를 하는 행위자의 관점이고, 연애 자체를 보았을 때 다른 연애와의 비교를 하는 것은 무의미하기에 절대적이라고 할 수 있다.

즉, 두 사람만의 연애와 같은 감정과 패턴이라고 할 수 있는 것이 없기 때문이다.

연애는 그 자체만 존재하기에 절대적이다. 그렇기에 다른 사람과의 연애를 비교하는 것은 지극히 어리석은 짓이지만, 우리는 다른 사람들의 연애와 비교하는 유혹을 쉽게 저버리지 못한다.

왜일까?

우리는 어렸을 때부터 다른 사람과 비교를 당해 왔고, 자신도 다른 사람과 비교를 하는 것에 익숙해져 있기 때문이다.

비교하는 습관이 "좋다, 나쁘다" 라고 아무도 얘기할 수 없다.

하지만 연애에서 비교를 하는 것은 나쁜 습관이라고는 자신 있게 얘기할 수 있다.

바로 불만족의 척도로 비교의 방법을 택하기 때문이다.

앞에서의 예에서는 다른 연애를 하는 사람과 비교를 함으로 인하여 서로 연애에 큰 상처를 남기게 되었다.

물론 냉각기인 지금의 관계를 양보와 겸손의 법칙을 통하여 좋은 관계로 바꿀 수는 있지만, 예전의 상태로 되돌리는 것은 불가능하다.

새로운 연애의 패턴을 준비하여야 한다.

다들 다른 사람과 비교를 통한 기분 나쁨을 경험했을 것이다.

어떤 것보다 기분 상하는 일이며, 마음 속으로 상처를 받고, 심지어 드문 경우이지만 평생 마음에 담아두고 살아가는 사람 또한 있다. 그만큼 비교를 당하는 것은 어찌 보면 무시를 당하는 것보다 훨씬 더 상대에게 상처를 줄 수가 있다.

내가 지금 남자(여자) 친구와 다른 사람을 비교한다면 상대 또한 마찬가지 방법으로 비교할 수 있다는 생각을 해야 한다.

비교의 유혹은 달콤하다.

특히 연애의 경험이 풍부하지 않는 사람한테는 더 달콤할 수밖에 없다.

"내가 지금 하는 연애가 행복한 것인지? 더 좋은 연애는 없는 것인지?"에 대한 물음에 어느 정도 정확하게 알려줄 수 있는 유일한 방법이기 때문이다.

하지만 비교를 할 수 있는 것은 물질적이거나, 아니면 보이는 것만이 해당하기에 전체적인 비교가 어렵다는 것을 알아야 한다.

"후배가 하는 짓이 너무 예뻐 보여요. 제 여자 친구는 그렇지 않은데, 애교도 있고 내가 하는 일에 다 관심을 가져주고, 사랑은 관심이라는 말이 있잖아요.
그 부분에 대해서는 지금 여자 친구는 빵점이거든요.
내가 하는 일에 대해서는 별로 관심이 없고 자기 일에 대해서 얘기하는 것만을 원하는 것 같아요. 이러면 안 되는 일이라고 생각을 하지만 자꾸만 비교가 되고, 이러다가 바람을 피우게 되는 것은 아닐까 하는 생각이 들더라고요.
그래도 어려울 때 내 옆에 있어준 여자 친구인데…"

이 남자의 여자 친구도 처음에는 애교스럽고 남자의 지지자였으며 누구보다 더 사랑스러운 여자였을 것이다.
하지만, 더 애교스럽고 자신에 대해서 더 관심을 가져주는 후배와 비교가 되었기에 여자 친구의 다른 매력을 보지 않게 되었다.
만약 여자 친구와 이별하여 후배와 연애를 한다면 똑같은 전철을 밟게 될 것이다.
단지 후배는 더 애교스럽게 보일 뿐이며, 날 잘 모르기에 관심을 좀 더 가져줄 뿐이다. 이처럼 남자들은 쉽게 당연한 이치를 까먹게 된다.
지금의 여자 친구의 다른 모든 매력을 잊어버릴 정도로 하나의 모습에 대해서 비교를 하고 후배에게 후한 점수를 주었던 것이다.

이처럼 일부분의 비교는 아무런 가치가 없다.
다른 사람과의 비교 우위가 없는 사람은 없다.
단지 경제적인 문제에서 비교 열등의 남자 친구가 모든 면에서 비교 열등인 사람일까? 절대 아닐 것이다.
그렇다고 더 애교스럽다고 모든 것에서 나랑 연애하기에 최적의 조건의 상대일까? 물론 아니다.

앞으로 우리는 많은 것에서 비교를 하며 비교를 당할 것이다.
교과서에서 말하는 것처럼 비교를 하면 정서에 안 좋고, 삐뚤게 나간다는 얘기를 하려는 것이 아니다.
비교를 하지 말라는 말도 아니다.
단지 비교의 결과에 대해서 왜곡된 결론을 내리지 말라는 것이다.
한 종교에서는 사람에게는 그 사람 나름대로 유용한 임무가 있다고 한다.
지금 나의 애인을 다른 사람과 비교해서 부족한 점이 있다면 반대급부적으로 뛰어난 점 또한 있을 것이다. 연애의 초심을 잊지 말았으면 하는 바람이다.

비교로써 어긋난 관계는 바로잡을 수가 없다.
단지 연애 중에 할 수 있는 투정이라고 생각할 수 있을 것이다.
아니면 상대에게 자극을 줄 수 있는 하나의 방법이라고 치부할 수 있을 것이다.
"자기도 다른 남자처럼 해 줬으면 좋겠어!"

"자기도 다른 여자처럼 그렇게 하고 다니면 안 돼?"라는 말로 상대에게 원하는 조건을 갖추었으면 하는 바람이 있으나, 실제로 상대에게는 그런 의도나 동기보다는 비교의 말 자체의 실망감으로 퇴색되게 마련이다.

비교의 유혹은 언제나 도사리고 있다.
비교를 통해 자신의 연애가 다른 사람에게서 검증을 받고 싶어하며, 부러움을 살 수 있는 행복한 그것이라고 공표를 하고 싶어하는 것이다. 그럼으로써 자신의 연애가 아닌 다른 이들에게서 평가되는 연애가 되는 것이다. 두 사람의 사랑으로 알콩달콩한 연애가 아니라 사회적으로 적합한가 부적합한가에 대한 평가의 대상이 되는 것이다.

비교는 우리를 경쟁 사회에서 살아남도록 하는 밑거름이 되어왔다. 상대 평가를 통하여 다른 이들보다 앞서가는 사람만이 사회에 헌신할 수 있으며, 좋은 위치에 도달할 수 있는 자격을 갖추는 것이라고 배워 왔고 또한 다른 이에게도 가르치고 있다.
자기 발전에 자극제인 동시에 포기하게 되는 역할까지 담당해 왔다. 우성과 열성이 존재하게 한 장본인이기도 하다.
비교 우위를 지키기 위해서 수단과 방법을 가리지 않았고, 자신의 우월성을 나타내는 가장 중요한 척도가 되어 왔다.

일상에서의 모든 것이 비교의 대상이다.
어느 하나 비교의 대상이 되지 않는 것이 없다. 더 나은 집을 얻기 위해 노력하며, 다른 이보다 먼저 진급하기 위해 밤낮으로 일하고, 더 나은 성적을 위해 코피를 쏟으면서 학업에 정진하고 있다.

하지만 연애에서는 비교를 하지 마라.

이상적이며 가장 좋은 연애란 없기 때문이다.
종교적으로 어느 신이 낫다고 우기는 것과 별반 다를 것이 없다.
자신의 연애와 타인의 연애를 비교를 어떻게 한단 말인가. 불가능하다.
각기 다른 사람일 텐데 좋은 음식을 먹고 좋은 장소를 가고, 경제적으로 풍요한 연애라고 해서 더 좋을 것이라는 생각을 버려라.
편리할 수 있지만 좋은 연애가 아닐 수도 있기 때문이다.

연애는 자기만족이다.
상대를 기쁘게 해 주는 것이 연애라고 한다면 천만에 말씀이다.
자기만족을 위해 사랑을 하는 것이다.
비교를 하게 되면 지금 자신의 옆에 있는 사람의 부족한 점을 보게 된다. 그렇다면, 자기만족의 강도는 적어지고, 그만큼 그 연애에 대해서 부정적으로 변한다. 이런 감정이 상대에게 도달하게 되고, 마찬가지로 상대도 연애에 충실하기보다는 다른 연애 대상을 찾게 된다.
자신이 비교가 되고 상대가 흔들리게 되면 상대도 만족스러운 연애가 아니기에 당연한 수순이다.
이런 단계를 거쳐서 이별이라는 파국을 맞게 되는 것이다.

지금 나의 남자 나의 여자가 다른 이보다 물론 부족한 점이 있다. 그렇다고 실망하지 마라. 단점이 없는 사람이 어디 있겠는가.
자신이 좋아하는 장점이 있기에 단점을 덮어 버릴 수 있는 것이다.
단점이 너무 커서 도저히 안 되겠다고 판단되면 다른 연애를 찾아

보면 그만이다. 비교를 통해 상대를 변화시키려고 하는 오류를 범하지 마라.

누군가를 변화시키는 것 자체는 너무나 어려운 문제이다.

통상 사랑으로 나는 새사람이 되었다고 하는 사람들은 거짓말이다. 필요에 의해 변화된 것처럼 보일 뿐이지, 사람의 천성을 어떻게 하루아침에 바꿀 수 있단 말인가.

비교의 끝은 없다. 비교의 유혹에 빠지면 늘 비교라는 놈의 마약과 같은 능력에 끌려다니게 된다.

진정한 연애를 위해 비교는 잠시 접어두는 여유로움을 갖도록 하자.

연애코치

비교는 또 다른 비교를 낳고 벗어날 수 없게 된다.

연애는 자기만족이다. 비교는 자신을 비교하는 것이다.

비교로써 상태를 바꿀 수는 없다.

사랑과 우정 사이

'사랑보다 먼 우정보다는 가까운~'

한 번쯤 이건 내 얘기라고 생각하면서 흥얼거리던 경험이 있다.

사랑의 종류에 '스토르지(Storge)' 라고 있다.

스토르지란 열정이나 탐닉은 많지 않으나 자신도 모르게 빠져드는 정이나 따스함을 느낄 때다. 이 타입은 우정에서 사랑으로 변하는 경우에 흔히 볼 수 있는 상태다. 많은 경우 사랑인지 단순한 우정인지 자신도 구별 못 할 때가 많다. 애정의 위기 같은 것도 없고, 비교적 지속력이 강한 상태이나, 극적인 정열이 없는 것이 흠이다.

여자와 남자 사이에서 지속하여져 온 논쟁거리가 사랑과 우정 사이다.

이성의 친구가 그냥 친구가 될 수 있는 것인가? 여자와 남자 사이에 친구가 존재할 수 있는가?

여자와 남자 사이에 우정이 가능하다고 생각하는 사람과 여자와 남자 사이에 우정이란 것은 절대 존재하지 않는다고 생각하는 사람 중 어느 쪽이 맞다고 결론지을 수 있는 문제는 아니다. 아니 결론을 내리는 것조차 무의미하다.

우정이 존재하건 하지 않건 아무런 상관이 없지 않은가.

단지 주변에서 나와 나의 이성 친구를 친구로 보아주는지 아니면 애인으로 보아주는지에 대한 차이일 뿐인데, 단지 연애로의 진전이 있느냐 없느냐의 차이일 뿐이다.

"알고 지낸 지는 벌써 8년이 넘었네요. 고등학교 때부터 같은 동네고 같은 교회에 다니다 보니까 자연스럽게 친한 친구로 지내던 여자가 있습니다.

동갑이고, 학교는 달랐지만 아주 친한, 어쩌면 남자 친구들보다 고민을 털어놓을 수 있는 그런 친구죠.

그 애가 어떤 사람과 만났었고, 어떻게 헤어졌고, 다 아는 사이예요. 그 친구도 나의 연애사에 대해서 잘 알고 있을 정도죠.

어떤 때는 내가 사귀던 여자로부터 오해를 받기도 했고, 그 친구도 나를 만날 때면 예전 남자 친구가 긴장하면서 싫다고까지 했다고 하더라고요.

그런데 어느 날부턴가 그 친구가 나의 옆에 있어 줬으면 하는 생각이 들더라고요.

단순히 친한 친구가 아닌 나의 연인이었으면 하는 생각이오.

하지만, 그 친구는 친구로서의 나를 잃어버리기 싫다고 하네요. 자신 있는데, 그녀를 위해 행복하게 해 줄 수 있는데…

그녀는 이런 나를 믿지 못하는 것일까요?"

몇 번 이런 고민에 대해서 조언을 해 준 경험이 있다.

연애에 성공하길 늘 빌어 주었던 내용이지만 과연 해피엔딩으로 끝이 났을까 하는 생각이 불현듯 들 때가 있다.

어떻게 보면 그냥 우정으로 남는 남녀의 사이가 더 좋아 보이고 행복해 보일 때도 있지만, 한 번뿐인 인생이기에 친한 이성 친구보다는 연애를 통하여 나만의 여자로, 또는 남자로 남아주길 원하는 바람이 우정을 버리고 연애의 길로 접어들게 한다.

그렇다고 우정을 버리고 연애를 택한다고 해서 좋은 결말을 약속받을 수는 없다. 그냥 친한 이성 친구로 남을 걸 괜히 연애를 했다가 우정도 무엇도 아닌 아무것도 아닌 게 되어 버릴 수 있기 때문이다.

남자가 먼저 우정에서 연애의 단계로 발전을 원할 때, 여자가 친한 이성 친구로 남고 싶다고 한다면, 현재 상황의 변화에 두려움이 있는 것이다. 이때 남자가 더 적극적으로 다가간다면 도망가는 것이 여자의 본능이다. 자신이 갖고 있는 최소한의 것, 즉 우정을 지키기 위해 소극적인 자세를 취하며, 어떠한 방법을 동원해서라도 남자의 제안을 받아들이지 않는다.

하지만 여자가 남자에게 연애를 권유한다면 얘기는 달라진다.

미래는 생각하지 않고 연애를 하다가 잘 안 되더라도 다시 우정이라는 이름으로 둘 사이를 묶어 놓을 수 있다고 생각을 한다. 최소한 우정이 사라져 버린다는 생각을 하지 않는다.

이것이 남자와 여자의 차이점이다.

실제로 우정에서 연애로, 연애에서 결혼으로 발전하는 계기를 마련하는 것은 전적으로 여자의 몫이다. 남자가 아무리 발버둥을 치더라도 여자의 의지가 확고하다면 절대 관계의 발전을 모색할 수가 없다.

그렇다면 우정을 고집하는 여자에게 남자는 어떻게 해야 하나? 때를 기다릴 수밖에 없다.

모든 병법에서 말하는 때가 아니면 일을 도모하지 않듯이 때가 오기만을 기다리면 된다. 실제로 그때가 많이 오지는 않지만 별다른 방법이 없다.

기다리기가 힘든다면 그냥 잊고 사는 것이 상책이다.

어느새 잊고 살면 자신도 모르게 다가오는 것이 바로 여자의 행동이며, 연애 또한 그렇게 다가오는 것이기 때문이다.

늘 고민하고 안타까워한다고 해서 쉽게 우정이 연애와 사랑으로 바뀌지 않는다.

의연해지면 의연해질수록 원하는 상황이 빨리 다가올 수 있다는 것을 잊지 말도록 하자.

"저보다 친구들이 늘 우선이에요. 친구들하고 약속이 없어야만 나를 만나고, 도대체 나를 사랑하는지도 의심이 되더라고요.

연애를 하면 여자 친구밖에 모른다고 하는데, 남자 친구는 그렇지 않은가 봐요. 과연 이런 남자 친구를 믿고 계속 연애를 해야 하는지?

친구들과 만나면 전화도 안 해요.

왜 저를 만나는지 모르겠어요? 심심풀이 땅콩도 아니고, 자기 편할 때만 만나고, 자기 하고 싶은 대로 친구들 만나러 다니고요. 아무리 친구가 좋지만 여자 친구를 내팽개치는 남자들의 심리를 모르겠어요."

이런 여자들의 투정을 많이 듣게 된다.

연애를 하는 여자라면 이런 불평을 경험했을 것이다.

친구가 없는 남자를 사귀면 될까? 천만에 친구 없는 남자는 어딘가 이상이 있는 사람이라는 것을 잊지 마라.

친구가 많다는 것은 그만큼 그 사람의 인간성에 대해서 검증을 거쳤다고 해도 과언이 아니다.

하지만 연애에서 너무나 자신의 동성 친구만을 고집하는 것은 여자로부터 환영을 받지 못한다. 왜냐하면 여자는 친구들보다는 우선이 되고 싶기 때문이다.

두 번째라고 생각이 든다면 여자는 이 남자가 아닌 다른 남자를 생각하게 된다. 정말 그럴까? 라고 생각을 한다면 술 먹고 늦게까지 놀고 다음날 부스스한 몰골로 만났을 때 여자 친구의 표정을 보면 알 수 있다.

남자는 여자 친구보다 남자 친구가 우선일까?

최소한 우선은 아니다.

연애는 연애고 친구들과의 우정은 우정일 뿐이기 때문이다.

절대로 같은 부류라고 생각을 하지 않는다. 자신이 연애를 한다면 연애는 연애일 뿐 친구들과 결부시키길 원치 않는다.

그리고 스스로 기준을 세운다.

연애에 이만큼 안배를 하면 친구들과의 시간도 이만큼 안배를 하게 된다.

그렇기에 '내가 우선이야, 아니면 친구가 우선이야?' 라는 질문을 절대 이해하지 못하는 것이고, 꿀 먹을 벙어리가 되던가, '자기가 우선이야' 라는 말로 상황을 모면하게 되는 것이다.

더 깊이 생각해야 할 것은 연애의 대상은 바뀔 수 있다고 생각하는 반면, 우정의 대상은 바뀔 수 없다고 생각을 한다. 우정은 영원한 반면, 연애는 비연속적이라고 여긴다.

나쁘다고 볼 수 없다.

남자는 자신들의 시간, 즉 남자들끼리의 시간, 술을 먹거 같이 운동을 하건 취미 활동을 하건 여자가 참견을 하는 것을 싫어한다.

영국에 남자들만의 클럽이 존재하는 것처럼 남자들도 일종의 그런 클럽 내지는 모임을 원한다, 가끔은….

그리고 여자 친구에게 충분히 헌신했다고 생각하고 친구를 만나기에 절대로 미안하다는 생각을 하지 않는 것도 특징이다.

'더 어떻게 해야 한다 말인가?' 라고 생각을 한다. 잘못했다는 생각을 하지 않으며 단지 투정으로밖에 생각을 안 한다.

자신만의 시간이며 프라이버시의 한 부분으로 우정을 편입하는 것이다.

그렇기에 자신만의 프라이버시를 침해하지 않는 여자 친구에 대해서 감사한 마음을 갖는다. 더욱더 잘해 줄 가능성이 커지는 것이다.

남자는, 여자는 남자만의 세계에 들어오면 안 된다는 공통된 생각을 하고 있다.

자꾸만 자신과 친구들과 비교를 하면 매우 방어적으로 변하게 되고, 자신들만의 세계를 지키는 파수꾼이 되고자 한다.

결혼하게 되면 그런 파수꾼으로서의 역할에서 은퇴를 해야 한다는 것을 알고 있기 때문이다.

결혼을 해서도 그렇게 행동을 한다면 신상에 이로울 것이 없다라고 영리한 남자들은 알고 있기에 지금의 자유를 만끽하고 싶은 욕구를 가지고 있다.

점차 남자만의 세계에서 벗어나도록 하는 것이 여자의 몫이다. 사실별로 특별한 것은 없다. 그 남자만의 세계라는 것이…

하지만 그러고 싶은 때가 얼마나 있겠는가. 하고 싶을 때를 놓치게 되면 불쌍하기에 조금은 눈 감아주는 센스도 필요하지 않을까…

"제가 싫습니다. 제가 제일 싫어하는 것이 친구를 버리고 여자를 선택하는 남자인데, 제가 그렇게 될 줄은 몰랐어요. 물론 지금은 친구랑 헤어진 여자지만 헤어진 지 한 달도 안 되었는데….

친구랑 같이 어울리면서 안 여자인데 처음 만났을 때부터 마음에 들었고, 친구랑 헤어지면서 저한테 상의를 하면서 갑자기 가까워진 것 같아요.

어쩌면 좋죠? 이런 사실을 친구가 알면 반응이 어떨지? 이러다가 친구 하나 잃어버리는 것은 아닌지 모르겠어요."

한동안 인터넷에서 유행했던 사진이 기억난다.

두 명의 남자와 한 여자가 다정하게 어깨동무를 하고 끝에 있는 남자와 여자가 뒤로 손을 잡고 있는 모습…

끝에 있는 남자는 가운데 있는 남자의 여자 친구와 손을 잡고 있는 모습이었다. 다들 친구의 친구를 좋아하는 것으로 상상했을 것이다.

♪ 친구의 친구를 사랑했네~

애절하다고? 물론 내가 친구의 친구를 사랑하는 사람이라면 애절하겠지. 하지만 내 여자를 사랑하는 친구를 둔 사람이 자신이라면 애통하지 않을까?

엄연히 따져 보면 연애에서 누가 먼저라던가, 누가 나중이라는 순서는 없다. 한 사람을 사랑하고 연애를 하는 데 순번이 정해져 있는 것도 아니고, 상황이 흘러갔기에 순서가 된 것일 뿐 누구하고 연애를 하는 것이 무슨 문제가 되지는 않는다.

그렇다고 친구의 친구를 사랑하는 것이 옳다고는 말하지 않는다. 왜냐하면 그렇게 배웠기 때문이다. 의리를 배웠고, 배신의 악함을 배웠기 때문이다.

사실 친구의 친구를 사랑하는 경우는 흔치가 않다. 친구가 데리고 온 애인이 너무 마음에 들고 사귀고 싶다고 생각을 하지만 이성적으로 생각을 한다. 그렇게 되면 자신이 받게 될 지탄을 감당할 수 없다고 판단하고 이내 포기하는 것이 일반적이다.

하지만 자꾸만 감정적으로 그 사람에게 다가갈 것을 독려하고 사랑이라는 이름에 죄가 되지 않는다고 스스로 최면을 걸게 된다.

두 사람의 이별을 기다리지만 여의치 않으면 무모하게 삼각관계를 만들어 버리기도 한다.

자신도 알지만 어쩔 수 없다. 지금의 연애의 기회를 놓치면 후회를 할 게 뻔한 것을 알기에 저지르고 마는 것이다.

　결론은 세 가지다. 나하고 잘 되거나, 친구하고 잘 되거나, 둘 다 안 되거나…
　확률은 삼분의 일이다.
　그렇게 높지도 않고 낮지도 않은 숫자다.
　시도를 해 보아도 괜찮다. 자신의 마음이 진정이라면…
　행여나 친구 주기에 아까워서…
　친구를 골탕먹이려고…
　그냥 호기심에….
　하는 행동이라면 지금 책을 덮어 버리고 냄비 받침으로 쓰기 바란다.
　연애할 자격이 없다

연애코치
사랑과 우정은 백지장 차이다. 단지 이름 차이일 뿐이다.
우정과 사랑 사이에서 고민을 한다면 우선 우정을 택하라.
남의 애인을 뺏는다면 언젠가 다시 뺏기고 만다.

착각의 늪

착각 : 외계의 사물을 실제와는 다르게 보거나 느낌, 실제와는 다른 데도 실제처럼 깨닫거나 생각함.

우리는 하루에 한 번 이상의 착각을 한다.

그 중에서 자신에 대한 착각이 가장 많다. '오늘의 일을 완벽하게 할 수 있다는 착각' 세상의 완벽이란 없는데 어떻게 완벽할 수 있다는 말인가.

당연히 다음날 지장을 주지 않을 정도를 말하는 것이겠지.

'오늘도 즐겁게 하루를 보내겠다는 착각' 하루를 마냥 즐겁게 보낼 수 있는가, 그냥 그렇게 노력을 하는 것이겠지.

착각은 자유라고 한다. 그만큼 개인적이다. 내가 착각이라는 이름으로 주문을 외우면 실제로 그렇게 믿으면 그렇게 이루어졌다고 생각을 한다. 그러면 되지 않을까?

미국의 인기 시트콤 '섹스 앤 더 시티(SEX AND THE CITY)'의 스
토리 컨설턴트는 늘 여성의 입장에서 여자들이 남자에 대해서 착각하
지 않도록 친절히 얘기하고 있다.

예를 들어 한 여자가 고민을 토로한다.

그녀가 만나는 남자는 출장이 잦을 만큼 무척 바쁜 사람이다. 일
때문에 전화 연락이 안 될 때도 많다.

그녀는 일로 '성공한 남자'를 만나려면 그 정도는 감수해야 한다
고 생각한다. 그녀의 연애는 어떻게 될까?

그녀의 고민을 들은 스토리 컨설턴트는 "바쁘다는 말은 개똥 같은
단어이며, 나쁜 자식들이 애용하는 말"이고, "그럴 듯한 구실 같아 보
이지만 결국 전화할 마음조차 없는 남자를 발견하게 된다"고 단호하
게 충고한다.

요컨대 그는 당신에게 반하지 않았으니 싹 정리하고 다른 남자를
찾으라는 얘기다.

착각에서 벗어나는 길을 친절하게 소개하고 있다.

'그렇다면, 착각에서 벗어나면 행복할까?'라는 의문이 든다.

착각에서 벗어난 자신의 모습이 행복한 그 자체일까?

물론 좋은 점이 있을 것이다.

한 번 데이트하고 함께 즐거운 하루를 보낸 남자가 2주가 지나도록
전화하지 않을 경우 당신은 어떻게 하겠는가.

그가 무척 바빠서 전화번호를 잃어버렸을지 모르니 내가 먼저 전
화한다?

천만에 말씀. 정답은 "그가 나한테 반하지 않았다는 걸 알아차리고, 내 삶을 꿋꿋이 살아간다"이다.

남자를 만난 지 한 달쯤 됐고 섹스도 좋았는데, 어느 날부터인가 섹스가 중단되고 함께 포옹만 하고 밤을 지새운다?

여자는 남자가 "그가 나를 진짜로 사랑하게 돼서 겁내고 있는 게 아닐까?" 하고 생각하지만 그 역시 착각이다.

남자가 진짜 반했다면 그런 두려움 따윈 없다.

너무 재미없지 않을까?

물론 남자들은 여자들을 끊임없이 매혹적인 말로 거짓을 이야기한다.

이런 말들이 거짓이라고 알고 있으면서도 사실로 착각하는 여자들이 더 행복하지는 않을까?

그가 말하는 연애의 출발은 상대가 무슨 생각을 하는지 몰라서 고민하고, 그의 말 한 마디 한 마디에 마음 졸이는 감정이란 어딘들 다르겠는가. 중요한 것은 상대의 마음을 정확히 아는 것이라고 한다.

감정 표현에 서툴고 무덤덤한 연애를 하는 것이 여성에게 딱지 맞기 십상이라고 한다.

한국의 남자들은 대부분 이런데, 그렇다면 아무도 연애를 하지 못한다는 말인가.

그렇지가 않다. 착각에 빠져도 좋다. 그냥 온몸으로 빠지고 다시 나오고 그러면 어떤가. 그것이 연애가 아닐까?

모든 것에 조심해서 착각이라는 매혹에 빠지지 않는다면 너무 삭

막하지 않을까?

하지만, 늪에는 빠지지 마라.

발버둥쳐서 빠져나오지 못하는 착각이라면 정말 재미없는 연애이며 힘든 연애이다.

연애에서 착각만큼 재미있는 것도 없다. 착각이 연애를 재미있게 만드는 활력소라고 해도 과언이 아니다.

'언제나 연애에서 착각은 과연 이럴까?' 라는 의문과 함께 즐겁게 얘기할 수 있는 가십거리를 만들어 준다.

예를 들어 연애를 못 해 본 남자는 상대방이 원하는 것은 무엇이든지 해 줄 수 있다고 스스로 착각을 하며, 여자가 자기를 쳐다보면 자기한테 호감 있는 줄 안다. 솔직히 나 정도면 괜찮은 남자인 줄 생각하고 여자들이 싫다고 하면 다 튕기는 건 줄 안다. 못생긴 여자면 꼬시기 쉬운 줄로 여기고, 애인 없는 여자는 다 자기한테 넘어올 수 있다고 생각하는 착각 등이 있다.

여자는 남자가 자기한테 먼저 말 걸면 관심 있는 줄 알고, 남자가 자신이랑 같은 방향으로 가게 되면 관심 있어서 따라오는 줄 아는 착각.

그리고 실연한 사람들은 자신이 이 세상에서 가장 아픈 사랑을 했고 비참한 줄 아는 착각을 한다.

"처음에 저한테 관심 있는 줄 알았어요.

그렇지 않고서야 제가 힘들 때 곁에 있어주고, 힘든 일이 있으면 먼저 도움을 주려고 하고, 업무에 대해서도 조언도 해 주고, 그 사람 때문에 회사 나가는 것이 즐거웠는데…

그런데 그것이 그 사람의 컨셉이라는 거예요.

모든 사람들한테 친절하고, 남의 안 좋은 일에 대해서도 먼저 솔선수범해서 해결해 주고, 그런 사람이라고 하더라고요….

그것도 모르고 사귀자고 얘기를 했으니…

그냥 이전처럼 아무 일 없었던 것처럼 자연스럽게 넘어갈 수 있는 방법은 없을까요? 사귀자고 한 것은 그냥 농담이었다고 하려고 하는데… 괜찮을까요?"

같은 동료로부터의 호의를 좋아하는 감정으로 여기고 고백을 해 버린 어느 여자의 고민이다.

이런 착각을 불러일으켰다고 해서 그 사람을 비난할 수 있는가? 물론 아니다. 한 여자를 희롱했다고 한다면, 아니 그 여자가 그렇게 생각을 했다면 어쩔 수 없다.

그럼 그 남자가 호의를 사랑의 감정으로 착각을 하고 연애를 하려고 결심하기까지 얼마나 기분이 좋고 자신을 사랑하게 되었을진대 남자의 행동이나 모습이 비난받을 수 있는 것인가?

여자는 착각을 한 자체로 행복을 느꼈을 것이다. 연애로 발전을 했다면 더할 나위 없이 좋았겠지만 그것만으로도 만족하지 않았을까?

연애라는 것이 자꾸 우리를 착각으로 몰고 가는 것을 느낄 것이다. 이성적으로 객관적으로 생각을 하면 현명하게 판단을 할 수 있는데 그놈의 감정이 끼어들면서 왜곡된 현실을 보게 하여 버린다.

절대 자기를 나쁘게 만드는 착각은 없다.

자신을 유리한 위치에 가져다 놓는 그러한 착각이다. 그렇기에 착각임을 깨닫게 되면 누군가에게 책임을 물어야 하며, 그것에 빌미를 제공한 사람에게 비난의 화살을 돌리려고 하지만, 착각하는 동안에는 잠시나마 행복했기에 실행에 옮기는 사람은 없다.

단지 착각이 아니고 현실이었으면 하는 아쉬움만이 남는 것이다.

지금도 착각을 하고 있는지 모른다, 이 책을 읽으면 완벽한 연애의 고수가 될 거라는 착각처럼.

하지만 절대로 연애 고수를 만드는 것은 하나의 책이 할 수 있는 영역이 아닌 것임을 알고 있다. 단지 그렇게 되고 싶은 것이다.

희망 사항을 잠시나마 스스로 현실화하는 것이 바로 착각이다.

지금도 당신을 착각하고 있는 사람이 있다.

자신의 의도하지 않은 행동에 상대는 착각 속에서 헤매고 있을 수 있다. 아무 상관없는 사람에게 아파서 밤새 걱정을 했다는 말 하나로 그 사람에게는 내가 좋아하는 감정이 있는 것으로 착각을 하게 할 수 있다.

이처럼 착각은 자신이 각본과 감독을 맡은 일종의 허구임을 깨달아야 한다. 단지 착각의 순간 행복했다면 그런 착각을 현실로 만드는 것이 중요하다.

착각은 단순히 착각일 뿐 현실로 연결되는 것은 본인의 의지 여하에 달렸다.

가끔 착각의 늪에 빠져 있는 사람이 있다. 스스로 착각임을 바로 깨달아야 함에도 절대로 착각이 아님을 주장하는 사람들이다.

착각에서 벗어나면 입가의 미소로 마무리를 해야 하는데 꼭 누군가 대가를 치르도록 하는 것이 이런 부류의 특징이다.

자신의 착각이 착각이었다는 사실을 거부한다.

"정말 참을 수가 없어요. 저를 좋아하지 않고서는 그렇게 행동할 수가 없죠. 분명히 그 여자가 저에게서 이 남자를 빼앗아 간 거예요. 이대로 넘길 수는 없죠. 이 남자를 내 남자로 만들고 말 거예요."

누가 봐도 자연스러운 호의였으나 연애 경험이 없어서 어렵게 찾아온 자신만의 착각 속의 연인을 놓치기를 거부하는 어느 여성의 얘기다.

그 남자에게는 호의였으나 그녀에게는 연애였다.

한 마디 건네는 호의적인 남자의 말에 늘 행복했으며, 연애란 사랑이란 이런 것이다고 환희를 느끼고 있었을 것이다. 하지만, 그 남자 애인의 존재를 알았을 때, 쉽게 '어휴 내 팔자에 그런 남자가…' 라며 넘어갈 수도 있지만, 착각 속에서 빠져 있는 것이다.

옛말에 '착각은 노망의 지름길' 이라고 했다.

무엇이나 그렇겠지만, 착각이 지나치면 자신과 상대에게 해가 된다.

연애를 한다면 착각에 빠져라. 하지만, 언제든지 나올 수 있는 착각이어야 한다.

연애코치

착각은 자유다. 남의 착각에 대해서 신경 쓰지 마라.

행복의 착각에 빠지겠는가, 허무한 현실에 나오겠는가? 착각 하지 않는 사람은 매력이 없다.

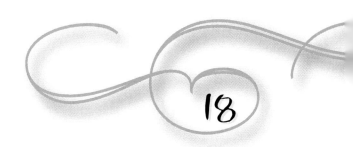

섹스, 센스, 찬스

연애에 대해서 이렇다 할 경험이 없는 여자.

26살의 대기업 사보팀에 근무를 하고 있고, 외모와 다르게 조금은 보수적인 성향의 여성. 어느 날 찾아와서 가볍게 인사를 하고 "어떻게 지내는지? 하는 일은 어떤지?"에 대해서 틀에 짜여진 인사를 나누고 나서 일련의 일들에 대해서 이야기를 하게 되었다.

"저는 그 남자가 그럴 줄 몰랐어요. 저를 좋아하는 줄 알았거든요. 그런데 3번 만나고 나서 그 사람이 포기해 버리는 거예요."

사보 취재차 만난 증권사에 근무하는 사람이고, 취재 후에 사보를 주면서 처음으로 데이트 신청을 받았다고 한다. 그리고 다음에 다시 만나 술 한잔을 하고, 서로의 많은 개인적인 일에 대해서 이야기를 하고, 주말에 서울 외곽에 나가서 드라이브, 그리고 저녁 식사, 그리고 술자리 후 남성이 자연스럽게 스킨십을 요구하자 너무 이르다는 생각에 거부를 했다고 한다. 며칠 후 여자가 직접 연락을 했지만 남성의 반응은 냉랭 그 자체였다고 한다.

"나를 좋아한다면 내가 준비될 때까지 기다려줘야 하는 거 아니에요? 아무리 그래도 그렇지 3번 만나고서 어떻게…"

아쉬움의 감정이 묻어 있는 말이었다.

어떤 남자는,

"섹스가 좋다기보다는 섹스가 중요하기에 3번의 만남 이후로는 꼭 성관계를 가져야 한다고 생각해요."

예전 만났던 29살의 의사의 얘기이다.

받아들이기 쉽지 않겠지만 이런 생각을 갖고 있는 남성들이 주위에 많은 것에 놀랄 것이다.

섹스와 연애에 대해 여자들은 "no love no sex"라고 말하고, 남자들은 "no sex no love"라고 다른 입장을 피력한다.

"우리 연애하는 거 맞아" 가끔 이런 말을 듣는 경우 시점을 어떻게 나누느냐에 고민을 하게 된다. 연애를 얘기할 때 꼭 빠지지 않는 섹스에 관한 문제에 도달하게 되고, 남녀가 느끼는 섹스에 관한 관점의 차이점을 발견하며 이를 극복하려는 노력을 기울이게 된다. 10년 전, 20년 전을 돌아보면 현재 우리의 성문화는 상상하지 못했던, 하지만 기대(?)했던 방향으로 흘러가고 있다.

어느 정도 성적으로는 개방화가 완성(?)되었고, 남녀 평등이 이루어 졌으니 말이다.

누군가 "섹스는 사람이 표현할 수 있는 가장 아름다움"이라고 표현을 했듯이, 아름다운 섹스를 만드는 것은 센스가 있어야 하며, 찬스를 놓치지 말아야 한다. 예전 한 남성이 연애할 때 여성의 성관계를 완곡된 표현("오빠, 나 오늘 오빠의 사랑을 확인하고 싶어")했을 때 근처 꽃집에서 꽃을 사서 받치는 어처구니없는 행동을 했다고 한다. 정말 센스 없고 찬스를 살리지 못하는 사람이라고 면박을 주었었다. 대부분 남자들이 섹스를 원할 때, 그것도 처음으로 성관계를 가질 때 아래와 같은 표현으로 자신의 욕구를 갈구한다.

"참기가 너무 힘들어~" 고통을 호소하는 부류, "너를 갖고 싶어" 간절한 소망을 표현하는 부류, "정신적인 사랑으론 부족해" 완전한 사랑을 요구하는 부류, "내 여자라는 확신을 하고 싶어" 소유를 확인하려는 부류, "날 못 믿어?" 겁을 주며 화를 내는 부류, 무작정 손잡고 숙소(?)로 들어가는 무대포 부류 등이 있다.

여자들 대부분은 이 표현들을 대부분 알고 있으면서 속아주거나 "참기 힘들면 화장실 가", "내가 무슨 물건이야, 날 갖게?", "웃기네, 정신 상태가 이상하다", "나 네 여자 아냐. 내 남자라는 확신을 줘봐", "어 널 못 믿어, 넌 날 믿을 수 있니?" 등의 표현으로 거절을 하게 된다.

반대로 여자들의 경우는 직접적으로 표현을 하거나 아니면 절대 표현을 하지 않는 성향을 가지고 있다. 이전 상담을 했던 나이가 24살에 대학원을 다니면서 과외를 하던 한 여성은 남자 친구와 교제시 첫 관계에 대해서 먼저 얘기를 한다고 했다. 기겁을 하고 자신을 이상한 여자로 생각하는 남자 친구가 있었고, 단지 섹스 파트너로 생각하고자 하는 사람이 있었다고 한다. 아직까지는 여자가 적극적인 것에 대하여 겉으로는 환영하지만 마음속으로는 거부하고자 하는 기질이 남아 있기 때문이다. 어떤 부류는 만날 때부터 성관계를 염두에 두고 만난다고 한다. 이런 부류는 섹스가 끝난 다음을 생각하지 않기 때문에 목적을 달성하고 나서의 대책이 없는 경우가 많이 있다. 센스 있는 섹스, 찬스를 놓치지 않는 섹스란 그리 쉽지만도 않고, 그렇다고 수학 공식처럼 머리 복잡한 것도 아니다.

타이밍이 중요하다. 영화에서처럼 밥 먹다가 관계를 맺는 사람이 얼마나 될까? 섹스 전에 공을 들이는 것이 보통의 수순이지, 곧바로 관계를 갖는 다는 것은 감성적으로나 생물학적으로도 불가능하다. 스킨십에 있어서 남자들은 아주 복잡하게 생각을 한다. "이 단계까지가 괜찮을까, 진도를 더 나아가야 될까?", "이건 다음 단계로 넘어가라는 뜻 아닐까?" 정말 머리에 쥐가 날 정도이다.

최선의 방법으로(물론 개인차가 워낙 많은 것이지만) 게릴라 전법을 추천한다(바로 모택동이 국민당을 몰아내고 지금의 중국의 정권을 장악했던 전술이다). 시도를 해서 상대가 거부한다면 다시 후퇴하고 다시 시도했다가 다시 후퇴하고, 그러다 보면 어느 새 둘만의 합의를 이루게 된다. 시간이 좀 걸릴 수 있는 약점이 있지만 전면전을 했다가 퇴패하는 것보다는 현명한 방법일 것이다.

한 가지 덧붙이고자 하는 말은 여자던 남자던 자신은 싫은데 상대를 위한 섹스는 언젠가 불행으로 다가온다는 사실이다. "남자 친구가 너무나 원해서요", "여자 친구가 정말 밝혀서 어쩔 수 없이…", "정말 마음은 없었는데 술김에 그냥" 가장 센스 있고 찬스를 잘 살리는 섹스는 내가 좋고 상대도 좋은, 서로가 원하는 상태에서 가능하다. 평생 성적인 관계를 통한 쾌락이 남자한테는 고작 15~18시간밖에 안 된다고 하고, 여자도 크게 다르지 않다고, 하는데 정말 값진 섹스를 해야 하지 않을까? 섹스가 연애의 완성은 아니다. 하지만 연애를 형성하는 중요한 부분이기에… 우리 모두 즐겁고 값진 사랑을 나눌 수 있어야 하지 않을까?

연애코치

남자들이여, 센스를 키우는 것이 정력을 키우는 것보다 낫다.

찬스는 찾아오는 것이 아니라 만들어 가는 것이다.

찬스가 찾아오면 놓치지 않는 센스.

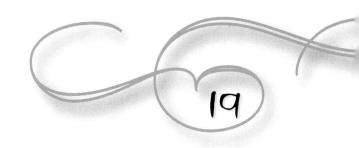

키스 미학

키스 미학

Kiss, 그 단어만 들어도 얼마나 가슴 뛰는 말인가?

키스는 사랑하는 사람들의 사랑을 표현하는 가장 흔한 표현이다.

은은하게 'Kiss me darling kiss me kiss me tonight~ ' 노래가 흐르고, 사랑하는 그 사람과의 진한 키스가 오가는 것만큼 사랑을 온몸으로 느끼는 것도 없을 것이다.

우리는 〈시네마 천국〉에서 마지막 잘려나간 키스 신들을 보는 토토의 감동적인 장면이 아름다운 키스라고 생각을 하고 있다.

키스는 아름답다.

이 아름다운 키스를 더욱 아름다운 나의 것으로 만드는 것이야말로 연애를 하는 우리가 알아야 할 가장 중요한 요소이다.

그렇기에 키스에 대한 고민도 많다. 어떻게 하는 것이 정말 괜찮은 키스 방법인가? 키스를 할 때 어떤 것을 주의해야 하나? 키스에 정도는 없다. 단지 마음이 중요할 뿐이다.

키스를 하면 오래 산다. 성적 흥분감을 가지고 키스를 하게 되면 체내에서는 진통제와도 같은 뉴러펩티드라는 아미노산 복합물을 배출하게 되는데, 모르핀(마약의 일종)보다 무려 200배나 강력한 진통 효과를 발휘한다고 한다.

이외에도 키스에 대한 장점은 여러 가지가 있다. 다이어트에 좋다던지 충치 예방에 좋다던지 하는 것들이다.

연애에서 키스는 대단한 존재임에 틀림이 없다. 사랑을 표현하는 백 마디 말보다 한 번의 키스로써 전부를 대변할 수 있으니까 말이다.

"남자 친구를 사귄 지 이제 100일 정도가 되었어요.

첫 키스는 처음 만난 날 술자리를 같이하고 남자 친구가 키스하려고 해서 피했는데 자꾸 원해서 하게 되었죠. 물론 그런 커플들도 많겠지만 너무 일찍 키스를 한 것은 아닐까 하고 걱정을 했었어요.

저희는 둘 다 동갑이고, 이제 20살이에요.

그냥 키스까지는 괜찮은데 자꾸만 스킨십을 시도하려고 하는 거예요. 저는 물론 안 된다고 막았죠. 첫 키스도 너무 빠르게 하게 되었는데 너무 진도가 빠른 것 같아서 걱정도 되고, 남자 친구가 절 사랑하기는 하지만 아직 어린데 자꾸만 그러는 게 안 된다는 생각을 하게 돼요. 그럴 때마다 남자 친구가 좋다가도 막 싫어지고 그래요.

친구들하고 어떻게 하면 좋을까 상의를 해 봤더니 한 번만 더 그러면 그 자리에서 그냥 깨 버리라고 하는데요. 그렇게 하는 게 좋을까요?"

"사귀자고 한 지 며칠 만에 남자 친구랑 키스를 하게 되었어요. 너무 좋았어요. 나를 사랑하는구나라는 생각이 들고, 키스를 하면 왠지 모르는 흥분감도 들고, 말로 표현 못 할 정도로 황홀했죠. 그런데 자꾸 남자 친구의 손이 가슴 쪽으로 오더라고요. 그래서 안 된다고 거부를 했어요. 너무 빠르다고…

그리고 며칠 후 다시 키스를 하게 되었는데, 또다시 가슴으로 손이 오더라고요. 저번에 너무 무안해하는 것 같아서 이번에는 가만히 있었는데, 그런데 자꾸 또 옷 속으로 손을 넣으려고 해서 거부를 했지요. 계속해서 거부를 하기에는 힘들 것 같은데, 남자들도 키스를 하면 다 허락했다고 생각을 하나요."

두 가지의 사례에서 공통으로 느낄 수 있는 것은 키스에 대해 남자와 여자가 그 의미를 다르게 갖고 있는 것이다.

실제로 남자는 여자 친구가 키스를 허락한다면 모든 것을 허락했다고 생각을 하며, 이제 연애의 시작이라고 생각하는 반면, 여자는 키스까지만이라고 생각을 하는 경우가 많다.

어떤 여자들은 키스를 가장 좋아하는 커뮤니케이션으로 여기고 있다. 어느 감미로운 말보다 더 나아가서 성적인 관계보다 키스를 한 단계 높은 차원의 환상으로 생각하며, 사랑의 절대 완성 단계라고 굳건히 믿는 경우가 많이 있다. 예전부터 내려오는 여성의 정조에 관한 우리네 관습으로 인하여 성적 관계에 대해서는 그렇게 관대하지 않기에 키스만으로 충분히 사랑을 확인하는 단계로 생각하는 것이다.

남자는 그렇지 않다. 남자는 키스를 여자 친구와의 두 번째 사랑의 단계로 들어가는 관문쯤으로 여기는 것이 통념이다. "아, 나와 키스를 했다면 그 다음 단계로 나갈 수 있는 허락쯤으로 생각을 하고 스킨십의 단계로 넘어가려고 무던히도 노력을 하지만, 여자의 제지를 당하게 된다. 그것을 여자는 거부의 의미이지만 남자는 일시적인 것으로 여기고 잠시 보류라고 생각을 한다.

이렇게 남자는 시도를 하고 여자는 거부를 반복하면서 갈등이 생기게 마련이다. 그렇게 될 때 대부분 여자는 어쩔 수 없이 허락(?)을 하는 것으로 마무리되게 마련이다. 물론 끝까지 거부를 하는 경우도 있지만, 그렇게 많지가 않은 이유는 여자도 스스로 '이 남자가 정말 나를 사랑하는 거야?' 라고 스스로 주문을 걸고 '그래, 이 정도면 되었어' 라고 스스로 결정을 해 버리기 때문이다.

여자의 이런 마음을 아는 남자는 없다. 단순히 이제는 때가 되었고, 드디어 두 사람의 연애가 새로운 장을 맞이한다고 생각을 한다. 더 나아가서는 '정복자' 로서의 거만한 행동을 보이기까지 한다.

'얼마나 단순한 동물인가' 여자들은 이렇게 생각을 하게 되며 실제로 주도권은 여자가 잡아가는 단계로 접어들게 되는 것이다.

'언제 어디서 키스를 하는 것이 좋을까요?' 정말 며느리도 모르는 질문이다. 몇 월 며칠 몇 시 몇 분쯤에 어디 어디서 하면 좋아요? 무슨 점쟁이도 아니고, 이런 대답을 해 주는 것 자체가 너무나 우매한 질문과 답이기에 안타까움이 절로 들게 된다. 아니 분명 키스를 잘하지 못할 텐데라는 걱정이 맞을 것이다.

키스에는 정말로 많은 종류가 있다. 정말 잘도 갖다가 붙여 놨다.

Bird, Hamburger, Cross, Air cleaning, Sliding inside, Eating, Wide space, Wrestling, Food, Bat 등 키스에 명명된 이름들이다.

각자 언제하고 어떻게 하는지에 대해서 설명이 나와 있다. 예를 들어 크로스 키스의 경우, 가볍지도 진하지도 않지만 상대를 소중히 여기는 마음을 보여주고 싶다면 고대를 갸우뚱한 후 입술을 교차시키기는 방법으로, 시각적으로 가장 아름다운 키스라 해도 과언이 아니다. 낭만적인 분위기를 연출하므로 첫 만남에서 사용해도 좋다. 상대에게 당신은 소프트한 성격으로 인상 지워질 것이다. 당신이 원하는 이미지는 은근히 끌리는 이성적이 매력이 있다. 부드럽고 로맨틱한 성질이다. 섬세하고 세심한 감정의 소유자다.

그럼 이렇게 키스를 하면 될까. 안 될 것 없다 하지만 광고에 나오는 것처럼 2퍼센트 부족하지 않을까…

같이 술자리를 즐기다가 갑자기 눈이 마주치고 서로 심장이 펌프질을 해델 때 최고의 황홀경으로 이르는 키스를 선택하고자 할 때 어떤 키스를 해야 할까라고 생각하는 사람이 얼마나 있을까.

키스의 종류는 그냥 재미로 넘겨 버려라.

무엇보다 중요한 것은 타이밍이다. 적시적소라는 말을 많이 한다.

적당한 시간과 적당한 장소가 중요하다. 준비도 필요하다. 기습적인 키스가 낭만적이라고 하지만 천만에 말씀.

우리가 알고 있는 기습적인 키스가 성공하기란 쉽지가 않다.

기습적인 키스가 갖고 있는 매력은 예측하지 못한 일로 인한 짜릿함 정도이다. 사랑을 확인하고 서로 연애를 시작하는 도화선이 될 수는 있으나 연애를 아름답게 이끌어가는 데에는 크게 기여를 하지 않는다.

"어떻게 하면 키스를 잘할 수 있을까요?" 라는 질문은 곧잘 듣게 된다. 처음에 이렇게 시작을 해서 손의 위치는 어떻고… 이런 얘기는 그냥 재미있으라고 하는 얘기다.

키스는 하면 는다. 여자들은 바람둥이의 키스를 좋아한다. 키스를 잘하기 때문이다.

'그들은 왜 키스를 잘 할까?'라는 의문이 들 것이다.

그들은 키스를 하나의 접근 방법으로 생각을 한다. 그렇기에 사랑이라는 감정보다는 키스 자체에 열중하기에 감정적으로 하는 다른 사람의 키스보다 달콤하게 느껴진다. 남자든 여자든 똑같다.

키스를 몇 번 해 본 사람이라면 다음에 실험을 해도 괜찮을 것이다.

흥분해서 키스를 하는 것보다 냉정하게 이런저런 방법으로 상대를 배려하면서 키스를 하게 된다면 당신도 좋은 키스꾼이 될 수 있다.

키스를 잘하는 사람은 바람둥이라고 단정 지을 수는 없지만 감정의 조절을 아주 잘하는 사람이라고 생각해도 무리가 없을 것이다.

연애코치
남자는 키스로부터, 여자는 키스를 위해라고 생각을 한다.
감정에 충실한 키스가 가장 잘 하는 키스다.
백문이 불여일키스다(백번 사랑한다는 소리보다 한 번의 키스가 낫다).

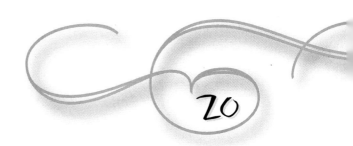

그냥 연애만 하자니까!

연애!

이 단어에 대해서 환기를 해 보자.

'戀愛'

'남녀 사이에 서로 애틋하게 그리워하고 사랑함' -한자 사전-

'인간의 육체적 기초 위에 꽃피는 남녀간의 자연스런 애정' -심리학-

'어떤 이성에 특별한 애정을 느끼어 그리워하는 일, 또는 그런 상태' -국어 사전-

약간의 차이가 있다.

나는 아직까지 그 차이를 모르겠지만 연애라는 그 사전적인 의미보다는 시대의 상황에 따른 의미가 조금씩 변화한다는 것을 알고 있다.

영화에서 나오는 대사 중에 "그냥 연애만 하자니까!"

"여기에 나오는 연애란 무엇인가?" 라는 물음에 한참을 생각하게 되었다.

가볍게 얘기하는 one night love 정도일까?

그냥 연애만 하자고 하면 영어 사전에 나오는 연애를 Love로 표현 하는 데 우리가 알고 있는 Love의 개념은 없고 그냥 육체적인 관계만 있는 것일까?

물론 영어에서도 make love 라는 표현으로 육체적인 사랑을 표현 하기는 하지만, 완곡한 표현으로 쓰인다.

그럼 우리의 '연애' 라는 표현도 육체적인 관계를 맺는 완곡된 표 현으로 자리를 잡은 것은 아닐까?

아마도 우리가 현재 쓰고 있는 연애의 의미는 애틋하고 가슴 저린 사랑의 감정보다는 육체적 관계를 전제로 한 감정의 표현이 더 이해 하기 편한 내용으로 여겨진다.

"저에겐 남자가 둘 있습니다. 사귀냐고요? 아니오. 이제 시작해 보 려고요.

둘 다 적극적으로 대시는 합니다

근데 문제는 한 사람은 연애만을 원하는 남자라는 거죠.

뭐 예전에 여자한테 무지하게 고생한 적 있는데, 이제는 얽매이는 게 싫다고 하면서 언제든지 자유롭고 싶다고 하네요?

근데 정말 잘 해요. 소위 말하는 선수인 거 같기도 하고, 여자가 원 하는 건 말하기도 전에 해 주는 스타일인 거 있죠. 선물이면 선물, 출 퇴근도 시켜주고.

7시까지 저희 집 앞에 와서 출근시켜 주기 정말 쉬운 일 아니죠?

사랑한단 얘기도 자주해요. 하여간 다 좋은데. 결혼이니 미래니 이런 말을 하는 게 부담스럽고 싫다고 하네요. 쿨하게 연애만하자고요.

또 한 사람. 이 사람은 뭐 사귀자고 말 나오기도 전에 결혼 얘기합니다.

서로 조건도 괜찮고 하니까 결혼을 전제로 연애를 하자고 하더라고요.

사귀면 특별한 이상이 없는 한 무조건 결혼까지 가야 한다나요?

이 사람 특이합니다. 전화도 자주 안 해요. 그 흔한 커피 한 잔, 영화 한 편도 본 적이 없답니다.

뭐 연애하는 느낌도 안 들어요. 여자가 뭘 원하는지도 모르고. 저한테 잘 보일려고 노력도 안 하고. 도대체 저를 사랑하는지도 모르겠고. 그런데 자기는 꼭! 죽어도 저랑 결혼해야겠대요.

뭘 믿고 그러는지.

자기 말로는 나이도 나이고 하니 6개월 연애하고 바로 결혼하자고 하는데.

대체 누구를 선택해야 후회 안 할는지…"

연애만을 원하는 사람은 미래에 대해서 어떠한 약속도 하기 싫어한다. 대체로 자신에 대한 믿음이 없는 사람이 이에 해당하며, 또한 더 좋은 기회가 있다는 것을 굳게 믿고, 연애란 언제 한 순간에 끝날지 모른다고 생각을 한다.

앞에서처럼 연애만을 원하는 남자가 다 소위 말하는 선수이지는 않다. 구속받기 싫어하고 자기 중심적인 사람에게서 많이 나타난다.

　과거 한 여자에 대해서 안 좋은 기억으로 그렇게 변했다고 하는데 실은 그런 과거가 없더라도 지금의 성향을 나타낼 것이다. 단지 이후에 이별에 대해서 자신의 책임을 지지 않고자 미리 방어적인 자세를 취하는 것이다.

　이런 부류의 남자는 절대로 한 여자만을 사랑하지 않으며 늘 다른 여자에게 갈 준비가 되어 있고, 양다리에 대해서도 절대로 양심의 가책을 받지 않는다.

　그렇다고 개방적이거나 자유 분방하지는 않다.

　연애를 하는 대상에 대하여 늘 최선을 다 해 연애를 하며, 서로에게 신뢰가 있어야 하고, 믿음으로 좋은 관계를 유지해야 한다고 생각한다.

　자기 자신에게는 관대한 반면, 상대의 허물에 대해서는 냉정하고 단호하게 생각을 한다.

　필요에 따라 우유 부단한 것처럼 보이지만, 그것은 필요에 따라 위장을 하는 것이고, 결단의 순간에는 어느 누구보다 냉정한 특성을 지닌다.

　이에 반하는 사람은 모든 일에 있어서 결과를 중시하는 사람이 많은데, 과정보다는 행위의 결과에 집착을 한다.

　연애의 참맛을 모르는 경우가 많다. 단지 연애는 결혼을 위한 일종의 시간적인 한 과정이라고 생각을 한다.

　연애 무용론을 펼치기까지 하며, 단지 결혼이 목적임을 상대에게 주지시켜 다른 목적의 연애를 사전에 방지하고자 노력을 기울인다.

자신을 소중히 생각하며, 감정이란 사용하면 사용할수록 점점 적어진다고 생각하는 부류다. 이런 성향은 스스로를 순진하다고 생각하고 한 번의 사랑에 헤어나기 힘든 성격이다.

상처를 많이 받기에 이별의 아픔을 늘 항상 두려워한다. 관계의 진전이 있기 전에 가능성이 없다고 판단하면 쉽게 포기를 한다.

그리고 스스로의 판단에 대해서 절대로 후회를 하지 않는데, 후회를 하지만 후회라고 생각을 안 하며, 자기 스스로 자신의 결정에 절대적인 지지를 표명한다. 그리고 쉽게 잊는 스타일이 아니지만 스스로가 자기 최면을 걸어서 잊은 척하기에 강한 사람처럼 보이기도 한다.

영화에 나온 '그냥 연애만 하자니까' 라고 말을 하면서 둘은 육체적으로 먼저 가까워진다. 하지만 우여곡절을 지나 둘은 사랑(?)하는 관계로 남게 되고, 해피 엔딩으로 끝을 맺는다.

누가 '우리 연애나 한번 해 볼까' 라고 얘기를 하는 것은 바로 성적인 관계를 맺자는 의미로 받아들여진다.

첫번째 남자의 경우 이런 성향을 물론 갖고 있다.

둘만의 섹스는 사랑의 전제가 아니더라도 가능하다고 믿는다. 여자도 마찬가지라고 생각을 하며, 그 이후의 일에 대해서 고민을 하지 않고, 순간순간에 열중하고, 그것이 진정한 연애라고 철석같이 알고 있다.

"저희는 이 달 30일이 100일 정도 되는 커플이고요, 저는 26살, 오빠는 32살이에요.

친구들과의 우연한 자리에서 만났고, 처음부터 마음에 들어서 바로 사귀자고 했어요. 그래서 연애를 시작하게 되었는데…

친구들도 많고, 술도 좋아하고, 그런 사람 있잖아요. 술 좋아하고, 친구 좋아하고, 이런 사람 중에 악한 사람 없다고 하는데 맞는 거 같아요.

사람 성격 좋고, 절 잘 위해 줄 줄도 알고…

그런데 연애를 하면 처음엔 남자가 좋아해도 나중엔 여자가 더 좋아하고 그러잖아요… 오빠가 처음에 저한테 그랬거든요. 자기보다 더 좋아하고 그러지 말라고… 그리고 말도 별로 예쁘게 안 하고, 상처 많이 주고 그런 스타일이라서, 제가 좀 잘 해 줄수 없냐고. "우린 결혼하지 말고 연애만 하자" 이러더라고요. 그래서 제가 "누가 연애는 해준대" 이러면서 헤어지기는 했는데, 집에 와서 한참을 생각했죠. 과연 연애만 원하는 건지, 그냥 나를 아무런 감정 없이 만나는 것인지? 이제 나를 좋아하는 감정이 없어진 건지?"

왜 이리 자신의 감정을 솔직하지 않은 사람들이 많은지 안타까움을 감출 수가 없다.

남자의 마음은 현재 여자에게서 떠났다. 나중에 더 좋은 대안이 없다고 생각할 때 돌아올 일종의 스페어로 생각을 하면서도 '연애' 라는 말로 포장을 하며 여자를 농락하고 있다. 여자는 그 동안 자신이 충실했던 감정 때문에 아니면 절대 현실을 받아들이지 않고자 하는 자존심 때문에 일시적(?)인 연애를 지속하고자 한다. 하지만 그리 오래 가지 않아서 더욱더 불성실한 남자를 발견하고 남자가 의도한 대로 스스로가 포기를 하게 된다.

남자는 자신이 원하던 성과를 얻게 되고, 여자는 일어나지 않았으면 하던 우려가 현실로 다가오게 된 것이다.

일반적인 연애에 있어서 여자는 어떤 방식이든 진전을 원한다. 그리고 남자가 그에 걸맞게 자신에 대해서 생각해 주기를 원하지만 소위 연애만을 원하는 남자는 일정한 단계를 유지하고자 노력한다.

간혹 절대 그렇지 않다고 설명을 하면서 여자가 착각을 하도록 해서 여자에게 상처를 남기게 되고 나쁜 남자로 몇 명의 입에 오르내리게 된다.

연애만 하자는 것은 나쁜 일은 아니다.

누구나 자신이 원하는 형태의 연애를 할 수 있는 권리가 있다. 하지만 사전에 분명히 밝히도록 하자. 처음에 밝히더라도 자신이 노력 여하에 따라서 바뀔 수도 있는 문제라고 생각을 하며 자기 최면에 걸고 잊어버리기 때문이다.

서로가 연애에 임하는 자세 또한 틀릴뿐더러 감정 자체에도 차이가 있다.

상대를 배려하기보다는 현재 자신의 감정과 상황에 집착을 하는 개인주의적인 연애의 이념을 나타내는 연애만을 쫓는 사람들.

그들의 연애관을 비판할 수는 없다.

하지만 누구도 바람직하다고는 말을 할 수가 없을 것이다.

아무리 남에게 피해를 끼치지 않더라도 너무나 자기밖에 모르는 사람에게는 손가락질을 하는 우리네 심리인데, 다른 사람 감정에 상처를 주는 이런 사람들을 좋아하는 사람이 누가 있겠는가?

연애만을 쫓는 사람들!

그들에게는 상대의 배려는 감정적인 것보다는 물질적인 배려에 더 치중을 하는 성향을 지니며, 자신을 방어하는 능력이 탁월하다. 절대로 연애에 있어서 상처받기를 거부하기에 누군가는 상처를 받아야 한다면 상대가 될 것이다.

물론 해피엔딩으로 결말을 짓기도 하지만 대부분 그렇지가 않기에 감정의 소모와 상처에 대해서 늘 생각하여야만 한다.

처음에 달콤한 연애가 나중에 쓴 이별로 다가올 수 있는 전형적인 형태이기에 조심 또 조심했으면 하는 마음뿐이다.

연애코치

연애만 원하는 사람은 연애와 동시에 이별을 생각한다.
자기 중심적, 자기방어적, 바로 연애 개인주의자다.
달콤한 연애의 유혹은 쓴 이별을 예정한다.

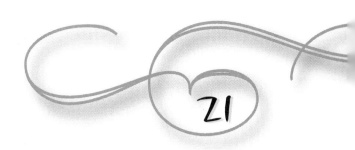

동해물과 백두산이~

영화 제목이 아니다. 안익태 선생이 곡을 붙인 대한민국의 애국가의 시작 부분이다.

연애를 얘기하다가 갑자기 애국가 얘기로 넘어가는 것이 약간은 생뚱맞게 들릴지 모르지만 애국가 1절이냐 4절이냐, 후렴구를 갔느냐 못 갔느냐에 대한 고민은 쉽게 접하는 연애 고민 사항이다.

"여자 친구하고 만난 지 1년이 되었어요. 자연스럽게 성적인 관계를 맺게 되었는데 제가 너무 시간이 짧아요. 여자 친구가 뭐라고 하지는 않지만 자꾸 이러면 여자 친구가 실망할 것 같은데 너무 빨리 끝나 버리니까 민망하고요. 여자 친구한테 잘해 주고 싶은데 어떻게 하면 좋을까요? 저한테 문제가 있는 것은 아닐까요? 속궁합이 중요하다고 들 하는데…"

남자의 자존심으로 인해 친구들에게 고민을 털어놓을 내용은 아니기에 이 같은 고민을 하는 남자들이 의외로 많다. 성적으로 능력이 떨어지는 것처럼 창피하게 여기는 것도 없다.

유명한 성(性) 전문가는 사랑·연애를 바로 섹스라는 것에 대해서 확신에 차서 얘기를 해 준다.

섹스는 사랑과 연애를 완성하는 존재일 뿐 아니라, 연애를 시작하는 전환점이라고도 주장을 한다. 물론 맞는 얘기다.

연애의 단계를 논하는 것이 아둔한 일이지만 굳이 단계를 나누면 손을 잡는 단계, 키스를 하는 단계, 스킨십 하는 단계, 그리고 성관계를 갖는 단계로 나눌 수가 있다.

스킨십의 관계까지는 그 차이가 없다고 할 수 있다. 여러 매체를 통해서 방법적인 기술을 말하고 있다. 하지만 성관계에서는 그 차이가 뚜렷하다. 남자들이 갖고 있는 사내대장부 콤플렉스, 온달 콤플렉스, 만능인 콤플렉스, 외모 콤플렉스, 성 콤플렉스, 지적 콤플렉스, 장남 콤플렉스 등에서 자각하기는 쉽지 않다.

콤플렉스는 공포의 대상이기도 하지만 동시에 매혹의 대상이기 때문이다. 그 중에서 성 콤플렉스에 대한 남성들의 고민은 가장 많으면서도 심각하다. 시간에 대한 고민이 가장 많다.

세계적으로 조루 시장은 50억 달러, 우리나라 돈으로 5조 원을 훨씬 넘는 시장이라고 전망하고 있다.

정력에 좋다면 사족을 못 쓴다고 대중 매체를 통해서 잊을 만하면 나오는 현실이 바로 남자들의 실정이다.

그렇다면 남자들은 정력에 대해서 왜 그렇게 집착을 할까?

불안하기 때문이다.

연애에서 떼려야 떼어 놓을 수 없는 것이 바로 섹스이다.

남자는 늘 준비가 되어 있다. 여자의 허락만 떨어지면 바로 돌격할 수 있는 만반의 준비가 되어 있는 것이다.

웬일인지 여자가 늦게 술 한잔하자고 하면 설레는 마음으로 있을지 모르는 섹스에 대비를 하며, 여자의 알 수 없는 말에도 스스로 섹스를 암시하는 것이라고 자기 주문을 거는 것이다.

비약적인 말일지 모르지만 주인의 명령만을 기다리는 강아지 같은 심정인 것이다.

그렇게 늘 준비되어 있는 자세로 생활을 하고 기회를 호시탐탐 노려왔는데, 여자에게 인정받지 못하는 남자가 되었을 때를 상상해 봐라…

자기가 짧게는 며칠, 길게는 몇 달(몇 년이라고 얘기한다면 연애에 다시 한 번 주위에 코치를 받아야 할 것이다) 동안의 자신의 노력과 준비해 온 시간이 미치도록 아까울 것이다.

그리고 남자들 사이에서 남자의 성적인 능력 부족으로 헤어지게 된다면 절대로 여자를 비난하지 않는다.

말로는 여자를 비난하는 척일 뿐, 그렇게 말한 남자를 딱하게 쳐다보고, 그렇지 않도록 자신도 노력을 하고, 그런 남자가 아닌 것에 대해서 하늘에 감사를 드린다.

이런 것을 암묵적으로 알고 있다. 그렇기 때문에 자신의 성적 능력에 대해서는 웬만하면 잘 얘기를 하려고 하지 않는다.

그렇기에 자기가 성적으로 만족할 수준인가 아닌가를 판가름하기가 어려운 것이다. 혹시 있을지 모르는 테스트(?)를 준비하는 마음으로 기회마다 정력적으로 신경을 쓰는 것이다.

나이가 어리다고, 왕성한 시기라고 절대로 무시하지 않는 것이 바로 성적인 능력이다.

나이가 들면 급진적으로 기력이 떨어져서 그 정도가 심할 뿐이지, 모든 남자들은 자신이 성적인 능력이 떨어지는 것에 대해서 늘 불안해하는 것이다.

대중매체에서 보이는 것 자체에서도 여자가 성적으로 능력 있는 남자를 따라서 떠나 버리는 식으로 나오는데, 그 불안감은 더 할 것이다.

이런 고민은 여자들에게서도 잘 나타나고 있다.

"정말 좋은 오빠예요. 결혼까지 약속을 한 사이라서 얼마 전부터 성관계를 갖게 되었는데, 너무 일찍 끝나 버리는 거예요. 처음에는 처음이라서 그렇겠지 하고 생각을 했는데, 횟수가 지날수록 달라지는 게 없는 거예요.

실망을 할까 봐 만족한다고 얘기를 하긴 했지만 고민이에요.

중요한 문제인데 오빠가 자존심 상할까 봐 얘기도 못하고, 어떻게 하면 좋을까요?"

참 얘기하기 어려운 문제이다. 알고 있지 않은가? 성적으로 만족을 주지 못하는 남자가 얼마나 자존심을 상하게 하는 것인지?

다른 것이 부족하다면 핑곗거리가 있다.

돈을 벌지 못하면 경기가 안 좋아서…

좋은 학교를 들어가지 못했다면 운이 안 좋아서…

취직을 하지 못했다면 워낙 경기도 안 좋고, 교육 정책의 실패 때문에…

하지만 성적 능력이 떨어진다. 무슨 핑계를 댈 수 있겠는가?

지금은 의학의 발달로 인하여 대부분의 성적인 문제에 대해서는 치료가 가능하다고 주장한다. 그렇지만 그것 자체에서도 자존심의 손상을 입는 것이 남자들이다.

간혹 사랑이라는 순수하고 맑은 이야기를 하면서 성적인 문제, 즉 섹스에 관한 얘기를 하는 것을 저속하다고 생각하기도 하지만, 그건 순정 만화에나 나올 법한 이야기이고… 연애에서 섹스를 제외하고 얘기를 한다는 것이 무의미하기에 자세히 언급을 할 것이다.

여기서 주목할 문제는 섹스에 관한 문제는 의학적인, 즉 몸의 이상보다는 심리적인 문제가 더욱더 많이 언급이 된다는 사실이다.

간과되어서는 안 될 사항은, 연애는 지극히 자기 만족적이지만 섹스에서 자기 만족만을 추구한다면 상대와 자신 모두 만족하지 못한다는 점을 잊어서는 안 된다.

자신이 즐거워야만 연애를 지속할 수 있는 것이지, 상대만을 위해 헌신적으로 연애를 하는 사람은 없다.

그렇기에 자기만족을 위해서 상대와의 조화를 이루려는 것이다.

하지만 섹스는 우선 상대를 배려하지 않는 한 자기만족을 이룰 수는 없다.

상대에게 맞추어야만 하고, 서로 대화의 통로를 닫아 버리는 것은 문제를 발생시킬 뿐만 아니라, 발생한 문제를 악화시키는 것이다.

애국가 1절이든 4절이든 그것은 큰 문제가 아니다.

상대를 얼마나 배려하는 것인가? 그렇기 위해서는 서로 의사를 존중해야 하며, 서로 어떤 생각을 하고 있는가를 알아야 한다.

자신이 겪고 있는 성적인 문제에 대해서 의사를 찾는 것보다 상대에게 조언을 듣는 것이 연애를 더욱더 빛나게 만드는 결단일 수 있다.

스스로 너무 과대평가하고 과소평가하는 것은 섹스에서는 아무런 도움이 되지를 않는다.

내가 상대에게 어떻게 비칠까 보다, 내가 상대를 어떻게 봐주어야 할까를 먼저 생각하고 고민하며, 최선의 길을 찾는 것이 바로 연애에서 섹스의 역할이다.

연애코치

애국가 4절보다 긴 1절이 있다.
섹스는 자기보다 남을 먼저 배려해야 한다.
가장 가까운 의사는 상대임을 잊지 말자.

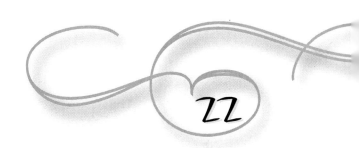

일주일

태초에 하나님이 세상을 만드는데 걸린 시간은 고작 일주일 이라고 한다(6일 동안 만들고 하루는 쉬었다).

고대 바빌로니아 인들은 행성에 신이 살면서 우리 인간 세계를 지배한다고 믿었다.

이 신들은 이 세상에 전쟁과 질병, 가뭄과 기근, 지진과 홍수를 일으키고, 행성들은 인간 개개인의 운명을 결정한다고 생각하였다. 또 천체들은 신성불가침의 영역으로 인식되었기 때문에 5개의 행성에 태양과 달까지 합한 7이라는 숫자는 매우 신성시되었다.

7개의 천체는 우주의 시간과 공간을 지배하며 각각의 주관하는 날짜를 지배한다고 믿었다.

천체들은 제1일부터 제7일까지 순서대로 토성의 날(토요일), 태양의 날(일요일), 달의 날(월요일), 화성의 날(화요일), 수성의 날(수요일), 목성의 날(목요일), 금성의 날(금요일)을 지배했다.

이러한 고대 바빌로니아의 믿음이 후에 그리스도교에 계승되었고, 현대까지 이어져 일주일의 순서로 고정되었다.

일주일 동안 할 수 있는 것들은 많이 있다. 일주일이면 컴퓨터를 마스터한다거나, 일주일이면 몇 킬로그램을 감량한다거나, 사람들은 일주일 증후군을 앓고 있는 것 같이 우리가 일주일 동안 할 수 있는 것은 무궁무진해 보인다.

일주일 동안 못 하는 것은 과연 무엇이 있는가?

연애에서도 일주일은 굉장히 많이 등장하는 말이다. 일주일 만에 좋아하는 상대를 나의 것으로 만들기 시작해서 일주일 만에 헤어지는 방법 기타 등등. 일주일이면 연애에서도 만나고 헤어짐을 반복할 수 있는 시간이다. 일주일을 잘 활용해서 살게 되면 정말 행복한 삶을 살 수 있는 것 같은 착각이 들 정도로 우리는 일주일간 무궁무진한 일들을 할 수가 있다.

일주일이 연애에서 갖는 의미는 무엇일까?

일주일에 상대를 완전히 나의 사람으로 만드는 일은 쉬운 것처럼 느껴질 정도로 일주일은 길다. 당신은 일주일을 얼마나 효율적으로 이용할 수 있나. 그냥 아무 생각 없이 보내면 일주일은 금방 아무런 의미 없이 자신의 역사에서 잊혀진 시간이 되기 십상이다.

먼저 일주일에 상대를 나의 사람으로 만드는 것이 가능할까? 여기에 나의 사람이라는 의미가 어디까지를 포용하는지에 대한 물음에 답해야겠지만, 우리는 분명히 가능하다고 생각한다. 유명 여가수의 10

분 만에 상대를 넘어오게 할 수 있다는 노래에서처럼 우리는 스피드한 시대에 살고 있고, 어쩌면 일주일까지 기다려서 내 사람으로 만드는 사람은 그래도 인내심이 많은 사람으로 간주하여진다.

자, 그럼 일주일 만에 상대를 넘어오게 하는 방법을 얘기해 보도록 하자. 많은 사람이 장인(匠人)들이 갖고 있는 비장의 무기라도 되는 양 일주일 만에 남자 혹은 여자를 꼬시는 방법에 대해서 여러 가지 의견을 내놓았다. 다들 맞는 얘기지만, 그래도 어느 정도의 무드가 있고, 상대를 감동시켜서 내가 매달리는 것이 아니라 인연으로 만난다는 생각을 불러일으켜야 좋은 연애를 시작할 수 있지 않을까.

먼저 꽃을 준비한다(꽃이 아닌 다른 것도 괜찮다). 첫 만남에 꽃을 준비하는 사람은 왠지 연애를 잘못 하는 사람 같고, 또는 꽃을 싫어하는 여자가 있지만 그래도 준비를 하자. 한 송이든 한 다발이든 상관은 없다. 첫 만남에서 꽃을 갖고 있는 남자에 대해서 여자는 혼자 생각을 한다. '촌스럽게 첫 만남에 꽃을 갖고 나오다니' 이런 생각을 가장 많이 할 거다. 그렇다고 꽃을 주느냐? 그렇지는 않다. 꽃은 밥을 먹고 차를 마시고 영화를 보고 그럴 때까지 절대 주지 않는다. 그리고 헤어질 때 가지고 가 버린다. 여자는 또 생각을 한다. 이 사람이 날 놀리는 건가? 대부분 물어본다. '그 꽃은 뭐예요?' '혹시 저 주실 건가요?' 물론 아니라고 해야지.

그러고 나서 헤어지면 여자는 이 남자가 날 놀리나? 여자의 반응은 그렇게 좋지를 못하다.
그렇다면 다음 날 아님 그 다음 날 두 번째 만남은 충분히 쉽게 이루어진다.

여자가 자존심이 상해서 날 안 만나 준다고.

천만에 말씀, 꽃에 대해서 궁금해지기 때문에 절대 거절을 하지 못한다. 만나고 싶어할지도 모른다.

다음에 만나며 다시 꽃을 들고나간다. 그리고 이렇게 말한다. 저번에 꽃을 준비했다가 왠지 꽃이 너무나 당신의 아름다움에 묻히게 되어서 더는 꽃이 아니더라고요. 첫 만남에 의미 없는 풀을 드린다는 것이 그래서 드리지 못했어요. 닭살이다. 하지만 이런 닭살을 좋아한다. 왜냐면 재미있기 때문이다. 그런 사람은 없으니까. 그럼 다시 꽃을 들고 나온 이유에 대해서 궁금해지겠지.

그럼 오늘의 꽃은 무엇인지에 대해서 궁금해하지. 이제는 이렇게 말을 하면 된다. 이 꽃이 당신의 아름다움을 더욱더 빛나게 해 줄 거라는 판단이 들어서요.

닭살 돋는 말이라고 생각할지 모르지만 90퍼센트 이상의 성공률을 자랑하는 연애의 기술이 다 닭살 돋는 말이다.

연애에서 일주일 만에 당신이 할 수 있는 것을 정리해 보도록 하자.

일주일 만에 그(녀)와 키스를 할 수 있다거나, 나를 절대적으로 믿게 할 수 있다거나, 아니면 성적이 관계를 맺을 수 있다거나.

일주일은 연애에서 아주 중요한 시간이다.

사람이 다른 상대를 인정하는 데 일주일이면 가능하기 때문이다. 물론 한 번 만나고 점쟁이처럼 그 사람에 대해서 판단을 마친다면 더

할 나위 없이 좋지만, 그렇지 않기에 일주일 간의 시간이 소요된다.

우리는 첫인상이 제일 중요하다고 한다.

하지만 첫인상보다도 두 번째 인상이 더 중요하다는 것은 심리학을 공부한 사람이라면 누구나 알고 있는 상식이다.

처음 연애 상대와 데이트를 하고, 다음 데이트를 바로 다음날 아니면 다음 주로 정하는 경우가 많지, 다음 달로 넘기는 경우는 없다. 특별한 사정이 없는 한 그것은 '당신이 맘에 들지 않다'는 의미이기에 일주일을 넘기지 않는다.

그렇게 되면 일주일의 시간에서 연애를 진행할 것인가 아닌가를 1차적으로 결정을 하는 시간이다.

그렇다면 일주일이라는 시간을 어떻게 이끌어내는 것이 가장 중요한 사안이 될 것이다.

처음 만나서 일주일 동안 만남을 지속해야 하는데…. 물론 첫인상이 중요하다.

중요한 이유는 첫인상이 좋아야만 가장 중요한 두 번째 인상을 보여주기 위한 만남을 이끌어내기 때문이다.

실제로 처음 만나서 연애를 결심하는 경우는 극히 드물다.

처음 만나서 얼마나 많은 것을 보여줄 수 있겠는가?

그렇기에 첫 만남은 조금은 가식적인 것이 좋다.

가식적인 것과 가증스러운 것은 엄연히 다르다. 자신을 좋은 모습으로 포장하는 것이 가식이며, 가증은 전혀 다른 모습을 보여주는 것이기 때문이다.

웃는 여자는 다 예뻐~ 노래 가사에서처럼 웃는 여자, 웃는 남자를 실없다고 얘기하지만, 그만큼 친근함을 내포하는 것도 찾아보기 어렵다.

대화를 주도하지 못한다면 웃어주는 센스라도 갖추는 것이 앞으로 다가올 일주일을 효율적으로 맞이하는 방법이다.

칭찬을 해 보자…. 한국 사람은 칭찬에 인색하다고 한다.

동네에서 누가 큰 상을 탔다고 하자… 과연 몇 명이나 이 사실을 알고 있을까. 전체가 알기란 불가능하며, 며칠 몇 주가 걸려도 반 이상이 알기 어려울 것이다. 하지만 누가 바람을 피웠다고 하자, 하루면 온 동네에 소문이 쫙 깔릴 것이다.

우리의 성향이 그렇다. 왜냐하면 남의 허물을 얘기하는 게 재미있기 때문이다. 자신도 그런 사람이라면 아무런 매력을 전달할 수 없다.

칭찬은 고래도 춤추게 한다고 하지 않는가.

전혀 모르는 사람에게서 칭찬을 받아도 하루종일 기분이 좋을진대…

더군다나 나와 연애를 할지 모르는 대상이 칭찬을 한다면 하루가 아니라 일주일 동안 자신을 긍정적으로 평가를 해 주지 않을까?

그리고 작은 것부터 시작하는 것이 좋다. 천릿길도 한 걸음부터라고 하지 않는가…

아직 당신에게는 일주일간의 시간이 있다. 너무 많은 것을 보여줘서는 안 된다. 자신은 모두가 장점이고 나를 표현할 수 있는 가장 좋은 방법이라고 하지만, 절대 상대는 그렇게 생각하지 않을 수 있다라는 것을 잊지 말아야 한다. 스스로 장점이라고 생각하는 것이 상대에게는 단점으로 보일 수 있기 때문이다. 단점은 일주일이 지난 다음 보여줘도 늦지 않는다.

우선은 상대를 연애의 테두리 안으로 몰고 와야 하기 때문에 너무 많은 것을 보여주기보다는 상대의 많은 점을 보도록 노력해야 한다.

이 같은 방법을 사용한다면 당신과 상대의 처음 일주일을 이끌어 내는 것에 성공을 거둘 수가 있다.

그 다음의 일주일의 기간은 스스로 만들어 가야 한다.

절대로 연애 기술이라던지 비법에 대해서 맹신을 하지 말고 참고만 하기를 바란다.

누가 성공을 했다고 해서 내가 성공을 거둘 것이라고 생각을 하지 마라.

예외 없는 법칙이 없다는 말을 하듯 어느 법칙이나 비법 등에서도 예외는 늘 따라다니게 마련이다.

각종 연애 관련 및 인간관계에 관해서는 좋은 내용이 많이 있다.

하지만 누구도 맹신하라고 얘기하는 부분이 한 군데도 없다.

단지 참고를 통하여 자신의 것으로 만들어서 성공하기를 바라는 것뿐이다.

맹신을 했다가 실패를 한다면 나중에 참고하는 것조차 하기를 거부할지 모르는 노파심에서 비롯된다.

지금 준비하고 있는 연애는 처음 있는 것이며, 예전의 그 똑같은 예를 찾아볼 수가 없다. 비슷한 유형이 있을 뿐이다.

사람은 각기 다른 존재이기에… 확률도 아무런 소용이 없다.

자신의 연애를 자신이 행복하게 만드는 것은 스스로 해야 할 문제이며, 누구도 도움을 주지 않는다는 것을 잊지 말아야 한다.

연애코치
당신의 일주일이 연애의 성공을 좌우한다.
두 번째 만남을 일주일 뒤로 미루지 마라.
태초에 하나님은 세상을 만드는 데 일주일이 걸리셨고, 사람은 일주일에 연애를 만들었다.

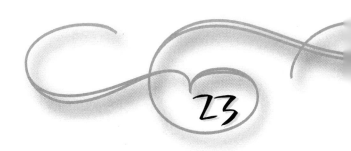

이슬만 먹고 사는 여자

"전 술만 마시면 스킨십이 심해져요.

손을 잡는 건 예삿일이고, 기대거나 키스까지도 하게 돼요.

항상 술을 깨고 나면 후회하면서도, 자꾸 그런 일이 반복됩니다. 사람들이 말하는 헤프고 쉬운 여자가 이런 거겠죠?"

한 여성의 음주와 관련된 연애 고민 내용이다. 여성들의 음주 인구는 날로 늘어나는 추세다.

남성들 못지않게 여성이 음주문화에서 차지하는 비중은 점차 그 세력을 무시할 수 없는 수준이 되었다.

술에 대한 에피소드를 이야기하려고 한다면, 하루도 모자라는 것이 주당들의 공통된 주제일 것이다.

"술이 죄인이라지만, 결국 제대로 관리를 못 한 바보 같은 저 자신 때문이겠죠."

이 여성은 소위 말하는 술버릇이 바로 스킨십이었다.

1년 전쯤 전에 꽤 친했던 친구와 술김에 넘지 말아야 할 선까지 넘어 버린 적이 있었고, 그때까지는 친한 친구뿐이었는데, 그 일로 연인 관계가 되었다고 한다.

그러던 중 싸우고 남자 친구의 친한 남자 친구와 하소연하면서 술을 마시게 되었고, 이번엔 그 남자와도 술김에 키스를 해 버리고 말았다고 한다.

실수라고 스쳐 버리기엔 너무 오랫동안 한 키스였다고 하면서 답답한 마음을 하소연하였다.

"남자 친구와 둘이 서로 저에 대해 얘기를 했을까요?

얼마나 한심한 여자로 볼지 생각만 해도 끔찍해서 잠을 이루기 어렵습니다. 이제 남자와 술은 마시지 않을 생각입니다. 그렇지만 이런 저의 실수를 변명하기엔 너무 큰일을 벌인 것 같아서 괴롭습니다."

술을 먹고 나서 다음날 벽을 긁으며 후회를 해 본 사람이라면 어느 정도 공감이 가는 이야기다.

연애를 논하는 자리에서 술은 매개체의 역할을 한다. 술이 없는 연애사는 어쩐지 밍숭밍숭한 느낌마저 든다.

남녀의 연애를 진일보시키는 역할을 술은 곧잘 할 뿐만 아니라, 연애를 결정적으로 망치는 역할도 담당을 한다.

술을 통해 스킨십의 단계가 발전을 하며, 상대의 속내를 털어놓을 수 있는 계기가 된다.

남자들은 술 먹는 여자들에 대해서 이중적인 잣대를 사용한다.

연애 기간에 둘이서만 술을 먹을 경우같이 많이 먹기를 원한다. 하지만 여럿이 어울리는 자리에서는 자제를 해 주기를 바란다.

자신에게만 술 취한 모습을 보이는 것을 남자들은 가장 좋아하는데, 만약 자신이 없는 자리에서 여자 친구가 술 먹고 취했을 경우 다른 남자들이 소위 말하는 찝쩍대지 않을까 하는 생각을 하게 되기 때문이다.

남자들은 자신 앞에서 술 취한 여자에 대해서는 어느 순간까지는 섹시하다는 생각을 하게 된다. 술을 먹지 않으면 전혀 아닌데, 술만 먹고 약간 취한 그녀의 모습을 보았을 경우 너무나 사랑스럽게까지 보인다.

여자들은 이런 남성의 성향을 알고서 접근하는 방법을 종종 사용하는데, 여자들의 술 취한 모습, 약간은 혀 꼬부라진 발음, 상대에게 허점을 보이는 행동에서 남자들은 야릇한 감정을 갖게 되고, 그녀와 가까워지는 절호의 기회로 생각을 한다.

실제로 한 달간 공들인 것보다 한 번의 술자리가 더욱더 가까워지는 계기를 마련하는 데 더 큰 공헌(?)을 하는 경우가 종종 발생한다.

하지만 늘 술만 먹으면 정신을 차리지 못하는 여자는 매력 없다는 통념을 가지고 있다. 남자들이 싫어하는 여자 스타일에서 꼭 **빠지지** 않는 것이 주정을 하는 여자다. 술만 먹으면 울고, 술 먹으면 뭘 먹었는지 확인하고, 폭력적으로 변해서 남들과 싸우려고 하고, 기타 등등 꼴불견으로 여겨지는 여자들의 추태에 대해서는 그리 관대하지가 않다. 어쩌다 한번 풀어진 여자의 모습은 남자들에게 호기심과 매력을 느끼게 하지만, 늘 술만 먹으면 반복되는 술버릇에 대해서는 짜증을 내게 마련이고, 점차 피하는 지경에 이르게 한다.

남자들은 술 먹는 여자들에 대해서 자신들이 원할 때는 환영을 하지만, 그렇지 않을 때는 비판을 하게 된다.

이중적이다. 남자는 그렇다.

술 취하면 스킨십의 정도가 강해지는 여자!

처음에는 너무 좋다. 자신을 특별히 생각하고 있다고 착각을 하게 하지만, 자신이 아는 남자한테도 똑같이 한다는 사실을 알았을 때 좋아할 남자는 없다.

관계를 끝내고 싶을 것이다. 그렇고 그런 여자로 치부하게 될지도 모른다.

물론 남자들의 경우는 여자 친구와의 고민에 대해서 친구들과 상의하는 것을 창피하게 생각하는 경우가 많다. 그렇기에 진지하게 여자 관계에 대해서 친한 친구로부터 조언을 받는 것을 꺼린다.

차라리 친한 여자 친구한테 물어보는 경우가 훨씬 쉽다.

스스로 판단을 해서 결정하는 경우가 많기에 여자 친구가 자신의 친한 친구와 키스를 했다는 사실을 바로 알지는 못할 것이다.

친한 친구가 사실을 숨길 가능성이 크기 때문이다. 사실 말하려고 해도 괜히 자신의 책임인 양 생각하기에 쉽지 않다.

갈수록 여성의 음주 인구는 늘어나고 있다. 거리에서 술에 취해 흐느적거리는 여성의 모습에 대해서 아름답다고 여기는 시각은 많지가 않다.

어떤 일로 술을 먹었는지? 어떻게 해서 저렇게 취했는지? 이것은 아무 상관이 없다. 여자가 술에 취했다는 사실만으로 곱지 않은 시선을 보내는 것이다.

그렇기에 자신의 여자 친구가 자신 이외의 사람들과 술자리에서 취하는 것에 대해서 관대한 사람은 찾아보기 어렵다.

한 예를 더 들어보면,

"전 여자 친구와 고등학교 때부터 사귀었어요. 근데 대학에 가면서 부터 여자 친구가 같은 과 사람들하고 술자리를 자주 해요. 한 남자 애가 자기가 좋다고 술자리에서 고백을 했다면서 어이없다고 하면서 가끔 술 취해서 늦은 밤에 전화가 오기도 해요. 자기를 꽉 잡으라고."

"술 때문에 다투기도 많이 했어요. 제가 술을 잘못 하기에 저랑은 맥주 한두 잔 정도인데, 같은 과 친구들하고는 너무 많이 먹는 것 같 아요. 남자 애들도 있는데, 그러다가 무슨 일이라도 나면 어떡하나 걱 정이 돼요."

술 먹는다고 화도 많이 내고, 술자리에 있으면 전화도 하고 하는데, 전화도 안 받을 때도 있다고 한다. 하지만 술을 먹지 않으면 정말 다 정한 연인 관계인데, 술에 대해서 너무 간섭하지 말아달라고 하는데 어떻게 하면 좋을지에 대한 고민이었다.

일단 여자 친구의 술에 대해서 태연해져야 한다.

사람들에게 어떤 일을 하지 못하게 막는다면 더욱더 하게 되는 것 이 사람들의 성향이다. 여자들은 더 그렇다.

술을 못 먹게 한다면 어떠한 방법을 써서라도 먹는다. 나중에는 거 짓말까지 하게 되고, 그렇게 되면 둘의 관계에서의 신뢰는 깨어지게 된다. 그럼 끝이다.

같이 술을 즐기는 것이 가장 좋은 방법이지만, 그렇지 못할 경우 다 른 방법을 찾아보자.

여자 친구가 술을 먹는 것은 단지 술을 좋아해서가 아니다, 만약 술이 좋아서라면 가까운 병원에서 알코올 중독자 프로그램에 등록시켜라. 술을 통해 스트레스를 풀고, 신나는 분위기를 즐기고 싶은 마음이며, 술을 통해 허심탄회한 얘기를 하고 싶어할지도 모른다.

사람들과 어울리기를 원하는데 그 방법으로 술을 택했을 뿐이다.

"내일은 일 있으니까 너무 무리는 하지 마, 안주 좋은 거 먹고, 그리고 취하면 전화해. 집에까지 데려다 줄게."

이 정도의 말이면 여자 친구도 어느 정도 받아들여지지 않을까?

"오늘도 또 술이냐! 작작 좀 먹어라! 거기 남자들도 있지?"

이러면 너무 재수 없지 않을까?

술이 지닌 좋은 점과 나쁜 점은 너무도 많이 나와서 다들 알고 있을 것이다. 하지만 그것이 나의 여자 친구 혹은 남자 친구와 결부된 것이기에 이해의 폭이 좁아지는 것이다.

믿음이 있다면 상대의 음주문화에 대해서 인정을 해 주고 그냥 지켜봐라.

알아서 자제하는 때가 곧 온다. 괜히 편협한 인상을 주지 않도록 대범하고 너그러운 모습을 보여라.

연애코치

둘만의 술자리를 권하는 사람은 관심 받는다고 생각한다.

술로 흥한 관계는 술로 망하게 된다.

술도 하나의 문화다. 이해를 해 주는 당신은 멋있다.

오감도

여자는 청각적, 남자는 시각적.

사람들은 사랑의 종류에 대해서 꾸준히 연구를 해왔다.

그중에 어느 소설가는 사랑을 세 가지로 분류를 하였는데,

에로스 : 육체적 사랑(성기와 관계)

아가페 : 감정적 사랑(심장과 관계)

필리아 : 정신적 사랑(뇌와 관계) 로 간단하게 나누고 있다.

심리학적으로는 에로스(Eros) : 완전히 육체적이고 성적인 매력에 매료된 사랑 관계. 그런 사랑은 '깜짝 사랑, 영 이별' 이라는 우리네 속담처럼 빨리 불붙고 곧 없어질 사랑이라는 것이다.

루두스(Ludus) : 루두스 타입은 장난스러운 우연한 사랑. 서로 크게 상대에게 관심을 보이지는 않으나, 서로 만나는 게 재미있고 즐거

우니까 좋아하는 관계다. 상대가 다른 만나는 사람이 많다는 것도 알고 있지만, 서로 의존을 피하기 위해 서로 용납하고 관계를 유지한다. 특별한 온정의 상호 교류는 없으나 심심하지 않아서 좋다.

스토르지(Storge) : 열정이나 탐닉은 많지 않으나, 자신도 모르게 빠져드는 정이나 따스함을 느낄 때다. 이 타입은 우정에서 사랑으로 변하는 경우에 흔히 볼 수 있는 상태다. 많은 경우 사랑인지 단순한 우정인지 자신도 구별 못 할 때가 많다. 애정의 위기 같은 것도 없고, 비교적 지속력이 강한 상태이나 극적인 정열이 없는 것이 흠이다.

마니아(Mania) : 격정적인 사랑을 말한다. 광기와 분이 계속되는 상태다. 사랑하는 사람은 항상 상대가 보고 싶어 미칠 지경이다. 환희와 절망이 성난 파도처럼 교차하는 폭풍 노도 시대, 그러나 종말은 갑작스런 파탄을 가져올 확률이 높다.

프라그마(Pragma) : 더 현실적인 사랑을 의미한다. 가슴보다 머리가 앞서는 사랑이다. 상대가 여러모로 자기에게 맞으니까 사랑한다는 타입이다. 성격도 맞고 조건도 그만하면 됐으니 한번 사귀어 보자고 하다가 시작된 사랑이다. 그러다 서로 더욱 마음이 맞으면 진한 사랑으로 발전하기도 한다.

아가페(Agape) : 지극히 기독교적인 사랑이다. 이해와 양보와 희생을 통해 벼루어 가는 사랑을 말한다. 플라토닉 러브의 기본 패턴이다. 엄격한 의미에서 실제로 존재하기 어려운 사랑이어서 돈 환의 경우처럼 우리의 생각이나 이상 속에서만 살아 있는 실체다.

갑자기 사랑의 종류에 대해서 얘기하자는 것이 아니라, 여러 가지 사랑이 있다는 것을 말하고자 하는 것이다. 이렇게 많은 사랑 중에서 하나에 편중되게 사랑을 하는 사람은 없을 것이다.

살아가면서 거의 모든 종류의 사랑을 접하게 되는데, 아무래도 연애에서 가장 많은 논란거리가 되는 것이 바로 에로스일 것이다.

그도 그럴 것이 다른 사랑은 자연스럽게 찾아오고 스스로 감정을 말하는 것이지만, 에로스는 직접 몸으로 실행을 옮겨야 하며, 상대와 같이 행동을 해야 가능한 것이다.

그냥 내가 느낌으로 끝나는 그러한 사랑과 달리 상대의 감정도 알아야 하고, 상대가 '왜 이럴까?'라는 질문에 끝없이 답을 해 주어야 하기 때문이다.

연애에서 스킨십은 중요하다. 스킨십 때문에 멀어지는가 하면, 스킨십 때문에 더 관계가 친밀해지는 경우가 빈번하게 생기기 때문이다.

"전 올해로 22살입니다. 나보다 세 살 많은 오빠인데 저는 이번이 두 번째 연애거든요.

남자는 다 그런지 모르겠는데… 첫 번째 남자 친구는 동갑이고 친구 같아서, 그냥 손만 잡고 다니고 키스도 가끔 하는 정도였는데, 지금 오빠는 만나면 항상 스킨십을 하는데 그 정도가 제가 생각하기엔 좀 심한 거 같아요. 오빠에게 차가 있어서 주로 차 안에서 데이트를 많이 하는데 저도 손잡고 포옹 정도는 좋아하거든요. 근데 오빤 자꾸… 손을 가만히 못 둬요. 다리도 막 만지려 하고, 배도 만졌다가 위로 올라올 때도 있고, 전 정말 이런 적은 처음이라, 그럴 때마다 어떻게 해야 할지 안절부절못해요.

지금 오빠는 시도 때도 없이 그러는 거 같아서 제가 좀 불편해하면 오빠가 '이러는 거 싫어?'하고 물어봐요. 근데 제가 싫다고 하면 오빠가 무안해하고, 또 저에게 미안해할까 봐서 전 아무 대답도 안 해요. 그럼 오빠 그게 긍정적인 대답인 줄 아나봐요. 그게 아닌데. 그냥 싫으면 싫다고 말해도 될까요? 아니면 그냥 아무 말 없이 피하는 게 나을까요? 한번은 둘이서 술 마시고 길을 가고 있는데 또 갑자기 슬쩍 가슴에 손이, 너무 갑작스런 일이라 깜짝 놀라서 진짜 한동안 멍했어요. 아무리 사람이 없어도 그렇지 길거리에서 제가 깜짝 놀라니까 오빠는 '남자들은 다 이래. 네가 잘 몰라서 그래.'

정말 남잔 다 그런 건가요? 제가 아직 연애를 한 번밖에 안 해 봐서 잘 모른 건가 하면서도 스킨십이라는 게 여자가 원할 때 하는 것이라고 알고 있는데 제가 준비가 안 되었다고 생각하거든요.

사귄 지는 백 일 정도밖에 안 되었는데 좀 빠른 거 같기도 하고 그냥 남자 친구가 그럴 때마다 저는 어찌할 바를 모르겠어요. 거부를 하는 것이 좋은 것인지? 다른 사람도 저랑 마찬가지 생각을 했을 텐데…"

남자가 스킨십에 적극적이다. 처음에는 그렇다.

어쩌면 달콤한 사랑의 속삭임보다 내가 여자 친구에게 해 주는 스킨십이 더 나의 마음을 정확히 전달할 수 있다고 생각을 하기 때문에 스킨십에 적극적인 성향을 띠는 것이다.

사실 만나는 처음부터 스킨십을 하고 싶어하는 것이 남자다. 하지만 미친 사람 취급을 받기 때문에 자제를 하는 것이며, 호시탐탐 상대의 상태를 파악하고 늘 결전의 날이 오기만을 기다린다.

하지만 여자는 스킨십에 대해서 소극적이다. 처음에는 그렇고 우리나라에서는 그렇다.

여자는 달콤한 속삭임이 스킨십보다 더 좋을 때가 많다. 그래서 남자의 사랑을 확인하기까지, 남자의 적극적인 구애를 더 내버려두면 안 될 것 같을 때까지 여자는 스킨십에 대해서 소극적인 경향을 띤다.

　무엇이든지 다 그렇겠지만 스킨십도 탐닉하는 수준에 들어가면 왜 자신이 이렇게 해야 하는지, 진정으로 사랑을 하는지 혼란스러워질 수 있기 때문에 아무런 의미 없는 스킨십은 연애의 연장선에 있는 것이 아니라 단순한 유희에 지나지 않게 된다.

　스킨십은 후퇴란 없으며 자연히 가속도가 붙는다. 손을 잡고 키스를 하고 가슴을 만지고, 그리고 성적인 관계를 맺게 되는 단계를 밟아 가면서 점점 더 원하는 수준이 높아지면서 그것을 원하는 시간은 빨라질 수밖에 없다. 가끔 남자는 사랑하지 않는 여자와도 성적인 관계를 할 수 있으나 여자는 힘들다는 얘기를 한다. 하지만 여자와 남자가 반대 개념이 아닌데 어찌 그렇게 확연히 구분 지을 수 있을까? 어느 정도 맞을지 모르지만 사회 통념이 만들어낸 것이며, 남성 중심적인 사회에서 지어낸 얘기이다.

　이런 얘기들을 통해서 여자가 가장 두려워하는 것이 바로 단순히 남자가 자신을 성적인 상대로 생각하지 않는가에 대한 불안감이다.

　그렇기 때문에 늘 사랑을 확인하고자 한다. 그렇지 않으면 자신의 존재는 육체적인 존재밖에 남지 않는다는 생각 때문이다.

　과연 남자는 스킨십에 대해서 어떻게 생각할까? 생각하고 말고도 없이 그냥 좋아한다고 생각하면 오산이다.

　남자도 연애에서 상대와의 스킨십을 하면서 무작정 달려들지 않는다. 그만큼 상대를 배려하고자 노력을 하며, 자신의 스킨십을 하는 행동 하나하나에 사랑을 전할 수 있는 방법을 사용하고자 노력을 한다. 그리고 너무 빠르다고 생각을 한다면 어느 선까지 스스로 지킬 줄도 안다. 그리고 무작정 스킨십을 통해서 사랑을 전하려고 하는 것도 아님을 알아야 한다.

"저는 25살 대학생 건강한 남자입니다. 새로 만난 여자 친구와 벌써 100일이 넘었는데요. 자주 만나는 것은 아니지만 일주일에 두세 번은 꼬박 만나거든요. 정말 사랑스럽고 여자 친구하고 같이 있는 것이 즐겁습니다. 아직도 설레고, 같이 있고 싶은 마음은 굴뚝 같은데 스킨십을 하고 싶은 마음이 안 생겨요.

친구들한테 물어보면 '넌 그 애를 사랑하는 게 아니야'라고 하는데 저는 진짜 그 애를 사랑하거든요?

그녀는 조금 답답한가 봐요. 저한테 자꾸 가까워지려 하는데, 제가 의도적인 건 아니지만 조금 피하게 되네요. 뽀뽀해도 키스해도 아무 느낌이 없다면, 그래서 만나는 것조차 싫어진다면 전 남자가 아닌가요? 많은 여자를 만나본 건 아니지만 이런 감정이 들면서 사귀는 건 처음이네요."

많지는 않지만 종종 이런 고민을 털어놓는 남자들이 있다. 그럼 과연 여자를 사랑하지 않아서 스킨십하고 싶지 않을까? 그렇지는 않다. 두렵기 때문이다. 자신이 처음 스킨십을 통해서 상대가 어떻게 생각을 할까? 괜한 스킨십을 통하여 서로 사이가 멀어지지는 않을까? 하는 두려움이 스킨십을 이성적으로 말리고 있는 것이다. 이렇게 자꾸만 미루게 되면 여자는 어떻게 생각을 할까? 심해지면 남자가 자신에 대해서 아무런 성적인 매력을 못 느낀다고까지 생각을 한다. 여자에게 성적 매력, 즉 섹시함이 없다는 것은 치욕적인 일이기에 너무나 큰 상처를 받게 되고, 다른 사람, 즉 자신의 섹시함을 알아주는 남자를 찾아 떠나 버리게 된다.

이처럼 스킨십은 보조를 맞추는 것이 중요하다. 혼자 좋아서 상대를 배려하지 않고 성적인 욕구를 충족하는 스킨십도 문제지만, 상대가 원할 때 그것조차 맞춰주지 못하는 것도 문제가 될 수 있다.

하지만 보조를 맞추는 것이 어렵기 때문에 늘 스킨십에 대한 논쟁은 끊이지 않는다.

어디에서도 정답을 내놓지 못한다.

단순히 통상적으로 남자가 스킨십을 원할 때라든가, 여자가 좋아하는 혹은 싫어하는 스킨십에 대해서 얘기를 한다.

예를 들어 여자는 젖은 입술로 키스하는 것을 싫어한다거나, 면도하지 않거나 격렬한 키스를 싫어하고, 스킨십을 하면서 질문하는 것을 싫어한다는 등의 얘기다.

단순히 그런 경우가 많다는 것이지 늘 그렇듯이 정답은 아니다.

그렇다면 "서로 감정을 배가시키는 그런 스킨십은 없을까?"라는 질문으로 다시 돌아와 버린다.

스킨십은 자연스러운 행동이면서도 인위적이다. 생명체로서 암수가 만나는 행동으로 본다면 지극히 당연하고 자연의 섭리에 따르는 것이면서 어떠한 방법을 택하느냐에 따라서 환영을 받거나 거부를 당할 수 있는 것이기 때문에 자신의 의도와 상대의 감정과 일치를 시켜나가는 극히 인위적인 행동이다.

자연스러운 행동으로 가기 위해서 사전 작업에 충실해야 한다.

이것이 진정으로 사랑을 표현하고자 하는 나의 몸부림이라고 상대에게 암시를 해 줘야 한다.

그리고 한 가지 기억할 것은 스킨십에 대해서 너무나 획일적일 필요는 없다. "늘 이런 단계에서는 이렇게 하고 다음의 행동은 이런 것이다"라고 한다면 재미가 없다.

가끔은 파격적이고 가끔은 아주 섬세하면서도 때로는 작은 속삭임만으로 상대를 사랑하는 감정을 전달하는 것이 중요하다.

상대의 상태를 알고 그것에 맞춘 스킨십은 중요하다. 하지만 내 생각까지는 알려줄 필요는 없다. 자신이 의도하는 스킨십을 상대가 미리 알아 버리면 스킨십 자체는 습관적인 일상으로 전락하게 되고 금방 싫증 나게 마련이다. 연애에 있어서 싫증은 무서운 존재이다.

상대가 나에게 매력을 느끼는 것은 나의 신비감이 있기 때문이다. 내가 누군지 알고 나의 행동을 예상한다면 매력은 반감되기 일쑤다.

스킨십에서 상대의 몸에서 흥분을 느끼는 성감대를 찾는 것은 다른 책에도 많이 나와 있으며, 어떻게 키스를 한다거나 하는 방법도 많이 나와 있기에 참고를 하기를 바란다. 분명히 말하지만 '참고' 만이다 그대로 따라하다가는 늘 실패 100퍼센트임을 잊지 말자.

단지 여기에서 말하고자 하는 스킨십은 너무나 틀에 박힌 스킨십을 하지 말자는 것이다. 몸이 원하는 행동이지만 그 의미는 그 다음에 생각을 하게 된다. 너무나 뻔한 스킨십은 나의 존재 가치를 떨어뜨리게 하고 스스로 매력이 없음을 말해 준다.

상대를 진정으로 사랑한다면 지금 당신의 스킨십이 어떻게 받아들일지 먼저 생각하고 절대 당신의 행동이 읽히지 않도록 하자.

연애코치

스킨십은 자연스러우면서도 인위적인 행위이다.
획일적인 스킨십은 나를 싫증 나게 한다.
고정된 지식을 갖고 스킨십을 시도하면 늘 실패한다.

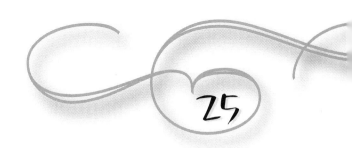

강하고 부드럽게

일관성을 가진 사람이 과연 연애에 성공할까, 아니면 적절한 자신의 변화가 연애의 성공 가능성이 클까?

큰 나무와 갈대의 우화에서 강함과 부드러움의 교훈은 익히 배웠다. 부드러움이 갖고 있는 많은 장점을 알고 있지만 강함에 대한 유혹은 저버릴 수 없는 것이 우리의 인지상정이다. 강함은 우리의 역사를 이끌어 온 힘을 상징하며, 부드러움은 역사의 변화에서도 꿋꿋하게 우리의 사상을 지배해 온 정신적인 지주 역할을 해 온 것이다.

남자는 마초 콤플렉스를 가지고 있다. 남보다 우월하다는 것을 강함으로 표현하고자 하며, 실제로도 주위로부터 강한 남자로서 인정을 받고 수월한 생활을 해나갈 수 있다. 연애에서도 마찬가지이다. 힘있게 리드하고 카리스마 있는 남자에 대해서는 쉽게 환영을 받게 된다.

영화에서 나오는 강한 남자에 대해서는 열광을 하지만 그렇지 않은 사람에 대해서는 측은한 마음을 불러일으키게 하는 것이 바로 강한 남자들의 역할이다.

하지만 어찌 이런 강한 성향이 남자에게만 있을 수 있겠는가. 날로 갈수록 여자답다는 말이 무색할 정도로 강한 여자들이 생겨난다.

"여자 친구를 만나지 이제 막 두 달이 넘었네요. 여장부 스타일이라고 해야 하나, 어쨌든 여자 친구는 저보다 강하다는 생각이 들어요.

남자건 여자건 예의를 무시하거나 하지 말라는 거 할 경우에는 봐주는 거 없는 스타일이에요.

그래도 저랑 단둘이 있을 땐 정말 다정합니다.

가끔은 우리 학교로 도시락까지 싸들고 와서 절 감동시키기도 하고, 친구들의 부러움을 사기도 했는데, 제 친구들이 자꾸 여자 친구를 인사시키라는 바람에 친구들 모임에 불안하지만 설마 하는 마음으로 데리고 갔는데, 술버릇 안 좋은 친구한테 한 마디 하더라고요.

'저기요, 초면에 죄송합니다만, 술버릇이 좀 안 좋으시네요. 일찍 고치지 못하면, 평생 가니까? 술을 끊던가 아님 처음 보는 사람하고는 술을 먹지 않는 게 좋으시겠네요' 이런 식입니다.

더 문제는 아무리 저랑 단둘이 데이트를 하고 있다가도 자기 친구들에게 연락이 오면, 절 버려둔 채 친구들에게 간다는 겁니다. '야! 넌 나보다 친구가 더 중요하냐? 너 자꾸 매번 이럴 거야? 다른 여자 애들은 모두 친구랑 있다가도 애인이 부르면 애인한테 간다는데, 넌 어떻게 된 애가 그 반대냐? 라고 화를 내서 물으면 갑자기 인상이 굳어집니다. 그리고 아주 진지하게 절 보고 말합니다. '친구들이 왜 날 찾겠어? 다 일이 있어서 그러는 거 아냐. 설마 아무 일도 없는데 내가 그냥 가는 거 아니잖아' 라며 인간의 도리에 대해서 설명을 합니다. 가면 갈수록 저보다 더 남자다운 거 같네요. 어쩌죠? 헤어지자고 하면 맞아 죽을 거 같기도 하고요."

여성스러운 남자도 좀 보기 그렇지만, 너무나 남자다운 강한 여자도 연애에서 선택의 제한을 받는 것은 사실이다. 짚신도 제 짝이 있다고는 하지만, 그런 제 짝을 찾기에는 어려움이 많이 있다. 남자의 본성 자체가 여성을 보호하고 싶어하면서 리드를 하고자 하는데, 이런 역할을 여자가 하게 됨으로써 자립심이 약하고, 남의 결정에 따라가는 의존적인 남자만이 제짝이 되어 버리는 것이다.

이처럼 강한(?) 스타일의 여성의 특성은 조금은 게으른 스타일이 많다. 그리고 섬세하지 못하기에 깜빡 깜빡하고 잘 잊어버리는 습관이 있다.

잔소리 듣는 것을 무척 싫어하며, 구속받는 것을 싫어한다. 다툼이 있을 때는 절대 지지 않으려고 하고, 생활력은 강한 편이다. 똑똑한 스타일로 보이나 가끔은 어이없는 실수를 하는 경우가 종종 있다.

또한 곱상한 남자한테는 약한 편이고, 의외로 체격에 어울리지 않게 먹는 것을 좋아한다. 어른들이나 선배들에게는 깍듯하고 겁이 없는 성격이다.

마지막으로 자신은 그렇지 않으면서 상대에게 간섭을 하기를 좋아한다.

지금 자신이 반 이상이 해당을 한다면 상대는 당신을 강한 여자로 생각을 하고, 어쩌면 달아날 생각을 하고 있을지 모른다.

물론 강한 여자가 매력이 없다는 것은 아니다. 단지 남자들이 선호하기에는 벅찬 스타일일 뿐이다.

친한 친구로서(가끔 이성 친구가 아닌 동성 친구로 생각할지 모를 정도로) 환영을 하지만, 여자 친구로서는 고개를 갸우뚱거리는 것이 남자들이다. 비난을 하더라도 소용이 없다. 그렇게 태어났고, 당연하듯이 사회적으로 교육을 받았기 때문이다.

강한 것은 좋다. 하지만 조금 더 부드러워진다면 더 나은 연애 생활을 할 수 있지 않을까?

강한 것에 대해서 얘기를 하고 있다. 강함에 상반되는 말은 무엇일까? 당연히 약함이겠지만 연애에서의 약함이란 없다. 단지 부드러움이 있을 뿐이다.

우스개 말로 '낮에는 부드럽고 밤에는 강한 남자가 환영받는다' 라고 한다.

성적인 농담이지만, 연애에서 양면성을 갖추어야 한다는 말이다.

누차 말하지만 연애란 남녀 간의 상호 작용을 의미하기에 밀고 당기는 맛이 있어야 한다. 상대를 대할 때 너무나 획일적인 방법만을 사용한다면 상대는 질려 버릴 것이기에 강함과 부드러움의 조화를 통해서만이 연애의 성공을 가져 올 수 있는 것이다.

"전에 사귀던 남자는 무뚝뚝하기도 했고, 무엇이든지 자신이 원하는 대로 해야만 하는 남자였어요. 처음에는 모든 것을 다 알아서 결정을 해 주는 것이 좋았는데, 시간이 지날수록 저의 의견은 무시한 채 독불장군처럼 하는 것이 싫어지더라고요. 그래서 헤어지게 되었는데, 지금의 남자 친구는 자상한 것 같아서 끌렸는데, 너무 우유 부단한 것 같아요. 저의 의사를 물어보는 것까지는 좋은데, 시시콜콜한 것까지 물어보니까 짜증이 나고… 둘을 합쳐 놓으면 좋겠어요."

두 번의 연애에서 너무나 상반된 성향의 남자 둘과 연애를 했다.

여자의 바람처럼 둘의 장점을 고루 갖추면 물론 좋을 것이다.

하지만 쉽지가 않다. 이런 성향을 바꾸는 것은 바람기를 잡는 것보다 어렵다. 그렇다고 포기를 할 필요는 없다.

너무나 자신이 원하는 것만을 하고자 하는 남자에게는 처음에는 그냥 따르는 것이 좋다. 처음부터 반대를 하는 여자에게는 전혀 매력을 느끼지 않는 것이 이런 남자들의 특성이기 때문이다. 어느 정도 서로가 가까워졌다고 생각을 한다면, 먼저 선수를 쳐라. 똑같이 경험하지 않는 한 모르기 때문에 상대가 마음대로 데이트를 한다는 것이 싫을 때가 있다는 것을 보여주면 된다. 자신이 가고 싶은 곳을 예약을 하고, 먹고 싶은 음식을 결정하면서 모든 것이 남자를 위한 배려임을 각인시키는 것을 잊지 말아야 한다. 남자가 거부감을 느끼는 등의 걱정은 필요 없다. 남자는 당연히 자신이 해야 하고, 또 자신의 결정이 늘 옳다고 생각을 하기에 다른 사람의 판단도 옳거나 최선의 방법임을 알려주면 되는 것이다.

또한 후자의 경우는 숙제를 내주면 된다. 자상한 것도 좋지만, 자꾸만 상대에게 물어보는 것은 소심하기 때문이다. 그리고 자신은 어찌되었던 상대가 만족하는 것에 대해서 더욱더 만족을 얻는 경우가 많으며, 그것만이 최선의 연애 방법이라고 생각을 한다. 자신의 결정을 실행에 옮기는 능력이 없거나, 의외로 훈련이 되어 있지 않을 때가 있다.

다음의 데이트는 스스로 계획을 세우도록 하고, 그것에 대해서 전

폭적으로 지지를 해 준다면 자신감을 얻게 된다. 자칫 짜증을 내거나 마음에 들지 않는다는 표정을 한다면 또다시 그렇고, 그런 데이트를 진행해야 함은 당연한 수순이다.

언제 강하고 언제 부드러워야 할까? 딱히 언제라고 상황을 말하는 것은 무리가 있다. 키스에서도 강하게 할 때와 부드럽게 할 때가 따로 있는 것처럼 모든 것에서 강함과 부드러움의 조화를 이룰 수 있도록 훈련이 필요하다.

상대의 반응에 맞추어서 자신의 사이클을 조정하는 수밖에는 없다. 관찰만이 최선의 방법일 수 있다.

'나는 이럴 때 강해서 좋아' '또 이럴 때는 부드러운 것이 좋아' 라고 생각을 한다면 연애하기 어려울 것이다. 아무리 자기만족을 위한 연애이지만 상대가 우선이라는 점을 잊지 말아야 한다.

'상대가 이럴 때 강한 점을 좋아하더라' '또 이럴 때는 부드럽게 진행하는 것을 좋아했지' 등의 말이 나와야 한다. 우선은 상대에 맞추고, 그리고 자신의 만족을 찾는 것이 연애의 본성을 적절히 이용하는 것이다.

성적인 관계에서도 마찬가지이다. 절대로 자기만족을 위해 상대를 이용하는 사람은 좋은 성적인 관계를 유지하지 못한다. 성 상담사들은 전형적인 옳지 못한 성생활이라고까지 표현을 한다. 서로 만족하지 못하는 것이기에 누군가는 불만을 갖게 되고, 생활의 다른 부분으로 불만이 표출되게 되며, 불륜이라는 악한 상황으로 몰고 갈 수 있는 나쁜 습관이라는 것이다.

이처럼 강하고 부드러움의 조화는 상대를 위한 배려임을 잊지 말아야 한다.

"정말 이 사람은 한결같아" 우리 사회에서는 칭찬이다. 늘 자신의 일에 열심이고 변함 없는 우직함으로 보여주기 때문이다. 하지만 연애에서 한결같다는 말은 어떨까? 물론 마음은 한결같아야 하지만 그 마음을 전하는 방법은 한결같으면 안 된다.

왜냐면 상대가 싫어하기 때문이다.

늘 같은 방법으로 나에게 다가오는 사람에게 매력이 있을까?

열 번 찍어 안 넘어가는 나무 없다고… 열 번을 어떻게 찍느냐가 중요하지 열 번의 횟수는 아무런 의미가 없다.

처음에는 강하게 밀어붙이다가 부드럽게 다가서고, 그래야만 성공을 거두는 것과 마찬가지이다.

연애 중에도 너무나 한결같은 자신이 되지 않도록 변화를 주기를 바란다.

상대가 당황한다고 망설인다면 연애할 자격이 없다. 재미있는 텔레비전 프로그램이 다 황당하고 당황하게 하면서 웃음을 유발하는 것처럼 상대도 당신에게 관심의 강도를 늦추지 않을 것이다.

연애코치
강하고 부드러울 줄 아는 사람이 진정한 연애 챔피언이다.
늘 한결같은 연애는 늘 실패하게 마련이다.
자기만족만을 추구하면 자기 혼자만 남는다.

위험한 사랑

불륜에 대해서 사전은 '(남녀 관계가) 윤리에서 벗어남' 이라고 정의를 내리고 있다. 굳이 윤리적으로 정의 내리지 않아도 다 알 것이다. 법적으로든 사회적인 통념상으로든 그릇된 관계를 우리는 다 불륜이라는 말로 터부시하고 있다.

갑자기 연애 이야기를 하다가 불륜을 언급하는 것에 대해서 의아하게 생각할 것이다. 하지만 "남이 하면 불륜이요, 내가 하면 로맨스다"라는 말이 있듯이, 우리는 어쩌면 불륜이라는 위험한 사랑, 즉 위험한 연애에 노출되어 있다.

자신도 모르게 감정을 주체하지 못하고 어느새 불륜으로 빠져드는 경우를 종종 발견한다. 그렇다고 육체적인 접촉이 있어야만 불륜이라고 보기는 힘들다. 사실 정신적으로 상대를 기만하는 것 자체를 불륜이라는 범주로 보는 것이 더 적당하다.

"10년 전, 마지막이라는 생각으로 정말 좋아했던 여자가 있었습니다. 처음 본 게 고등학교 때였죠. 으레 어릴 적에 만난 거라 철딱서니 없어 그렇겠지 생각하시겠지만, 정말 그 사람 하나만 보고 살려고 했습니다.

나중에 알게 된 일이지만 그때 그녀에게는 다른 남자 친구가 있었고, 양갓집에 서로 인사도 다 한 상태였고, 그 와중에 제가 그 사이에 들어가게 된 것입니다.

"나 남자 친구 있어" 그러니까 이제는 연락하지 말라는 그녀의 말에 하늘이 무너져 내리는 것 같았죠. 그냥 친한 친구로 지내자는 말에 섭섭했지만, 그렇게라도 그녀를 볼 수 있다는 것이 기뻤습니다.

그리고 나서 저는 군대에 갔고, 휴가 때마다 만나서 재미있는 시간을 보냈는데, 제대를 얼마 안 남기고 연락이 끊기더군요. 그리고 저는 졸업을 하고 우연히 그녀의 소식을 듣게 되었죠.

결혼한 지 4년이 되었고, 아직 아이는 없고, 연락을 해서 만나게 되었을 때 힘들어하는 그녀의 모습을 보고 너무 놀랐습니다. 원만한 결혼생활이 아니라고 말을 하더군요. 그래서 저희는 일주일에 한두 번씩 만나고 있습니다. 남편에게는 미안하지만 저에게 다시 오라고 말합니다. 그때 왜 내가 아니었냐는 말을 하면서요. 저는 아직 그녀를 사랑하고, 그녀를 만나는 시간이 행복합니다. 나쁜 일인 줄 알지만… 어떻게 해야 할지 고민입니다."

로맨스일까?

남자의 처지에서 보면 '사랑'이라는 이름의 애절한 한편의 새드무비일지 모르지만 상대 남편에게는 가정 파탄범인 것이다.

이런 겉으로 드러나는 얘기를 하자는 것은 아니다.

또한 불륜이 전적으로 옳지 않으며 범죄 행위라는 다 아는 얘기를 하자는 것이 아니라, 불륜에 빠지지 않도록 하는 것을 말하고자 하는 것이다. 우선은 범법 행위를 떠나서 자신의 연애의 역사에 유쾌한 경험이 아니기 때문이다.

　위의 예에서처럼 남자는 자신의 상황을 불륜이라고 생각하지 않는다. 단지 사랑하던 여자를 몇 년 후에 다시 만났는데, 공교롭게도 결혼을 했다는 사실이라는 것일 뿐 복잡한 상황이라고 느끼지 않는다.
　이런 사례는 심심치 않게 우리의 주변에서 일어나고 있다. 점점 더 이런 불륜적인 만남에 대해서 옳지 않다는 시각은 줄어들고 있다. 쟁점이 되고 있는 간통죄 폐지에 대한 논란이 대표적이 예이다.

　불륜은 지극히 순간적이다. 순간적인 감정의 표현이며, 관계의 지속 또한 연속성을 띠지 않는다.
　불륜이 범법 행위이기 때문일까? 아니면 그릇된 것을 깨닫고 다시 제자리로 돌아가고자 하기 때문일까? 그렇지 않다. 불륜을 저지르는 사람 자체에 문제가 있다. 벌써 몇 번의 연애를 거쳤을 것이고, 그 연애의 결실을 보아서 결혼이라는 사회적인 계약을 했다. 하지만 이제는 다른 사람에게 연애의 감정을 느끼고 있다. 이런 부류의 사람은 늘 그렇다. 지금의 불륜을 마감한다고 해서 더 불륜을 저지르지 말라는 법이 없기 때문에 다른 상대를 찾고자 한다. 더욱더 영리한 것은 단지 상대를 자기 만족적인 연애에 이용한다. 단지 유희의 수단으로 상대를 만나기에 상대가 갖고 있는 '사랑' 이라는 이름은 아무런 가치가 없어지게 만들어 버린다.

물론 세기의 로맨스인 경우도 있지만, 아주 극소수임을 잊지 마라. 불륜을 저지르는 사람은 불륜의 상대를 그저 '상대' 이외에는 생각을 하지 않는다는 것에 놀랄 것이다. 단순히 지금 나에게서 부족한 점을 채워줄 수 있으며, 감정적인 위로를 받을 수 있는 대상으로만 생각을 하고 있기 때문이다.

절대로 상대를 복합적인 대상으로 보지 않는다.

그렇기 때문에 상대의 변화가 감지되면 자연스럽게 이별을 고하게 되는 것이다. 사람을 단순한 하나의 목적으로만 이용을 하기 때문에 상대가 갖고 있는 연애의 감정은 아무런 소용이 없고, 그저 감정의 낭비만을 가져올 뿐이다.

그리고 불륜을 행하는 사람들 중에는 의외로 진정한 연애의 경험이 적은 사람이 많다.

진정으로 연애를 해 보지 못했기에 불륜이라는 위험한 선택을 하게 되는데, 연애의 감정에서 얻을 수 있는 그런 인생의 기쁨을 얻지 못하고 지나왔기 때문이다. 사람은 태어나서 많은 단계를 거쳐간다. 그 중에서 하나의 단계라도 넘어간다면 문제가 발생한다고 봐도 과언이 아닐 것이다.

불륜도 진정한 연애의 단계를 거치지 않았기에 생기는 일종의 문제점이다. 단순히 결혼이라는 계약에 이끌려서 연애의 감정을 느껴볼 수 없었기에 뒤늦게 불륜이라는 외줄을 타는 것이다.

진정으로 연애에 대해서 중요하다고 강조하는 하나의 이유다.

당신은 지금 연애를 하고 있는가?

"아니오"라고 대답을 한다면 바로 연애의 대상을 찾아보아라.

그리 멀리 있지 않다. 당장 데이트 신청을 해 보자.

연애코치

위험한 사랑의 결말 자체도 위험하다는 것을 잊지 마라.

불륜은 순간적인 감정의 유희이다.

연애를 하지 못하면 불륜이라는 나머지 공부를 해야 한다.

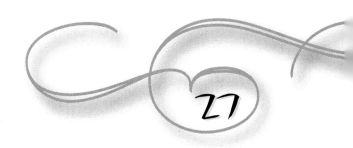

그녀에겐 뭔가 특별한 것이 있다

A4용지 한 장을 주고 얘기를 한다.

여기에 당신의 매력을 써보세요. 시간은 30분 드릴게요.

생각하는 시간 10분, 쓰는 시간 10분, 교정의 시간 10분을 계산해서 시간을 안배했다.

10줄을 넘기는 사람이 극히 드물다. 보통 서너 줄로 끝이다.

글쓰기에 훈련이 안 되었다고는 하지만, 너무나 자신의 매력에 대해서 모르고 사는 것 같다.

'난 참 매력이 없어' 과연 이렇게 생각을 할까?

매력 없는 여자는 없다. 상대가 싫어하는 매력이 있을 뿐이다.

매력에 대해서 우리는 많은 논쟁거리를 양산한다.

"제가 그렇게도 여자로서 매력이 없는 건지….

스물아홉 된 지금껏 제대로 연애다운 연애를 해 본 적이 없어요."

한숨 섞인 어투로 자신의 처지에 대해서 상담을 했던 여성의 얘기다.

"학창 시절에는 평범한 학생이었고, 취업했다 다시 학교에 들어가는 바람에 남들보다 두 살 위여서 다들 누나라고 불렸고… 같이 잘 어울려만 다녔지 뭐… 이렇다 할 러브스토리도 없었고.

회사 두어 번 옮기는 바람에 회사 적응하느라고 남자 친구 사귈 여유가 없었고요.

스물일곱 때 어린 사람들만 득실대던 동호회 활동하는 바람에 여전히 누나 소리 들으면서 지냈고요….

지금 이 나이 되어서 누굴 만나려니 너무 힘이 드네요.

소개팅을 통해서 몇 번 대시를 해봤는데 안 되었어요. 이유는… 그냥 느낌이 안 와서랍니다.

좋게 말해 그런 거지, 조건 안 좋지, 나이 많지, 인물 별로지…. 딱 아니었겠죠.

정확하게 어떻게 느낌이 안 오는 거냐고 자세히 말해 달라고 하려다, 그럼 내가 너무 처량해질까 봐 꾹 참았죠.

제 친구들은 저보고 천상 여자라고 하는데… 저를 잘 모르는 사람들은 명랑하다고, 씩씩하다고, 심지어 술 잘 마시게 생겼다고, 잘 놀게 생겼다고 합니다. 어떤 분은 여군 출신이냐고 하기도 하고요.

말투와 행동이 좀 씩씩한 것 외에 요란스럽게 하고 다니는 것도 아니고, 그래서 요즘은 처음 보는 사람들도 참하고 여성스러워 보일 수 있도록 많이 노력하고 있는데, 그런데도 저와 친하지 않은 친구들은 콧대 높아서 아직도 남자 고르는 중인 걸로 알고요. 그래서 소개도 안

시켜 주네요.

그리고 저도 남들처럼 알콩달콩 재밌게 연애다운 연애도 해 보고
싶고요.

유치한 사랑이라도 해 보고 싶어요."

'나도 매력적인 여자가 되고 싶다' 라고 생각하는 사람들은 많다.
어떤 여자가 매력적인 여자일까?

언젠가부터 매력적인 여자의 대명사를 섹스어필한 여자가 차지하
고 있다.

매력적인 여성이 된다는 것은 어렵지 않다. 꼭 슈퍼모델처럼 몸매
가 예쁘고 탤런트처럼 얼굴이 예쁘다고 해서 가능한 것이 아니다.

슈퍼모델도 매력적이지 않은 여자들이 있을 것이다.

모든 것은 자기 하기에 달렸다.

자신의 매력을 어떻게 발산할 수 있는가를 아는 것이 중요하다.

매력 없는 여자는 없다. 최소한 한 가지 이상의 매력이 상대에게
어떻게 어필이 될 수 있는가에 따라서 매력적이냐 그렇지 않냐가 판
가름 난다.

매력을 발산하기 위해서는 몇 가지 노력의 과정이 필요하다.

상대가 자신의 매력을 알기까지는 시간이 필요하기에 그런 시간적
인 여유를 주기 위해서는 남자들이 좋아하는 방향으로 자신의 매력을
열어 놓아야 한다.

상대의 말과 행동에 대해서 적절한 리액션은 필수다. 무조건 "그
래, 네 말이 옳아", "당신 말이 다 옳아요" 하는 방식은 자신이 무식하

다고 광고를 하는 것과 별반 다를 것이 없다.

"아, 그런 생각까지 했었니?", "생각해 보니까 정말 그런데?" 정도
가 적당하다.

남자들은 의외로 순진하고 단순하여 자신의 말과 행동에 리액션이
없는 여자에게는 매력은커녕 관심을 두기 싫어한다.

자신의 외모에 장점을 부각해야 한다. 난 안 예쁘다고 생각을 하면
끝장이다. 아무리 못생긴 여자라도 어느 한순간 남자에게는 예뻐 보
일 때가 있다.

자신의 외모의 컨셉을 정해 놓고 귀여우면 귀여운 방향으로, 차가
운 인상이라면 자신감 있는 자세로써 어떻게든 관심을 끌 수 있도록
해야 한다. 좋아하는 외모 스타일은 다 틀리다. 그렇기에 난 안 된다
는 생각을 한다면 너무 빠른 단념일 것이다.

옷차림을 통해서도 외모의 콤플렉스를 극복할 수 있고, 운동을 통
해서 남자들이 좋아하는 체형을 만들 수도 있다. 신경을 쓰다 보면 어
느새 자신도 모르게 바뀌게 될 것이다.

쿨한 여자가 되도록 노력을 해 보는 것이야말로 자신이 갖고 있는
매력을 가장 잘 보여줄 수 있는 무기가 된다.

남자의 작은 실수에도 너그럽게 넘어갈 수 있으며, 상대의 얘기에
집중해 주는 센스를 갖추고 생활을 하는, 늘 활력 있는 여자의 모습을
갖추도록 노력해 봐라.

무료하게 사는 사람은 얼굴에 무료한 표정이 그대로 반영되어 나
타난다. 보통은 사람의 취향이나 취미를 보면 그 사람의 기본적인 성
격과 생활방식 등 많은 것을 알 수 있다. 이렇듯 취미생활은 사람에게
중요하게 반영된다. 취미가 없이 늘 같은 생활만 반복하는 여자보다

는 취미 생활을 꾸준히 하고 있는 여자가 남자들에게는 더 아름답게 여겨진다. 자신이 좋아하는 것을 찾아다니는 열정을 지닌 여자이기 때문. 또 같은 취미를 가지고 사랑이 더욱 깊어질 수도 있고, 서로 다른 취미를 가지고 있다 하더라도 무엇인가를 즐기고 있다는 것은 생활의 활력을 주기 때문이다. 활력이 넘치는 생활을 하는 여자는 얼굴에 그 매력이 배어나옴을 잊지 말아야 한다.

여기에 작은 칭찬의 한마디를 하며, 늘 다른 모습을 보여주는 여자라면 금상첨화이다.

힘들다(?), 이렇게 생각을 한다면 연애를 포기하는 것보다 자기 자신을 사랑하는 것을 포기하는 것이다.

연애를 위해 자신의 매력을 발굴하는 것은 자신을 더욱더 돋보이게 하는 노력이다.

이렇게까지 노력을 했는데 자신의 매력을 알아주는 남자가 없으면 어떻게 해야 하나?

세상의 반은 남자다.

그중에 몇 명만 자신의 매력을 알아주면 그뿐이다. 한 사람만이라도 그것을 알아주면 행복하지 않을까?

어느 철학자는 누구 한 사람만이 자신의 철학을 알아주는 것만으로도 행복하다고 하지 않았는가.

한 사람만 알아주면 그뿐이다.

그런데 쉽지가 않다

시간이 걸린다. 자신의 참된 매력에 도달하기 전에 매력 없다고 단정하고, 상대가 포기해 버리는 경우가 발생하기 때문이다.

아무리 자신이 매력이 없다고 생각하는 사람은 자신만의 특별한 매력에 대해서 알고 있다.

밝히지 않을 뿐이다.

연애코치

'난 매력이 전혀 없어' 거짓말이다.

매력 없는 여자는 없다. 싫어하는 매력이 있을 뿐이다.

나의 매력을 알아주는 한 사람만 있어도 행복하다. 그것이 바로

연애다.

친절한 신데렐라

"이젠 진정한 연애를 하고 싶어요."

"25살이니까 좋은 사람을 만나야 할 때인 거 같아요."

"어떤 남자를 만나고 싶은데요?"

"글쎄요, 주위에서 얘기를 들어보고 곰곰이 생각을 해 봐도 경제력이 중요하더라고요."

"그렇다고 제가 신데렐라를 꿈꾸는 것은 아니에요. 단지 물질적으로 풍족한 생활이 되어야만 다른 부분도 보충할 수 있다고 생각해요."

"그럼 그런 남자를 만나기 위한 준비는 되어 있나요?"

"준비요? 어떤 준비를 말씀하시는지…" 준비라는 말에 의아한 표정을 지어 보이고 있었다.

"사람을 만나는 데 무슨 준비가 필요해요! 마음의 준비만 있으면 되죠"

"물론 마음의 준비도 필요하죠. 하지만 준비는 늘 필요하고 좋은 사람을 만나는 데 필수적이거든요."

신데렐라 콤플렉스를 얘기하는 건 너무나 진부한 주제처럼 보인다. 다들 자신은 신데렐라를 꿈꾸는 것은 아니라고 한다.

정말일까?

간혹 얘기를 듣다가 '그게 신데렐라 콤플렉스야' 라고 혼자 중얼거리게 된다.

신데렐라가 정말 기다려서 우연히 왕자를 만나게 된 걸까?

우리가 알고 있는 월트디즈니의 신데렐라는 원작과는 사뭇 다르다. 원작의 신데렐라는 자신의 처지를 개선하고자 계모를 살인했으며, 치밀하게 준비를 해서 왕자를 만났고, 나중에 복수까지 한 캐릭터로 등장한다.

주위로부터는 친절한 모습으로 보이지만 내면을 보면 신분 상승과 자신의 행복을 위해서 소위 물불 안 가린 여자다.

"신데렐라처럼 되기 위해서 무엇이든지 할 건가요?" 라는 질문에 무엇이라고 말을 할 것인가? "예" 라고 하기에는 너무나 노골적으로 비치지는 않을까?

"아니오!" 가 대부분의 대답이다.

신데렐라 되기?

'도전 신데렐라' 한 번쯤은 들어봤을 프로그램인데 신청자에게 외모적으로 새로운 인생을 주었다는 측면에서 칭찬을 받을 만하지만.

얼마나 잔인한가? 몸에 온통 칼을 들이대어 죄다 뜯어고치고, 거기다가 치아는 몽땅 뽑아서 다시 끼우고, 좋은 몸매 만든다고 지방 흡입하고, 다이어트에… 거기 나오는 사람을 보면 정말 뼈를 깎는 아픔을 견딘 사람들이다.

어떤 면에서는 그런 고통을 참았다는 데에서 존경스럽기까지 하지만, 왠지 측은한 마음이 든다.

이런 고통을 인내하고 화려한 모습으로 나타났을 때 환호를 받으며 행복해한다. 나도 한번 저렇게 되어 봤으면 좋겠다는 생각이 들 정도다.

신데렐라 되기 정말 어렵다.

나이 25살. 명문 여대 졸업. 키 164센티미터에 몸무게 48킬로그램. 대기업 근무.

대학 다닐 때는 공부하느라고 미팅도 많이 안 해 봤고, 흔한 남자친구 진지하게도 안 사귀어 봤다.

'이 정도면 좋은 남자를 만날 수 있는 조건이야' 라는 생각으로 빠져 있다.

"남자들이 어떤 여자를 좋아하는지 아세요?"

"글쎄요, 예쁘고 상냥하고, 뭐 그런 거 아닐까요?"

"그럼 예쁘고 상냥하다고 생각하세요, 자신이?"

"네, 어느 정도는요. 애교도 어느 정도 있고, 남자들이 좋아할 만한 조건은 갖추었다고 생각해요."

'과연 그것만으로 모든 준비가 된 것일까?'

자신이 원하는 사람과 연애를 하기 위해서는 승부사 기질이 있어야 한다.

우리는 한때 승부사 하면 다들 히딩크 감독을 떠올렸었다. 주위의 비판도 아랑곳하지 않고 자신의 의지대로 끝까지 신념을 지키고 불가능하다고 생각했던 일을 성공적으로 이루었으니 말이다.

연애에서도 마찬가지이다.

더욱이 자신이 원하는 조건의 상대를 만나기 위해서는 계획을 세우고 노력을 해야만 원하는 바를 성취하게 된다.

공무원인 한 여성의 사례를 살펴보면, 다른 부서에 고시 출신의 상사를 마음에 두고 자신의 남자로 만들기 위해 우선 그 남자의 배경을 알기 위해서 주위 탐색을 시작했다.

학교는 어디를 나왔고 어디에 살며, 가족 관계는 어떤지에 관한 기본적이 것부터, 술버릇은 어떤지, 취미는 무엇인지, 관심사는 무엇인지, 자주 가는 술집은 어디인지, 기타 등등, 무려(?) 3개월이 걸렸다고 한다.

그동안 예상치 못한 장소에서 우연히 만나서 자신의 존재를 알리는 것을 게을리하지 않았다.

3개월간 다른 여직원들의 접근을 봉쇄하기 위해서 남자와 같은 부서의 직원들을 매수(?)까지 하는 치밀함도 잊지 않았다고 한다.

3개월간의 정보 수집을 통하여 사귀자고 마음을 먹고 본격적인 작전에 들어갔다.

첫 만남은 싸움으로 시작을 했다고 한다. 업무적인 문제로 약간의 트러블을 발생시켜서 접근을 했고, 마지막에는 눈물을 보이면서 이후의 만남에 대해서 주도권을 잡을 수 있었다고 한다.

"울 때 소리 내어서 울지 않고 눈물만 한두 방울 떨어뜨리는 게 남자의 이미지도 보호하고 저한테 미안한 마음도 극대화할 수 있었던 것 같아요."

이전에 '여자의 눈물'에 대해서 조언해 준 방법을 그대로 사용했구나' 입가에 미소를 지었다.

일단 성공을 거두었다.

그 사건을 계기로 개인적으로 만남을 갖게 되었으니까 말이다. 남자는 미안한 마음과 이후에 업무적으로 생길지 모르는 문제를 사전에 방지하고자 하는 생각이었겠지 설마 의도된 일이라고는 상상도 못 했을 것이다.

그 이후의 일들은 일사천리로 진행이 되었다고 한다. 다시는 눈물도 보이는 일이 없었다고 한다. 사실 남자들은 여자의 눈물에 약하다. 그렇다고 굴복하는 것은 옛말이다. 이제는 피해 버리면 그만이기에 눈물의 무기는 극한 사항이나 의도되지 않은 것이라면 좀처럼 쓰지 않기를 바란다.

지금도 행복한 연애를 하고 있으며 좋은 결실을 볼 것 같다고 종종 안부를 전하면서, 아직까지 남자 친구는 자신의 의도적인 접근에 대해서 전혀 눈치채지 못하고 있다고 한다.

이런 얘기를 하면, '설마 그렇게까지 하는 여자가 있을까?

'꼭 그렇게까지 해서 남자를 만나야 하나? 라고 다소 비판적인 시각이 있겠지만, 무슨 상관인가. 자신이 원하는 사람과 연애를 하기 위해서는 더 한 일도 마다하지 말아야 한다.

연애를 너무 쉽게 생각하는 사람이 많다. 대학 입시로 10수 년을 준비하고 자격증을 따더라도 1~2년 준비를 하면서 중요한 연애를 하는 데 있어서 아무 준비도 하지 않는다면 연애를 너무 무시하는 처사다.

연애는 중요하다. 그렇다고 몇 년간 준비하라는 말은 아니다.

또 몇 년간 준비하는 사람치고 성공하는 사람을 본 적도 없다. 단지 연애를 하기 전 준비의 노력을 하라는 것이다.

상대에 대해서 미리 알고 있어서 배려하는 것만으로도 반쯤은 성공한 연애이다.

"아무리 다른 직업의 남성이 잘 나가도 한때 아니겠어요?"

"외국계든 금융계든 다들 언제 구조 조정될지 모르는데 아무리 그래도 전문직에 있는 남자들이 그래도 안정적이죠."

전문직 종사자들과의 만남과 연애, 나아가서는 결혼을 꿈꾸는 여성들을 새로운 신데렐라가 아닐까?

전문직 종사자들은 일이 무척 많다.

다들 바쁘기 때문에 그만큼의 보상을 받는다고 한 소리로 얘기를 한다. 그만큼 준비를 했고, 현업에서 바치는 시간이 많기 때문에 당연한 결과라고 생각한다.

'예쁘면 만사 OK?' 예쁘면 만사 OK라고 생각한다. 연애를 나이트에서 만나 하룻밤 즐겁게 노는 것으로 잘못 알고 있어 착각을 하는 것이지, 그렇게 예쁜 여자에 집착하는 사람은 자신이 소유하고 있는 것이 충분하지 않다고 생각하기 때문이며, 그런 관계는 진정한 연애로 발전을 하기 쉽지 않다.

지금 우리 사회에서 흔히 말하는 신데렐라식 연애에 대하여 조언을 하자면,

"자신만의 일을 가져라." 일을 갖는 것만큼 자신을 돋보이게 만드는 것은 없다. 집에서 허드렛일만 하고, 누군가가 나타나주길 원하는 신데렐라 지망생은 절대 성공할 수 없다. 자신의 위치가 확고하다면 남자에게 의지하고자 하는 성향도 줄어들게 되고, 당당한 모습을 갖추게 된다.

"완벽한 사기를 쳐라." 사기라 하면 괜히 거부감이 있을지 모르지만, 완벽한 사기란 다른 사람이 사기인지도 모르는 상황을 말하는 것이다.

처음에는 내숭으로 일관하다가 본색을 드러내는 여자보다, 한번 이미지를 끝까지 갖고 가면서 원래 이랬다는 것을 남자에게 보여주는 것이 낫다. 어설프게 척하는 여자는 절대 매력이 없고 괜한 거부감만을 가져오게 된다. 한번 내숭이면 절대로 본색을 들키지 않게 철저하게 사기를 쳐라

"자신만의 매력을 가꿔라." 어떻게 보면 가장 중요한 과제다. 예쁘고 안 예쁘고는 너무나 주관적이다. 남자 친구가 어떤 스타일을 좋아하는지, 어떤 성격의 여자를 좋아하는지 정확하게 알자. 그리고 그렇게 하자! 사랑하는 사람을 위해 그렇게 변해 가는 거 아름답지 않을까? 노력하는 사람을 따라올 수는 없다. 자신이 갖고 있는 남자가 원하는 매력을 철저하게 부각하는 방법이 적극적인 방법이다.

"허벅지를 찔러라." 너무 보고 싶다고 매일 전화하고, 매일 만나자고 하고, 늘 같이 있어야 하고, 이러면 남자는 질려 버린다. 능력 있는 남자의 경우 매일 연애할 수 있는 사람은 거의 없다. 업무 자체가 많을뿐더러 모임도 많기 때문에 보고 싶어도 늘 볼 수가 없다.

그리고 여자 쪽에서 너무 좋아하는 티를 내면 남자는 왠지 모르게 멀어지는 것이 일반적이다.

"친절한 신데렐라가 되라." 남들한테는 늘 친절한 여자가 되어라. 주위에 평이 좋지 않은 여자와 연애를 하기에는 남자들의 사회적인 지위가 허락지 않는다. 소문이 좋지 않으면 아무래도 운신의 폭도 줄어들 뿐만 아니라, 감정적이기보다는 이성적인 판단이 연애 상대를 결정하는 데 크게 작용하기 때문이다.

그리고 비교되는 것이 그들의 문화이기에 구설수에 오르는 것은 크나큰 결격 사유로 받아들여진다.

그렇다고 이것들이 필수는 아니다.

교과서만 외운다고 해서 시험 100점 맞는 것이 아닌 것처럼 조언은 조언으로 받아들여야만 한다.

그대로 행동한다면 자신의 연애가 아니라 다른 사람의 연애가 되어 버리니까.

하지만 자신이 원하는 연애를 위해서는 지식이 바탕이 되지 않는 한 시간 낭비만을 가져올 뿐이다.

연애코치

신데렐라가 되기 위해서는 치밀한 준비 작업은 필수.

'너나 잘 하세요' 남의 연애에 참견 마세요.

Just do it! 신데렐라, 지금 시작하세요.

매너는 만병 통치약

'그 사람 참 매너 있어!'

누군가 이런 말을 듣게 된다면 기분이 좋을 것이다. 하지만 연애 대상으로부터 들었을 때 과연 기분 좋은 소리일까? 사람들은 매너 있는 사람을 선호한다. 스마트한 인상에 늘 남을 배려하는 태도, 그리고 상냥한 말투에 언제나 짜임새 있는 행동까지. 하지만 연애에서 매너는 하나의 도구에 지나지 않는다. 매너가 있다고 해서 모든 이에게 인기가 있는 것은 아니다.

여자들에게 '매너' 있는 사람과 '매력' 있는 사람을 고르라고 한다면 열의 아홉은 매력 있는 남자를 연애 대상으로 선택한다. 물론 결혼과는 다른 문제이기 때문에….

사람은 편하게 되면 다른 생각을 한다. 매너 있는 행동은 사람을 편하게 만들고 다른 생각을 할 수 있는 여지를 제공하게 된다.

매너 있다고 다 좋다고 생각하면 오산이다. 매너 있는 남자에게 호감을 갖는 여자들의 심리는 그리 오래가지 않는다. 하지만 매력을 가진 남성에게는 호감을 갖는 시간은 열 배 이상으로 늘어나게 된다. 매너 있다는 것은 어느 정도 예상 가능하며, 그렇지 못할 경우 매너에 대한 반감이 두 배로 증가하기 때문에 매력을 갖는 것이 더 유리하다.

더군다나 매너 있는 사람이 매력을 갖기에는 쉽지가 않지만, 매력 있는 사람이 매너라는 무기를 소지하는 것은 그리 긴 시간이 걸리지 않을뿐더러 시너지 효과까지 있다.

유학을 마치고 외국계 시스템 회사에 다니던 강 대리는 누구한테나 친절하고 늘 입가에 머금은 인자한 미소가 일품인 남성이다. 이제 나이도 27살밖에 되지 않았지만 남을 배려하는 행동이나 친절한 행동이 몸에 배어 있다. 하지만 강대리는 진지한 연애를 한 번도 해 본 적이 없다. 직장 생활을 한 지 2년이 되었고, 그동안 몇몇 여자들을 소개받았지만 다들 2~3번의 만남이 고작이고, 무미건조한 만남이 되었다고 한다.

그의 데이트를 보면 늘 약속 시간 10분 전 도착, 늘 의자를 빼주고, 차 문도 먼저 열어주고, 친절한 말투와 꼭 집 앞까지 에스코트해 주는 뭐 외국 영화에서 볼 수 있는 그런 데이트를 해 왔다고 한다.

그렇다면 누가 봐도 정말 괜찮은 미남은 아니지만 늘 청결한 복장에 헤어 스타일도 늘 같게 하는 사람이라서 단정하다는 인상을 주는 스타일이다.

여자들은 이런 남자하고는 결혼을 하고 싶어하지 연애는 하고 싶지 않다고 보통 말을 한다.

이전에 여자들과 진지한 교제를 하지 못하는 남성이 포기하고 자기 멋대로 행동을 하니까 자꾸 만나자는 반응이 나왔다고 의아해한 적이 생각이 났다.

앞에도 말을 했듯이 연애는 재미를 동반하지 않으면 성공할 수가 없다.

그렇기에 매너 있는 사람이 늘 환영받는 것은 아니다.

다음에 어떻게 나올지 뻔히 아는 사람과의 데이트보다, 늘 변화가 있고 다음에 어떤 일이 생길지 모르는 약간의 긴장을 동반한 그런 사람과 만나고 싶은 것이 지배적인 정서다.

틀에 박힌 매너로 무장된 남성은 99퍼센트 연애에 실패할 가능성이 있다. 왜냐하면 여자 친구가 숨막히니까.

매너가 좋은 착한 남성들의 고민은 빈번하게 나타나고 있다. 자신은 최선을 다한다고 생각을 하지만, 상대방이 받아들이는 것은 답답함 그 자체이기 때문에 연결이 되지 않는 경우가 허다하다.

얼마 전 한 남성으로부터 상담 의뢰가 들어왔다.

"제가 1년 조금 넘게 짝사랑하다가 예전에 한 번 하고 또 얼마 전 다시 고백을 해서 사귀게 되었거든요."

"그녀도 얼마 전에 저 좋다고 하기에 고백을 했고, 정말 좋은 관계를 유지하고 연애를 하려고 마음먹었었어요."

그런데 '사귄다 해도 오래갈 자신 없는데 어떡할래?' 이렇게 말하더라고요.

그 다음에 그녀의 말은 남자가 착하고 매너 좋고 다 좋은데 너무 순해서 탈이라고 자신의 솔직한 심정을 밝혔다고 한다.

그녀가 좋아하는 스타일은 튕기고 싸가지 없는 면도 있는 그런 남자를 좋아한다고 하면서 "너는 그런 게 없어! 너무 순하다고 다른 여자랑 사귀어서 그런 것 좀 배우고 사귀었으면 좋겠어." "그럼 네가 차차 가르쳐 주고 내가 배워나가면 되잖아"라는 말을 해서 연애를 해보자는 답을 얻었다고 한다.

하지만 이들의 연애에는 전제가 있었다고 한다. '여자한테 너무 잘해 주지 말 것.'

남자는 아직도 그녀의 연애의 조건에 대해서 의문점을 버리지 못하고 있었다. "매너 좋고 자기만을 좋아하는 사람을 좋아하게 되지 않나요? 왜 그런 생각을 하는지 이해를 못 하겠어요?"

"제가 너무 모르죠. 튕기는 거, 그런 거 어떤 건지 모르겠어요. 그리고 싸가지 없게 그게 무슨 말일까요?" "정말 여자들은 그런 남자를 더 좋아하나요?"

비슷한 경우의 여자의 고민이 있다.

"소개팅으로 만난 사람이 있어요"라는 말로 그녀의 고민을 풀어놓기 시작했다.

"만난 지 얼마 안 됐는데도 저에게 이것저것 선물도 많이 해 주고, 온통 저 위주로 그 사람의 하루가 시작되고 끝나는 듯한 그런 기분을 느끼게 하는 남자예요."

자신을 위해 하루종일 헌신하는 남자에 대해서 얘기하는 표정이 기쁘다기보다는 싫다는 표정이 더 어울렸다.

그녀가 예전에 만난 남자 친구는 늘 말만 하던 남자였다고 한다. 늘 자신을 소홀히 대해서 자주 싸우고, 그러다가 화해를 하기도 몇 번을 했다고 한다. 거기다가 다른 여자를 만나다가 걸리기도 했고, 그래서 남자 친구한테 일이 생겨서 못 만날 때면 연락도 잘 안 되고, 전화도 잘 안 하고, 괜히 혼자 힘든 것은 아닌가? 하는 생각에 포기를 하고 헤어졌다고 한다.

"그러다가 주변의 소개로 지금의 남자를 만나게 되었어요." 여전히 무언가 모르는 그늘이 드리워진 표정이다.

"그다지 예전 남자만큼 끌리거나 생각나거나 그런 거 전혀 없어요."

"단지 예전에 제가 못 받았던 그런 기분을 이 사람은 저한테 해 주고 있는데, 날 배려한다든지, 무슨 일에서건 날 먼저 챙겨주고 항상 날 바라보고 있다는 느낌이 들어, 이기적이지만 그게 편하게 느껴져 지금 만남이 있는 건지도 모르겠네요."

"그런데 얼마 되지도 않은 것도 있겠지만, 이 사람을 보고 있으면 왠지 아저씨 같고, 나 때문에 허둥대는 모습을 보면 짜증이 밀려오고, 그러다가도 정말 나한테 매너 있게 잘해 주는데 이러면 안 되지라는 마음먹고 잘해 주기도 해요." 하지만 마음만은 가지 않는다면서 미안한 마음이 든다는 것이었다.

"그럼 예전에 사귀던 사람을 못 잊는 건가요?" 나의 질문에 "생각이 자주 들어요. 만날 때 그렇게 싸우고, 서로 힘들어 하고 오해도 많고, 서로 안 맞는 성격이라 지쳐서 헤어졌는데…"

예전의 사귄 남자에 대해서 못 잊는다고 자신의 솔직한 심정을 말하면서 지금 만나고 있는 남자에게 상처를 주지 않을까라는 걱정도 같이하고 있었다.

주위에서도 예전 남자와 만나는 것에 대해서 반대를 하지만, 본인만은 지금의 남자보다 마음이 끌리고 있다는 것이 사실이며, 다시 돌아가기를 원하고 있었다.

자칫 두 사람이 사귀고 있는 듯한 착각이 들 정도로 비슷한 처지에서의 남자와 여자의 고민이다.

두 상황을 보면 정말 친절하고 사람 좋고, 물론 여자에 대한 매너도 좋은, 하지만 이별의 위기에 몰려 있는 남자들이다.

매너에 너무나 치중하는 사람들은 상대에게 전력을 다한다. 최선을 다하며, 자신이 해 줄 수 있는 모든 것을 너무 빨리 보여주는 실수를 범하게 된다. 몇 번은 정말 잘 만난다. 여자는 편하고 잘해 주니까 몇 번을 만나주게 되어 있다. 순간 "와! 괜찮은 사람이다"라고 느끼기도 한다. 하지만 그뿐이다. 사람들은 쉽게 단조로움에 싫증을 내게 마련인데 여자들은 더 하다. 그렇기에 변화와 긴장 없는 만남에 대해서 쉽게 흥미를 잃어버리게 된다.

매너가 좋지만 매력이 없는 남자는 여자들에게는 한편의 자연 다큐멘터리를 보는 것 같다. 흥미를 갖기가 쉽지 않기에 드라마나 영화 같은 매력이 있는 남자(비록 그 남자가 자기만 알고 나한테 잘못 해 준다고 해도)를 만나게 되는 것이다.

매너를 벗어 버려라. 그리고 지금 만나는 여자를 너무나 떠받들지 마라. 다음에 다른 여자를 만날 수 있다는 자신감을 가져라. '지금 이 여자가 아니면 안 된다'라는 법도 없으며, 이 여자가 아니라서 인생이 어떻게 되는 것은 아니다. 너무 여자에게 모든 걸 맞춘다면 자신도 재미없지 않나? 한 번은 하고 싶은 대로 해 보는 것이 좋은 방법이다. 그럼 여자는 이 남자가 왜 이러지? 무슨 일 있는 거 아냐? 내가 싫어진 걸까? 아님 일부러 이러는 걸까? 혼자 소설 쓴다. 괜히 걱정을 하는 것 같지만 이 자체로 흥미와 재미를 느끼는 것이 바로 여자다.

보통 매너 있는 남자와 이별을 고하는 방식으로, "내가 나쁜 여자인가 봐요"라는 논리를 사용한다. 남자는 너무 착하고 좋은데 내가 나쁘다 보니까 헤어지자고 한다. 사실은 자기가 나쁘다고 생각을 하지 않는다. 착한 남자를 위한 최선의 방법이라고 생각하는 것이다. 좀 발칙한 발상이지만 여자로서는 최대한 배려를 한다고 하는 행동이니 그냥 받아들이는 방법밖에는 없다. 이런 남자는 같이 착하고 매너 좋은 여자 만나야 한다고 생각을 한다. 그리고 자신은 매력적인 사람을 찾아 떠나고 만다.

매력을 갖추기 위해서는 몸을 가꿔라. 자신의 신체에 대해서 주눅이 들면 절대 여자를 대할 때 저자세에서 벗어날 수 없다. 자신의 외모에 자신을 가져야만 자신 있게 동등하거나 우위의 상황에서 여자를 만날 수 있다. 그렇다면 연애 기술이든, 매너를 지키는 것이든, 그 무엇보다도 나을 수 있는 무기가 된다.

그리고 솔직하게 자신을 표현해라. 매너라는 틀에 자신을 감추지 말고, 자기 나름대로 특별함을 상대에게 보여주는 것이 자신만이 갖게 되는 진정한 매력이다.

연애코치

매너는 헤어질 때 지켜도 늦지 않는다.
매력을 개발하는 데 투자를 아끼지 마라.
'매너 있게 연애하면 매너 있게 떠나간다.'

무시! 무시한 여자

무시당하는 것만큼 깊은 상처를 동반하는 일은 없을 것이다. 사람 관계에서 하지 말아야 할 것 중의 하나가 바로 무시다.

인격적인 모독이며, 속된 말로 사람 취급 안 하는 정도의 사건이다. 연애의 기본은 서로 존중하는 마음인데 무시를 한다면 그런 연애를 과연 연애라는 말을 쓸 가치가 있을까?

무시를 당하는 커플들이 많다. 대부분 무시를 하는 쪽은 무시하는 것이 아니라, 상대의 발전을 위해서 조언이라는 표현을 쓸지도 모르겠지만, 당하는 쪽은 상처로 남게 된다.

무시라는 것은 무시당하는 쪽에서 느끼는 감정이기에 자칫 자신이 의도하지 않았다고 하더라도 무시하는 언행으로 비치기가 쉽다.

무시당한 여자들의 심리 상태는 어떨까?

아무리 주위에서 인정을 받지 못하더라도 자신의 남자 친구에게는 소중한 존재임을 확인하고 싶은 것이 여자다 .

보호받고 싶어하고, 어떠한 문제에서도 자신의 편이 되어 줄 수 있는 남자 친구를 원한다.

처음에 여자가 무시하는 언행에 대해서 생각 이상의 강도로 거부를 하면 모르겠지만, 그렇지 않으면 남자의 무시하는 처사는 줄어들지 않는다.

고의로 하는 경우도 있겠지만 대부분은 자신도 모르게 여자 친구에게 말을 해 버린다.

무시하는 남자는 자신의 콤플렉스를 감추기 위해 상대를 무시하는 존재임을 알아야 한다.

자신이 완벽하다면 상대의 약점을 가지고 무시를 하지 않는다.

자신의 콤플렉스를 감추고자 끊임없이 상대의 허물을 들추어내고 그것으로 만족감을 얻는다

더러는 여자 친구에게 고치면 좋은 점을 선택해서 무시하듯 말을 하지만, 만약 그것을 고친다고 해서 욕심을 채울 수는 없다.

뚱뚱한 여자 친구에게 살빼기를 원해 그것에 대한 무시하는 언행을 하는 남자는 여자 친구가 살을 빼더라도 또 다른 무시할 것을 찾는다.

"사귄 지 6개월 되었고요. 제가 먼저 고백하게 되어서 만난 남자입니다.

먼저 고백해서 그런지 처음부터 저에 대한 안 좋은 점을 스스럼없이 말하더라고요.

피부가 안 좋다는 둥, 얼굴이 크다는 둥, 처음엔 그냥 웃으며 넘겼어요. 그런 성격의 남자들 있잖아요. 솔직하게 표현하는 사람들이 뒤끝은 없다고들 하기에 저도 그런 줄 알았어요.

그런데 지금 서로 성격도 거의 파악하게 됐고, 익숙해지면서도…

그 사람 가끔 절 무시하는 말을 합니다. 어느 날 갑자기 나오라고 했는데 제가 집에 일이 있어서 못 나간다고 했거든요.

꼴에 튕기는 거냐며 큰소리치더라고요.

무시당하는 거 같고, 기분이 정말 더럽더라고요.

나도 귀하다면 귀하게 컸고, 다른 사람한테 무시당하지 않으려고 노력하며 살았는데…

너무 화가 나서 연락 안 했는데 그 사람도 연락을 안 하더라고요.

제가 먼저 연락해야 할까요?

솔직히 처음 생각한 감정보단 많이 실망스럽고, 안 맞는 부분도 생각했던 거보다 많이 있고요.

이 남자가 절 정말 좋아할까? 그런 생각도 들고요.

사실 전 지금 이 사람과 연락 안 해서 힘들고, 헤어지는 게 힘든 게 아니라 혼자 남을 외로움에 두려워서 이 남자를 붙잡고도 싶어지는데…

이건 사랑이 아니겠죠?"

물론 사랑이 아니다.

연애를 가장한 필요에 의한 만남의 연장일 뿐이다. 여자도 남자를 사랑하지 않는다.

자신도 말을 했지만 헤어지는 것이 힘든 것이 아니라 외로움을 더는 참기 어려운 문제라고 생각하기 때문이다.

어느 여자도 무시를 당하면서 연애를 지속하고자 하지 않는다.

헤어지지 못하는 이유는 사랑해서가 아니고 그 사람에 대한 정이 남아서도 아니다. 헤어짐에 뒤따르는 안 좋은 것들에 대한 두려움이 앞서기 때문이다.

절대 남자 친구가 변할 것이라고 생각하지는 않는다. 절대 변하지 않는다는 것을 이미 알고 있지만 때를 기다리고 있을 뿐이다.

혹시 내가 이렇게 무시를 당하고 지냈는데, 복수를 해야겠다고 다짐을 하고 있을지도 모른다.

무시를 당한 여자도 처음에는 기대를 하고서 남자를 변화시키고자 노력을 했을 것이다. 자신을 무시하면 맞서서 무시를 한다거나, 아님 무관심하게 맞대응을 한다거나, 그것도 아니면 화를 내면서 절대로 무시하는 처사를 받아들일 수 없다고 대항을 했을 것이다.

무시하는 상대가 자신을 정말 좋아하는지 의심스러울 정도로 도무지 자신의 말엔 관심이 없다. 그저 자기주장만 고집할 뿐. 자기 말하고 싶을 때 하고, 행동하고 싶은 대로 행동하면서, 자신의 말은 언제나 그의 귓가를 스쳐갈 뿐이다. 계속 이렇게 내버려둘 수는 없을 것이다. 분명히 하지 말라고 얘기를 해야 한다.

자기가 알아서 하겠다며 자기 맘대로 할 때, 좋은 결과가 아니라면 그럴 때마다 얘기해 주는 거다. '그것 봐, 내 얘기 들었으면 좋았을걸.'

그러나 기분은 상하지 않게, 확실하게 세뇌시키는 거다.

상대의 말보다 자신의 하는 말이 더 인지도를 높이기 위해 열심히 공부(?)까지 하는 수고도 마다하지 마라. 이론적으로 설명을 통해 자신의 말이 맞음을 증명을 하고, 더는 무시하지 않도록 과시를 한다.

하지만 절대 금방 고쳐지지 않기에 견딜 수 없이 화가 날 것이다. 한두 번이 아니라면 싸운다. 펑펑 운다. 대신 소리 없이 우아하게 눈물을 삼키며 우는 듯할 것. 그가 미안한 마음이 들게.

'내 탓이오'를 연발한다. 내가 너무 부족해서, 못나서, 사랑스럽지 못해서, 멍청하니까 등등 나를 자책하는 거다. 대신 너무 자주 써먹으면 안 된다. 그런 게 아닌데 자꾸 그러면 정말 짜증이 날 수도 있으니까.

크게 심호흡 하다가 다부진 결심을 한 것처럼 말한다.

"됐어. 없던 걸로 해. 다른 얘기하자" 하고 말한다. 그리고 평상시처럼 행동한다. 남자가 무엇인가를 깨달았으면 하는 마음이 간절하다.

그렇다고 같이 무시를 하는 것은 바람직하지 않기에 대신 무관심해 버리며, 능청스럽게, 무덤덤한 척, 얘기도 잘 들어주지 않고 무언의 1인 시위를 하는 것이다.

같이 있다가 열을 받으면 그냥 가는 사람이 있다.

싸운 것도 아닌데 나 좀 무시했다고, 투덜거렸다고 해서 상대를 두고 가 버리기까지 하는 사람이 있다. 남은 무시하더라도 자신이 무시당하는 것을 절대 못 참는 성격의 소유자다. 과감하게 끝내자고 냉정히 말한다. 매달리지 않는다면 벌써 끝난 사이라고 생각을 해도 좋다.

보통의 경우는 이런 노력을 기울이지만 열이면 열, 백이면 백, 그런 남자의 성향을 고칠 수 없다고 포기를 해 버린다.

실제로도 그렇다.

무시를 당할 대로 당한 상태에서 그런 감정을 추스르기란 성자가 아닌 바에야 쉽지가 않으며, 아직까지 그런 여자를 본 적이 없다.

일찌감치 정리를 하는 것이 가장 좋은 답이다.

여자를 무시하기 좋아하는 남자는 다른 여자에게 무시를 당할 때 비로소 깨닫게 된다. 물론 깨닫지 못하고 정신 못 차리는 사람도 있지만…

"내가 생각해도 나는 정말 못난 것 같아요.

여자 친구는 나를 늘 무시하듯이 얘기를 해요. 휴가 때 친구들과 외국으로 여행을 다녀온다고 하더라고요.

나는 사정이 여의치 않아서 갈 수가 없지만 나한테 먼저 의논을 해야 하는 거 아닌가요?

연애를 하는 사람끼리 휴가나 뭐 이런 거 먼저 상의를 한다고 하는데,

'어차피 너는 못 가잖아. 나는 이번에 꼭 외국여행을 가고 싶단 말이야.'

'네가 보내주는 것도 아니면서 왜 이래?' 라고 말을 하는 그녀. 내가 능력이 없다고 무시하는 말투로 꼭 그래야만 하는지 다른 커플들도 그런가요?

늘 내가 하는 말에 대해서는 잘 모르면 가만히 있으라는 투로 말을 해요.

무시당하지 않기 위해서 노력은 하고 있는데 과연 그렇다고 나아질 것이 있을까라는 생각이 드네요."

사람들은 여자를 얘기할 때 늘 자존심을 이야기한다. 여자와 자존심은 너무나 잘 붙어다니는 듀엣처럼 불린다.

여자들은 참 자존심이 강하다.

사실 자존심 없는 여자는 매력이 없다. 아무리 자신이 매달리는 남자에게도 자신의 자존심을 지켜주길 원하는 게 여자의 속성이다.

남자의 자존심이 여자의 자존심보다는 약하다고 생각을 하면 오산이다. 단지 현실과 타협을 하는 능력이 더 높을 뿐이다.

자존심이 자신의 존재를 지탱해 주는 것인지 당연히 알고 있지만, 자존심을 지켜야 함에서 득과 실을 따지게 된다. 실의 비중이 높다고 판단하면 당연히 자존심을 희생하며 득을 취하게 된다.

무시를 당하는 남자들이 자존심이 없을 것이라고 생각을 하지만 절대 그렇지가 않다.

그들은 어쩌면 자존심이 더 강할 수도 있다. 자신의 실추된 자존심을 회복하고자 기회를 엿보고 있을지도 모른다.

대체로 지금의 자존심을 지키기보다 상황의 연장이 더 이득이 된다고 판단하기에 연애를 깨지 못하고 있다.

언제라도 지금의 연애가 자신에게 이득보다 실이 더 많다고 느껴진다면(물질적으로나 감정적으로나 득과 실은 아주 주관적이다) 언제라도 쉽게 헤어질 수 있는 능력(?)을 갖추고 있다. 그리고 자신이 피해자라고 생각하기에 행동에 옮기는 시간은 빠르고 단호하게 처리를 한다.

절대 상대를 무시하지 마라!

무시를 하더라도 무시하는 마음을 내비치지 말아라!

연애에서 상대를 무시하는 것은 어떠한 것으로도 좋은 결말이 나올 수 없다. 물론 다른 인간관계에 있어서도 마찬가지이다.

남을 무시하는 표현을 하는 것은 도박을 할 때 자신의 패를 다 보여주는 것과 마찬가지이다. 자신의 패를 다 보여주면서 도박에서 이길 수 있을까. 참패만이 뒤따를 뿐이다.

만약 자신의 말투와 행동이 상대방을 무시하는 것처럼 오해의 소지를 산다면 당장 교정을 해야 한다. 앞에도 말했듯이 무시는 말하는 사람의 의지와 상관없이 받아들여지는 사람의 주관적인 판단이기에 조금이라도 오해를 살 만한 말과 행동을 하는 것을 피해야만 한다.

연애 참 어렵다.

그만큼 기쁘고 행복을 주는 것은 없기에 어렵더라도 노력을 할 수 밖에 없는 것이 바로 연애다.

연애코치
무시하는 자는 늘 무시당하는 것을 두려워한다.
무시하지 않더라도 상대가 그렇게 느끼면 그것이 무시다.
자존심은 여자의 전유물이 아니다.

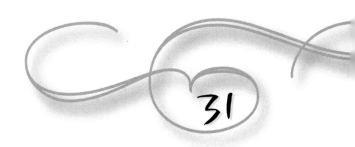

난 네가 지난 과거의 한 일을 알고 있다

"지금 사귀는 사람을 처음 만난 건 4년 전, 오래전 남자 친구의 직장 동료로 소개를 받았을 때인가봐요."

그녀의 모습은 수심 그 자체였다.

내용은 이랬다.

4년 전 지금의 남자 친구를 소개받아서 그냥 알고 지내던 사이로 지내오다가 얼마 전 교제를 하자는 남자의 제안에 워낙 호감이 있는 사람이었기에 연인 사이로 발전을 해왔다는 것이다.

6년간의 시간 동안 그녀는 여러 명의 남자 친구가 있었고, 정말 사랑했던 사람이 있었지만 혼자 있는 상황에서 남자 친구가 제안을 해와 연인이 되었다고 한다.

"그 사람이 제 인생의 마지막이라는 생각으로 만남을 시작했는데 매번 터지는 문제의 근원은 제 과거였습니다. 저와 교제를 했던 사람들을 다 알고 있어서 힘들어합니다."

"저도 내숭 떨면서 아무게 하고는 손만 잡았어. 뭐 그렇게 넘길 수 있었던 상황도 사실대로 말하고 남자 친구 힘들어하는 모습 다 보면서 아무것도 해 줄 수 없는 저 자신을 원망하고 뭐라고 얘기를 했으면 하는데 남자 친구는 아무런 반응이 없어요."

그렇게 시간이 흐르다가 하루는 술자리에서,
"예전의 남자보다 나를 더 사랑하느냐?"
아무 말도 하질 못했다고 한다.
여자의 의도는 비교하는 자체가 싫었고, 지난 사람의 얘기를 남자 친구로부터 듣는 것이 싫어서였겠지만, 그 일 이후로 얼굴에서 거리감이 느껴지고, 그녀를 믿지 않는다는 사실도 느낄 수 있다고 했다.

그런 관계에서도 지속적으로 성관계를 가지고 싶어하는 남자 친구에게 조금만 신중하자는 말을 해놓고 사랑하는 마음이 사라지면 어쩌나 하는 맘에 한숨만 나온다고 하며,
"계속 사귀고 싶은데 헤어지는 게 좋을까요? 아니면 그 남자가 믿을 때까지 기다려야 좋을까요?"

과거에 관한 문제는 연애에서 곧잘 장애물로 나타난다.

"정말 답답하고 환장할 거 같습니다. 과거는 과거일 뿐인데 왜 날 이렇게 잡는지."

이제 23살의 학생의 탄식의 첫마디였다.

얼마 전 한 여자를 만났고 현재 연애 중이며, 정말 만나면 좋고 헤어지면 또 보고 싶을 정도로 애틋한 감정을 감출 수 없는 사이다.

하지만 문제는 자신이 과거의 여자 친구가 있었다는 사실이며, 그 여자 친구를 지금의 여자 친구가 알고 있다는 것이다.

재미있게 잘 지낼 때는 정말 좋지만, 서로 다툴 때면,

"그 여자는 안 그랬나보지?" "왜 날 만나, 그 여자 다시 만나."

이런 표현을 늘 빼놓지 않는다고 한다.

"지금 여자 친구는 그걸 못 받아들이나 봅니다. 정말 지금 여친 사랑하는데, 헤어지기 싫은데…"

지금 여자 친구를 알 때부터 과거의 여자에 대해서 알고 있었기에 모르면서 만난 사이도 아닌데 잊을 만하면 꼭 빼놓지 않고 얘기하는 통에 정말 스트레스가 장난이 아니라고 한다.

"사귄 지도 오래되었고, 쌓인 정도 많고, 무엇보다 중요한 건 서로 사랑하는데… 그녀도 절 많이 사랑한다고 해요."

그러면서 여자 친구의 입장을 이해하려고 노력을 하고 화가 나도 참는다고 하지만, 자꾸만 여자 친구가 과거의 문제를 들추는 바람에 자제 자체가 힘들어진다는 내용이었다.

두 사람 다 과거의 굴레에서 벗어나지 못한 안타까운 내용이었다.

연애로 발전하는 처음 단계에서 과거는 중요하지 않게 생각이 된다. 하지만 어느새 나도 모르게 그 사람의 과거를 궁금해하기 시작하고 과거의 사람과 나를 비교하게 된다.

혼자서 상상을 하게 된다.

이 사람이 과연 과거에도 이렇게 했을까?

아직도 과거의 그 사람을 잊지 못하는 것은 아닐까?

내가 모르는 또 다른 과거가 있는 것은 아닐까? 등등.

이렇게 혼자 끙끙대다가 결론은 "그래, 과거를 들추면 안 되지. 쿨하게 잊어버리자."

하지만 마음대로 안 되는 게 사람의 감정이라고… 이내 다짐은 잊어버리고 다툼이 있을 때나 서운한 사항이 있을 경우 뇌로부터의 명령이 아닌, 마음으로부터의 명령으로 과거를 언급하게 된다.

과거를 언급하는 사람의 심리는 지금의 연애 상대자를 정말로 사랑하기 때문이다. 그렇기에 과거에 대해서 서운한 마음과 자신을 떠날지 모르는 불안감을 표현하는 방식이다.

하지만 지속적으로 과거사를 문제 삼는다면 연애를 지속하기는 쉽지가 않다. 절대로 잊어버리지 못할 사실로 받아들이기에 그 사람에게는 과거가 과거의 일이 아니며, 현재도 이루어지는 듯한 착각을 일으킬 수 있기 때문이다.

과거에 집착을 하는 사람과의 관계는 과감히 정리하는 것도 좋은 방법이다.

"내가 사랑하고 그 사람이 나를 사랑하는데, 과거가 나의 과거가 무슨 상관이랴" 라는 생각에 대해서 상대는 자기 합리화라고 여긴다.

연애를 시작하는 사람들은 과거를 숨기는 것을 추천하고 싶다.

과거에 대해서 자유로운 사람은 아무도 없다.

더욱이 자기만의 과거가 상대가 알고 있는 과거가 된다면 "추억"

이라는 말은 저만큼 멀어져 가고, 지워 버리고 싶은 스캔들로 발전이 되어 버리기 때문이다.

연애를 한 번도 하지 못한 사람과 사귀는 것이 얼마나 힘든지는 경험하지 못한 사람을 모를 것이다. 과거에 집착한 사람의 경우가 이전 연애 경험이 없는 사람인 경우가 많다.

그렇기에 상대의 마음을 헤아릴 수가 없다.

자신이 경험하지 않는 일에 대해서 이해할 수 있는 사람이 얼마나 있겠는가?

헤어져 봐라.

헤어지면 나와의 연애는 그 사람에게도 과거가 된다.

그래서 아직 그 사람과 나와의 감정이 같다면 다시 만나면 된다.

과거에 집착하는 사람은 절대 고칠 수 없다.

"내가 잘하고 사랑으로 과거를 덮을 수 있을 거야"라고 다짐을 하지만, 시간이 지나면 불가능하다는 것을 깨닫게 될 것이다.

설득한 사안도 아니며 이해를 구하는 문제도 아니기에 상대가 잊어버려 주기를 기다려야 한다.

기다림에 익숙한 사람이라면 기다리는 것도 좋은 방법이겠지만, 그동안 그 사람에 대한 나쁜 감정이 안 생기는 것만 해도 성공하는 것이다.

우리는 과거라는 족쇄에 늘 묶여 있다.

이런 족쇄를 풀어주는 사람이 내가 사랑하는 사람일 때 가장 행복한 사람이다.

진정으로 사랑을 한다면 그 사람의 과거를 포함한 모든 것을 받아들이라는 말이 있다

'만약 자신이 없으면 그 사람을 사랑하지 말고, 연애도 꿈도 꾸지 마라.'

해결되지 않는 문제에 대해서 늘 부딪치는 상대에게 괴로움을 주는 것은 진정한 사랑이 아니라 단지 소유인 것이다.

연애코치

과거에 집착을 하면 그 순간 과거가 아닌 현실이다.
과거를 이해하는 말은 새빨간 거짓말, 과거를 숨겨라!
상대의 과거를 알고자 하지 마라! 그 순간 자신이 과거가 된다.

나는야 스토커

어느 순간부터 우리는 '스토킹'이라는 단어에 대해서 너무나 익숙해졌다. 대중 매체에서는 자극적인 내용으로 앞다투어서 내보내게 되었고, 현재까지 스토킹으로 고생했던 사람들이 그동안의 말못할 어려움을 토로하면서 나도 스토킹을 당하는 것은 아닌가? 지금나의 행동이 스토킹은 아닐까? 라는 고민을 하게 하였다.

스토킹은 범죄다.

법률화되어 범죄로 인식되기 이전에 한 사람을 불행의 구렁텅이로몰아간다는 사실에서 차마 인간으로서 용납될 수 없는 짓이다.

"여자 친구를 만난 지 벌써 4년이 되었네요. 대학교 1학년 때 만났으니까 꽤 시간이 흘렀네요. 처음에는 별로 안 좋아했어요. 그냥 편하게 만나서 밥이나 먹는 사이였는데, 어느 날 갑자기 울더라고요. 정말 놀랐어요."

'그런 상황을 처음 당하는 것이라서 말로는 자꾸 만나면 좋아하게 되고, 아니 벌써 좋아하게 되었다고, 너는 날 좋아하지 않으니까 이런 상황이 너무 싫고 자신이 너무 초라해진다고 하더라고요.'

'내 앞에서 눈물을 보인 여자는 처음이라서 어쩔 수 없이 좋아해 보도록 노력한다고 하고, 달래고 실제로 노력을 했어요. 그러던 중에 군대에 가게 되었고, 군대 있는 동안 여자 친구가 면회도 자주 오고, 또 휴가 때는 꼭 같이 보내고, 그래서 좋아지게 되었어요.'

그런데 문제는 제가 제대를 하면서 발생하게 되었죠. 복학 준비하면서 아르바이트를 하는데 너무나 집착이 강한 거예요. 집안이 넉넉지 않아 아르바이트하면서 생활을 하려는 데 전혀 이해를 하려고 하지 않더라고요.

처음에는 군생활 동안 나한테 잘해 줬으니까 나도 잘해 줘야지라는 마음이 들었는데. 하루라도 저를 안 보면 안 되고, 자기가 문자나 전화했는데, 제가 답장을 안 해 준다든지 안 받으면 완전히 뒤집히고 난리가 나죠.

제 미니홈피에 과후배들이나 아는 여자애들한테 글 올라오면 글 지우고, 시간이 지날수록 그게 집착으로 보이는 겁니다.

그래서 진지하게 이러는 거 나를 좋아해서인지 알지만 너무 심하지 않으냐? 이건 좀 집착인 것 같다고 말을 하니깐 자기도 집착인 건 안다고.

하지만 어쩔 수 없다면서, 왜 그런 거 가지고 이야기하냐고 화를 내는 겁니다. 그 애는 제가 여자뿐 아니라 남자 친구들과도 노는 걸 싫어합니다.

친구고 가족이고 다 안 만나고 자기 혼자만 만나고 바라보길 원하는 거죠.

나의 모든 일상이 자기를 중심으로 이루어져야 한다고 생각을 하는 것 같았어요. 그래서 저는 이렇게는 못 지내니까 헤어지자고 얘기를 했죠.

여자 친구 때문에 집에서도 혼나고, 저의 사생활이 모두가 없어지니까 정말 내가 뭐 하고 있나라는 생각이 들어서 용기를 내어서 얘기를 했어요.

그러면서 저희 집으로 찾아오고, 아르바이트하는 곳으로 찾아오고, 지금까지 둘 사이에 있었던 일들을 다 말하고, 새벽에 전화 오고, 가족들 모두가 전화만 와도 깜짝깜짝 놀라는 지경에 오게 되었죠. 정말 어찌할 도리가 없더라고요. 주위에서는 경찰에 신고를 하라고 하는 사람도 있고, 아무런 소용이 없다고 하는 사람도 있고, 어떻게 해야 할지 정말 모르겠어요."

"저는 지금의 남자 친구와 인터넷 채팅을 통해서 만나게 되었어요.

제가 직업이 없는 상태여서 남자 친구가 밥도 사고 옷도 사주고 그랬어요. 농담으로 원조 교제라고 얘기를 하기도 했죠. 아무튼 많은 도움을 받은 것은 사실이에요. 제가 지방이 집이라서 혼자 자취를 하고, 너무나 쉽게 만나게 되어서 다른 커플들보다는 진도가 빨랐죠.

그렇게 다른 연인들과 비슷한 만남의 시간이 지나서 어느 순간 그 사람이 점점 의처증 같은 증상을 보이는 겁니다. 남자에게 전화가 오면 누구냐고 캐묻질 않나, 대학 친구들과의 모임에 갔다가 전화를 안 받으면 완전 난리가 나고, 우리 집에 자기가 준 물건들을 가저가겠다고 와서 온통 집 안을 뒤집어놓기까지 했어요.

보니까 그 사람 휴대폰엔 제 친구들과 친척들 가족들의 전화번호가 모조리 입력되어 있더군요. 저보다 더 많이 말이에요.

그리고 제가 전화를 안 받으면 여기저기 전화해서 절 찾는 거예요.

혼자 자취하는 집을 정리하고 친구 집에 있는데 어떻게 알았는지 자꾸만 찾아오고, 혼자 집에 있기가 무섭기까지 하더라고요.

그리고 사랑하지 않아도 좋으니까 그냥 자기만 만나달라고 하는데 너무나 어이가 없기도 하고 두렵기도 하고 어떻게 상황을 해결해야 할지 도무지 생각이 나지 않네요.”

연예인에게만 스토커가 있는 것이 아니다. 일반인 중에도 질긴 스토킹 행각에 시달려 골머리를 앓는 이들이 많다.

‘사랑’이라는 명목하에 일거수일투족을 감시하는 그들은 한 마디로 ‘중독자’ 다. 사랑받지 못해서 한이 된 것이 아니라, 사랑(?)하려고 안달이 난 사람들이다.

만약 이런 ‘중독자’ 스토커가 내 연인이라면?

남자들은 정면으로 돌파를 하려고 하는 성향이 강하며, 여자들은 기지로 상황을 모면하고, 주위의 도움을 통해 물리치려고 노력을 한다.

하지만 정확한 대처 방법은 누구도 시원하게 말하지 못한다. 그렇게 쉽게 결판이 난다면 스토커라고 일컫지도 않을 테니 말이다.

위험한 사랑을 꿈꾸는 자들, 즉 스토커들에게는 이해를 요구하거나 타이르기보다 현실을 깨우쳐 주는 것이 중요하다. 스토킹을 행하는 사람들은 상상 속의 사랑에 빠져 있다. 상상을 깨뜨리기 위해서는 현실을 보여줘야 한다. 둘이 서로 주고받는 사랑만 하기에는 힘든 세상이다. 이제는 내 사랑도 수많은 유혹과 스토커로부터 스스로 지켜야 할 때다.

"스토커라고 볼 수 있을까요?

좋아하는 한 살 많은 오빠가 있었어요. 제가 고등학교 때부터 좋아하던 같은 동네 오빠였어요. 그때 좋아한다고 고백을 했었는데, 공부를 해야 한다고 대학 가서 만나자고 했어요. 그 오빠는 공부를 잘했거든요.

오빠는 일류 대학을 갔고, 저는 수도권에 있는 대학을 들어갔어요. 지금은 오빠 수준에 맞추려고 편입 시험을 준비하고 있어요.

그러다가 우연히 오빠의 미니홈피에 들어가게 되었는데 여자 친구로 보이는 여자가 있더라고요. 그래서 봤더니 저랑 같은 학교 다니는 여자였어요. 자꾸만 그 오빠랑 여자 친구의 홈피에 들어가 보고, 학교에도 가서 그 여자를 멀리서 보고 주위에 물어보기도 해요. 양다리라도 걸치고 있으면 오빠한테 얘기해 주려고요. 이런 나의 마음이 혹시 스토커는 아니겠죠. 공부도 해야 하는데 자꾸만 그쪽에 신경이 쓰이네요."

스토커에 대해서 '상대를 병적으로 집요하게 쫓아다니며 괴롭히는 사람'이라고 정의를 내리고 있다.

이런 걱정을 하는 사람은 스토커일 가능성은 거의 없다.

'프라이드가 높고 나르시스트 유행의 복장을 하는 것을 좋아한다.

자신의 일을 이야기하고 싶어한다. 화나면 멈추질 않는다. 정서의 기복이 심하다. 친구가 적고, 사귀는 것도 오랫동안 지속하지 않는다.

전에 좋아했던 사람을 극단적으로 혐오한다. 예전의 사소한 것까지 기억하고 있다. 사람을 자주 떠본다. 식사를 거절한다든지, 과식의 경향이 있다.' 이런 부류의 사람이 스토커의 기질이 다분하다고 보는 것이 일반적인 견해다.

일본 내에서는 스토커 연구의 선구자로 꼽히는 이와시타 씨가 말하는 스토커를 간파하는 몇 가지 특성을 살펴보자면,

'처음 만난 사람에게도 자신의 이야기를 하고 싶어하며, 어쨌든 자주 편지를 쓰는 것도 특징이다.

스토커는 겨냥한 상대에게 버려질지도 모른다는 불안감을 항상 품고 있다. 남을 신용할 수 없기에 사람을 테스트하기를 좋아하는 특징이 있다.

친하지도 않은데 갑자기 고가의 귀금속을 보내오기도 한다.

대인 평가가 자주 바뀐다.

적과 자기 편을 구별하고 싶어한다. 화내면 멈추질 않는다.

일반인 이상으로 정보에 민감하다.

의외로 일을 잘한다.'

물론 절대적이라고 볼 수 없지만 앞으로 있을지 모를 미래를 대처하는 차원으로 참고를 하였으면 한다.

자신을 스토커라고 스스로 인정하는 스토커는 거의 없다. 그들은 자신을 절대 스토커라고 생각하지 않는다. 스토커는 자신이 하는 일에 대해서 초기에는 다른 사람 때문에 이런 지경에 이르게 되었다고 생각을 하게 되고, 스스로 상대의 책임으로 자신의 행동을 합리화하

고자 노력을 한다.

조금 더 발전을 하게 되면 지금의 스토커로서의 행동 자체를 즐기게 되어 버린다. 자신도 지금의 행동 자체에 흥미를 느끼고 재미를 느끼게 된다. 그리고 상대의 반응 자체를 즐기게 된다.

여기에서 말하고자 하는 스토커는 연예인을 몇 년간 쫓아다니는 스토커를 얘기하는 것이 아니라, 연애에서 스토커 기질을 가지고 있는 사람들에 대한 생각과 행동의 양식을 알아봄으로써 자신이 현재 스토커적인 성향을 갖고 있는지, 아니면 상대가 스토커적인 사람인지를 알고 예방을 할 수 있는 적절한 방법을 알려주는 것이다.

스토커는 범죄이며 법의 허점을 파고드는 아주 파렴치한 비인간적인 행동임을 말해준다.

스토커를 이야기할 때 집착이라는 말을 많이 사용한다. 그들은 집착을 사랑의 표현 방법이라고 생각함으로써 자기 합리화를 현실화한다.

스토커를 불식시킬 수 있는 가장 큰 무기는 단호함과 한결같은 대응에 달렸다. 스토커들은 상대의 말을 믿지 못할 뿐만 아니라, 자신이 본 사실에 대해서도 믿지를 못하기 때문에 그들에게 오해를 풀 수 있는 방법은 아무것도 없다.

그들은 쉽게 지치지 않는다. 너무나 오래 기다릴 줄 안다. 만약 당신이 스토커에게 늘 같은 반응을 보여주면서 이 정도면 되었지라고 한다면 오산이다. 대부분 일반적인 사람보다 이 정도라는 시간을 서너 배는 길게 생각을 해야 한다. 점점 더 수위를 더 해 가는 것은 처음에 반응이 없다가 강도를 강하게 했을 때 반응을 했기에 더 강한 인풋을 가한다.

이 상태가 되면 상대에 대한 어떠한 배려도 그에게는 남아 있지가 않은 것이고, 단지 스토커라는 흥미에 빠져 버리게 된다.

이것이 바로 스토커들이 처음으로 자신을 드러내게 되는 시작 단계이다. 알게 된 시점 자체가 너무 늦어 버렸다는 데 무서운 점인이다.

상대가 스토커라고 생각을 하면 벌써 자신도 모르게 너무나 깊게 들어와 버렸기에 되돌리기란 쉽지가 않다.

가장 중요한 것은 상대가 어떻게 나오든 대응은 한 가지 방법으로 해야 한다. 물론 많은 아픔이 찾아오게 된다. 주변의 인간관계를 잃어버릴지도 모른다. 각오를 해야 한다. 새로운 여자(남자) 친구가 이해를 해 주면 좋지만 그렇지 않다면 과감하게 관계를 끊도록 해라. 그리고 공권력(경찰)의 도움을 받는 것에 대해서 주저하지 말아야 한다. 예전에 사귀었던 사람이라고 측은한 마음을 갖게 된다면 영원히 빠져나오지 못하는 결과를 빚게 된다.

무시를 하려면 늘 무시를 해 버려라.

어린 조카나 동생을 귀찮게 한다거나, 집에서 기르는 애완견을 귀찮게 할 때 아무런 대응이 없으면 행동은 금방 없어지고 만다.

하지만 스토커들은 그렇지 않다. 이 점 때문에 스토커들이 무섭다고 생각하는 사람들도 많다.

사람들에게 있어서 상호 작용이 일어나지 않는 상태에서 한쪽에서의 지속적인 반응은 실로 한 사람을 심리적인 궁지에 몰아넣게 된다.

이런 허점이 바로 스토커들의 공략 포인트다.

연애를 이야기하면서 스토커에 대한 주제에 대해서 많은 사람이 의아하게 생각할지 모른다.

연애는 재미있고 아기자기한 이야기를 이끌어가야 하지 않나? 라는 의견을 피력할 수도 있다.

그렇지가 않다.

스토커들은 지금 자신의 스토킹도 사랑이라고 생각하며, 연애를 하고 있다는 착각을 하고 있기까지 한다.

스토킹은 지금의 연애를 가로막는 존재일 뿐 아니라 미래의 연애를 가로막아 버리는 무서운 존재이다.

사람이 사람을 가장 무섭게 생각하게 하는 무시무시한 그 무엇이다.

우리의 인생을 어찌 보면 너무나 짧다.

사랑을 하면서 살아도 아까운 시간인데 스토킹을 당하고, 사람을 두려워하고, 한숨의 나날을 보낸다면 연애를 떠나서 얼마나 안타까운 일인가…

작은 일은 잊어라!

나의 주관으로 상대를 평가하지 마라!

내가 이랬으니까 상대도 이렇게 해 주기를 바라지 마라!

의심의 시작은 작으나 그 끝은 엄청나다.!

정말 그래야 한다.

나의 행동과 말이 상대에게 스토킹이라는 이름으로 그 사람에게 두려움으로 다가올 수 있기 때문이다.

연애코치

스토커의 대응은 한결같고 단호해야 한다.

사랑이라는 이름을 스토킹으로 더럽히지 마라.

연애하고 싶다면 나의 주관을 넘어서라.

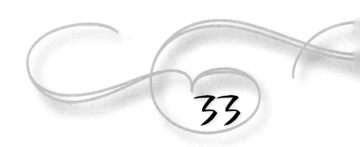

인형을 좋아하는 남자

요즘 인형을 수집하는 남자들이 등장하고 있다. 때로는 인형이 실제 여자보다 사랑스럽다는 남자들이 존재한다.

대개 여자 친구의 치장에 신경을 많이 쓰며, 옷차림은 물론 헤어 스타일 화장에까지 간섭한다. 늘 모임에 데리고 나가고 싶어하며, 자랑하기 위해서이기도 하지만, 그냥 잘 꾸며진 여자 친구를 데리고 사람들에게 보인다는 사실 자체에서 자기만족을 얻는다.

대부분의 여자는 인형이 되기를 거부한다. 처음에는 좋다. 나를 예쁘게 꾸며주고, 나를 위해 모든 일에 서슴지 않고 해 주는 남자의 헌신이 정말로 사랑스럽지 않을 수 없다.

예쁜 인형에도 가끔 싫증이 나듯이, 바비인형에서 양배추인형이

선풍적인 인기를 끌었듯이, 그들도 외도를 한다. 바비인형에서 양배추인형으로 하지만 다시 바비인형으로 돌아가 버린다, 인형의 유행이 그러하듯이.

처음에 만족스러운 것이 공주병 스타일의 여자다. 하지만 오래 못간다. 서로 필요에 대해 연애를 할 뿐이지 절대 지속하지는 않는다.

인형에 어울리는 스타일을 고수하기 때문이다. 어느 여자도 자신을 인형 취급하는 남자와는 연애 감정을 느끼기 어렵기 때문이다.

"24살 사회 초년병입니다.

화려한 대학 시절을 보내고 사회에 첫발을 내딛는 데 왜 이리 어려운 일이 많은지, 전공과 무관하게 취직을 하게 되어서 그런지 모르는 거 투성이더라고요. 친절하게 가르쳐 주지만 계속 실수를 하니까 미안하기도 하고 힘든 나날을 보내고 있었죠.

그러다가 거래처 사장님을 만나게 되었는데 나이는 저보다 10살이 많았지만 동안이고 멋있는 옷차림에 제가 꿈꾸던 이상형이었어요…

그쪽 사무실에 출장을 갔다가 늦게 끝나게 되어서 사장님과 저녁을 같이 먹게 되었는데… 술 한잔도 같이요… 저에게도 호감이 있었다고 하시더라고요… 그래서 나이 차를 극복하고 사귀게 되었어요.

늘 제가 귀엽다고 웃고 다른 선물도 많이 사주더라고요.

모임 갈 때도 같이 데려가고, 친구들한테도 소개해주고, 좋은 레스토랑이며 괜찮은 분위기 카페도 가면서 데이트를 했죠…

그런데 자꾸만 저의 외모에 대해서 너무 민감한 거예요. 주말에 모자라도 쓰고 나갈 양이면 옷차림이 그게 뭐냐? 어떻게 그렇게 하고 다니느냐면서 면박을 주는 거예요.

옷차림도 남자 친구가 원하는 스타일로 입어야 하고…

날 좋아해서 예쁘게 해 주고 싶다고 하는데… 늘 오빠가 원하는 옷차림을 한다는 건 좀 그렇지 않나요?

나이 차이가 커서 그런 걸까요?'

나이 차이 때문은 아니다. 여자를 사랑하는 감정이 다른 사람의 사랑하는 감정과 차이가 있기에 그렇다. 지극히 인형을 좋아하는 남성의 전형이다. 이런 남자에게는 상대의 거부란 있을 수 없다. 어떤 옷을 입혔을 때 마음에 들지 않는다고 거부하는 인형이 없듯이 말이다.

자신에게도 완벽을 추구하는 스타일이다. 세련된 스타일에 카리스마가 있고, 자신의 일에 최선을 다하는, 누가 봐도 멋진 남자이다. 하지만 인형을 좋아한다니 안타까운 마음이다.

자신의 의지대로 세상이 돌아가지 않는 것에 무척이나 가슴 아파하는 스타일로서 그렇기에 자신의 여자만이라도 자신의 의지대로 움직여 주길 원하는 것이다.

이런 남자에게 콩깍지가 평생 씌워지지 않으면 피곤할 것이다.

하지만 당신이 하루종일 치장을 통해 자신의 아름다움을 보고 감탄을 할 수 있다면 정말 잘 어울리는 커플이며, 연애를 하는 데 절대 걸림돌이 없을 것이다. 단, 남자가 인형의 취향을 바꾸지 않는 한.

하지만 공주병인 친구를 보고 고개를 저었던 기억이 있거나, 편한 옷차림을 선호한다면 너무나 멋있고 이상형이라고 생각하더라도 연애는 가시밭길이 될 것이기에 말리고 싶은 심정이다.

외모뿐만 아니라 자신을 늘 같은 자리에서 지켜봐 주는 인형 같은 여자를 원하는 경우도 있다. 늘 옆에 있지만 티가 나지 않고, 늘 나의 행동에 지지를 보내줄 수 있는 여자를 원한다.

이런 부류는 여성의 순결을 요구한다. 자기 위주의 생각에서 벗어나고 싶어하지 않으며, 자신의 결정에 찬성은 하지 않더라도 반대를 하지 않는 그런 상대를 찾아나서고, 찾아낼 때까지 멈추지 않는다.

여자로서는 약간은 골치 아픈 스타일일 것이다.

연애를 방해하는 안 좋은 점을 많이 갖고 있다. 무시하는 태도가 대표적이다. 너무 박력 있고 자기주장이 강한 것처럼 하는 위장에 넘어간다면 늘 자기의 생각을 말하지 못하는 인형이 되고 만다.

인형 같은 여자를 좋아하는 남자는 너무나 자기 중심적이다.

연애에서 여자가 감내해야 할 일이 많이 발생할 것이다.

그런 남자에게는 미안하지만 이런 성향과 만나서 연애를 하게 되면 가장 좋지 않은 연애의 기억으로 남게 될 가능성이 높다.

조심만이 행복한 연애의 지름길이다.

연애코치

인형 같은 여자를 좋아하는 남자를 만족시키는 것은 인형뿐이다.

바비 인형에서 양배추 인형으로, 다시 바비인형으로. 공주병은 절대 인형이 될 수 없다.

돈과 사랑

외국 리얼리티 프로그램 중에 'For Love or Money' 라는 프로그램이 있었다. 지금도 백만장자와 결혼하기 등의 형식으로 꾸준한 인기를 끌고 있는 형태의 프로그램이었는데, 백만장자와 결혼하기 위해 여러 명의 미녀가 구애를 통해 남자가 최종적으로 한 여자를 선택하는 내용이었는데…

나중에 남자가 선택을 하고 다시 최종의 여자가 남자를 선택할 수도 안 할 수도 있다.

선택을 안 하면 거금의 상금을 주게 되는 형태로 진행이 된다.

내가 보았을 때 최종 선택된 여자는 백만장자가 아닌 돈을 선택하였다.

연애를 하는데 현실적으로 가장 쉽게 부딪치는 것이 바로 경제적인 문제, 즉 돈이다.

연애는 지극히 소비적인 활동이다.

만나는 순간부터, 아니 만남을 준비하는 것에서부터 소비 활동은 시작된다. 누군가 '연애는 일종의 투자'라고 했던 말이 기억난다.

연애에 투자를 한다고 해서 어떤 물질적 가치를 이끌어내지는 않는다.

물론 육체적인 쾌락을 무시할 수는 없지만, 단지 감정적인 만족감을 느끼게 될 뿐이다.

연애를 하면서 돈에 대한 부담감을 느끼지 않을 수 없으므로 이로 인한 고민은 많다.

"제가 남자 친구를 만났던 초창기에 일주일에 2~3번 정도 만나면 돈을 5:5 정도로 냈었거든요. 남자들이 데이트 비용을 다 내는 게 저는 싫었거든요. 남자가 다 부담하면 괜히 부담 주는 것 같고, 남자라고 꼭 돈을 다 낼 필요는 없다고 생각하거든요.

남자 친구가 밥 사면 제가 술을 사거나, 영화를 보여주면 제가 밥을 사고, 늘 그런 식으로 데이트를 했어요. 어떨 때는 제가 더 많이 낸 적도 많아요. 연애 비용이 만만치 않게 들어가더라고요.

그리고 한 2년을 사귀게 되었어요. 여행을 같이 간다거나 그런 경우도 없어서 주말에는 보통 같이 가까운 곳으로 놀러 가는 일이 많았는데… 둘이 놀이동산에 가게 되었어요. 남자 친구가 자유이용권 2장 끊고 나서 나머지 비용은 자연스럽게 제가 부담을 하게 되었어요.

그런데 자유이용권보다 나머지 비용이 더 많이 드는 거예요. 치사하게 그러는 것 같아서 말을 하기 망설여지지만 그래도 심하다는 생각을 하게 되었죠.

사귀는 당시 전 25살이고 남자는 29살이었는데요. 3년 정도 사귀었거든요.

이런 적도 있어요. 밤에 서로 직장 끝나고 주중에 저희 동네에서 만났는데, 저녁때 고기를 먹으러 들어갔거든요. 전 별로 먹고 싶지 않았는데 남자 친구가 먹고 싶다고 해서 갔어요. 그런데 어처구니없는 것이, 다 먹고 나서 계산은 안 하고 그냥 획 하고 나가 버리는 거예요.

돈은 얼마 나오지 않았는데 나보고 계산하라고 하는 행동이 너무 얄미운 거예요. 그때 저도 동네라서 돈이 얼마 없었는데… 정말 동전까지 탈탈 털어서 음식값을 계산했어요. 그리고 나와 봤더니 밖에 없는 거예요. 편의점에서 담배 사서 나오더라고요.

돈이 없으니까 제가 계산을 해도 되는데 '오늘은 내가 돈이 없으니까 네가 계산 좀 해 주면 안 되겠니? 다음에 맛있는 거 사줄게' 이런 말을 할 수 있는 것 아닌가요. 그냥 휑하니 나가 버리는 게 여자 친구를 완전히 무시하는 것도 아니고… 다행히 돈이 있었기에 망정이지 없었으면 그 망신을 어떡하라고 그러는지 정말 이해가 안 되더라고요.

또 한 번은 둘이 만나서 술을 마시고 자리에서 일어나 카운터로 걸어갔는데, 오빠가 카운터에서 물끄러미 쳐다보고 있더라고요. '나 여기 서서 기다리고 있으니까 계산해' 이런 표정을 하고선. 솔직히 내가 내든 오빠가 내든 돈 나가는 거 마찬가지지만, 너무 대놓고 그러니 좀 실망스럽긴 하더라고요. 이런 경우는 처음 접해 봐서.

그리고 너무 계산적이에요. 제가 돈을 덜 쓴 날은 그냥 넘어가지 않아요. 예를 들어 영화 보고 저녁 먹고 술을 먹었는데, 제가 한 2만 원 정도를 덜 쓰게 되면 자기 작은 모자를 사달라고 한다든가, 택시를 타고 가자고 하면서 어떻게든 비슷하게 돈을 쓰도록 만들어요. 처음에는 몰랐는데 자꾸만 그렇게 나오니까, 그렇더라고요.

저한테 돈 쓰는 게 아까워서 계속 그랬었던 건가?

돈 문제에 대해서는 솔직히 민감한 사항이란 제 생각 때문에 쩨쩨하게 굴어도 제가 뭐라고 말을 못 하겠더라고요. 같이 쩨쩨한 사람 될 것 같아서 그런 게 싫었기도 했고요, 아무래도 지금 생각해 보면 한 번쯤은 짚고 넘어가 줬어야 했던 것 같네요. 이런 사항을 어떻게 풀어가야 할지 모르겠어요?

아무튼 제가 정말 지금 후회하고 있어요. 남 · 녀가 반반씩 내는 것까진 좋은데요, 시간이 지나면 모든 남자가 돈 내는 여자를 물주로 보는 건가요? 여자들 돈 안 낸다고 짜증을 내는 남자들 많은데, 솔직히 같이 부담하는 여자들 많은 걸로 알고 있는데…

솔직히 여자들도 남자들이랑 있을 때 계산할 때 되면 항상 먼저 나가는 분들이 있긴 하잖아요. 그럴 때 남자들이 짜증 나는 그 심정도 십분 이해할 수 있을 것 같네요. 이런저런 꼴을 겪어보니 차라리 제가 필요한 물건이라도 사는 게 훨씬 나았을 거라는 생각마저 들더라고요.

헤어지려고 마음을 먹었어요. 문제는 남자 만나는 게 무서워졌다는 거예요."

참으로 돈 문제에 대해서 말을 하는 것은 쩨쩨하다는 비난을 받게 하여 버린다. 그래서 연애의 이름으로 상대를 이용하는 몹시 나쁜 버릇의 남자 혹은 여자들이 있다.

위의 예를 보고서 '정말 이런 경우가 있을까?'라고 생각을 할지 모르겠다.

대부분 연애 비용은 남자가 훨씬 더 많이 지출을 한다고 생각을 하지만 의외로 여자에게 기생(?)을 하는 남자들에 대해서 고민을 토로하는 여자들이 많이 있다.

　대개는 지금 남자 친구의 사정이 좋지 않기에 내가 비용 부담을 하는 것도 괜찮다고 생각을 한다. 그리고 나중에 남자 친구로부터 보상을 받을 것이라고 생각을 한다. 물질적인 보상이 아니더라도 최소한 고맙게 생각해 주길 원한다. 그렇다면 남자는 경제적으로 의지를 하고 있는 여자에 대해서 고맙다고 생각을 하느냐 하면 아니다. 당연한 것으로 생각을 한다.

　으레 이 여자는 돈을 내는 사람이라고 결론을 지어 버린다.

　그리고 연애를 할 때 쓰는 비용에 대해서 자신이 적게 썼다면 만족한 데이트였다고 생각을 한다.

　앞에서처럼 자신이 이만큼 지출을 했으면 다른 사람도 마찬가지로 그렇게 써야만 공평하다고 생각을 하는 것이다. 그리고 자신의 지출을 많이 한 것을 잊어버리지 않지만, 상대가 사준 것은 금방 잊어버린다.

　과연 연애 상대에 대해서 사랑을 하고 있을까?

　물론 사랑하는 감정은 가지고 있다. 하지만 늘 헤어질 수 있는 준비를 하고 있다. 더 좋은 조건이 있으면 그렇게 한다.

　단지 습관적으로, 그리고 자신이 심심할 때 같이 데이트를 할 수 있는 대상으로 연애라는 이름을 빌려 쓰고 있는 것이다.

　다른 여자를 만나도 똑같이 행동을 하느냐 하면 그렇지는 않다. 늘 한결같을 것이라고 생각을 하지만 절대 아니다. 단지 지금 만나는 대상에 대해서 투자 가치가 없다고 생각을 하기 때문이다.

속된 말로 다 잡은 물고기에 미끼를 주지 않는다고 하듯이 이제는 내 여자라고 생각을 하기 때문에 더는 금전적으로 잘해 줄 필요를 못 느낀다.

어떻게든 금전적인 투자보다는 다른 것으로 때우려고 하는 성향이 있다.

이런 부류의 남자를 만나는 여성들은 의외로 자기주장이 뚜렷하고 소유욕이 강한 스타일이 많다.

왜냐면 남자들이 이런 여자를 찾기 때문이다.

그만큼 쉽게 헤어질 수 있다는 이유도 한몫을 한다.

이별도 늘 여자가 먼저 통보를 하며, 절대로 매달리지 않는 것이 이런 부류 남자의 특성이다. 여자는 정말 지쳐서 어렵게 결정을 하는 반면, 그냥 받아들이고 잠시 아쉽다고 생각하는 것으로 긴 연애를 끝맺어 버린다.

쉽게 헤어진다. 보통은 이별을 하면 서로 원수가 되거나, 아니면 가슴 아픈 것이 일반적이지만, 이 경우에는 여자도 남자한테 질려 있고 남자도 예상을 했기에 너무나 쉽게 받아들인다.

이런 연애에서 여자는 늘 힘들게 이끌어 가는 역할이며, 남자는 느긋하게 쫓아가기만을 한다. 여자에게는 참으로 안 좋고 하지 않아도 될 연애다.

남자는 단지 만나주는 것만으로 연애의 본분을 다한다고 생각을 하며, '만나주는 것만으로 고맙지 않아'라고 스스로 판단을 하기에 그런 행동을 한다.

돈을 많이 쓰는 것이 연애의 정도는 아니다. 하지만 어느 정도의 경제적 소비를 해야 하는 것도 상대에 대한 존중의 표시가 아닐까.

이런 금전적인 문제는 남자들이 훨씬 많다.

내용의 대부분은 돈이 없어서다…

자신이 사랑하는 사람을 위해서 무엇이든지 해 주고 싶은 것이 남자들의 욕구가 아니겠는가?

드라마나 영화에서 보는 화려한 식사와 멋있게 여자를 위해 돈을 쓰는 멋진 왕자가 되고 싶지 않겠는가.

현실의 자신의 주머니 사정과 달리 여자들이 꿈꾸는 연애하고, 틀리는 것에 대해 초라하고 미안한 마음을 가지고 있다.

"어디서 돈벼락을 맞았으면 좋겠어요.

아니면 돈 없이도 여자 친구를 행복하게 해 줄 그런 방법을 알았으면 하고요. 여자 친구도 사치를 하거나 그런 것은 아닌데, 제가 그 수준을 맞추기가 버겁네요.

여자 친구가 저를 위해서 일부러 싼 곳에 가자고 하면서 저를 배려를 해 주지만, 그것도 한두 번이지 늘 그러니까 아무것도 해 줄 수 없는 제가 너무나 초라해지더라고요.

선물을 하나 하더라도 여자 친구가 하고 다니는 것들 수준에 맞출 수가 없어요. 그냥 푸념일 수도 있는데 정말 고민이 되네요.

좋은 방법이 없을까요?"

비슷한 고민을 한 번씩은 해 보지 않았다면 진정으로 연애를 해 봤다고 할 수 없을 것이다. 비단 남자만이 그런 게 아니라 여자도 마찬가지다. 하지만 워낙 가부장적인 의식이 뿌리 박혀 있기 때문에 고민의 강도가 남자한테 더 하면 더 하지 덜 하지는 않는 것이 현실이다.

'사랑을 돈으로 살 수 없어.' '돈이 인생의 전부가 아니잖아' 라는 말은 왠지 현실 감각이 없는 소리로밖에는 들리지 않는다.

그냥 사랑을 찬미하고 좋아하는 사람들의 말이지 어찌 연애를 하면서 돈을 결부시키지 않을 수 있는가 말이다.

하지만 돈이 없다고 해서 연애를 못 한다는 핑계는 절대 하지 말았으면 한다. 아무리 돈이 필수 조건이지만 충분조건이 아니다.

그렇다고 '저렴하게 연애하기' 이런 것을 예시하고자 하는 것도 아니다. 저렴한 데이트 방법은 인터넷에서 정보를 얻으면 된다.

자신의 경제력에 맞게 즐겁게 소비하는 것이 연애다. 돈이 아깝다고 생각이 든다면 지금의 연애에 문제가 있다. 내가 상대를 진정으로 좋아하지 않던가, 상대가 나를 돈을 쓰는 물주로 생각을 하던가 둘 중 하나다.

물론 경제적으로 풍요로우면 더할 나위 없을 것이다. 필요 없이 발품을 팔지 않아도 되고, 힘들게 싸고 좋은 집을 찾아다니지 않아도 되며, 주변에 자랑할 거리를 힘들게 꿰맞추지 않아도 된다.

하지만 모두가 한순간이다.

일에서 힘들게 고생을 하며 성취했다면 그 열매는 달 듯이 연애도 현재는 조금 불편하지만 결국에는 달콤한 결실이 기다릴 것임을 잊지 마라.

절대 상대에 대해서 투자라는 생각을 하지 마라.

'내가 이만큼 해 줬으니 당연히 상대도 이 정도는 해 줘야지' 라는 생각은 연애의 성공으로 갈 수 없다.

머리로 연애를 하는 사람에게 호감을 가질 수 있는 사람이 어디 있겠는가?

주위를 살펴봐라, 절대 자기는 손해를 보지 않기 위해 발버둥을 치는 친구가 있을 것이다. 얄밉지 않은가?

연애도 포괄적인 의미로 인간관계의 하나이기에 크게 다르지 않다. 하나라도 나를 위해 돈을 쓰는 사람이 더욱 사랑스럽다.

돈은 그 가치가 절대적이지 않으며 상대적인 것에 있다.

아무리 돈을 많이 쓰더라도 연애에 성공하는 것은 아니다. '돈 많은 사람은 늘 연애에 성공한다'라는 논리가 맞지 않은 것처럼 말이다.

돈이 많아서 늘 이성이 끊이지 않지만 그것은 연애라기보다는 유희에 가깝다.

자신이 무능력하다고 생각을 하면 노력하면 그만이다.

너무 틀에 박힌 얘기라고 생각할지 모르지만 만물의 이치가 다 틀에 박힌 얘기다. 그만큼 여러 상황에서 비판을 받으면서 검증을 거친 말이기 때문이다.

지금 돈이 많지만 비전이 없는 사람과 돈은 없지만 충분한 비전이 있는 사람 중에서 열에 아홉은 후자를 택한다.

자신의 가치를 높이고, 연애를 위해서는 돈이 최우선이 아님을 알자. 다른 중요한 것들이 너무 많다.

연애코치

연애가 돈을 만들 수는 없지만 돈의 가치를 알게 해 준다.

연애 낳고 돈 낳지 돈 낳고 연애 낳지 않는다.

돈이 연애에 필요조건이지 충분조건은 아니다.

보수 vs. 진보

보수와 진보의 대결은 어느 정치판에서나 볼 수 있는 이슈다.

정치적인 발전을 이룩하는 데 두 개념은 서로 대립하는 것처럼 보이지만 서로 타협을 하면서 발전을 해온 것이 사실이다.

보수적인지만 진보적인 성향을 가미하고, 진보적이지만 보수적인 색깔을 갖고자 하는 노력이 바로 그것이다.

우리는 보수적이라는 말에 대해서 거부감을 느끼고 있다. 우리 사회가 과거 신분사회를 거치고, 유교적인 사상이 전 국민에 잠재의식을 지배하고, 가부장적인 사고를 해왔기에 보수라는 말을 전반적으로 과거로부터 내려온 버려야 할 것쯤으로 생각하기까지 한다.

보수와 진보의 대결 양상은 연애에서도 나타난다.

'자기는 너무 보수적이야. 지금이 어떤 시대인데 아직도 그렇게 생각해?

'넌 너무 심한 거 아냐? 여긴 한국이라고, 외국이 아냐!'

여자들이 연애 대상자를 선택할 때 가장 꺼리는 조건 중에 대표적인 것이 보수적인 성향을 이야기한다. 그럼 어떤 것이 보수적이라는 것일까?

자신이 보수적이라고 생각을 하는 남자들은 보수의 개념을 남녀의 역할 분담에서 먼저 찾는다. 남자는 '바깥분' 이라는 표현에서처럼 외부 활동을 하며, 남녀 사이의 주도권을 갖고 이끌어가는 존재로 생각을 하고, 여자는 '안사람' 이라고 하는 것 같이 살림 열심히 하고 내조 잘하고 남자의 리드를 잘 따라주는 순종적인 여자라고 생각을 한다.

게다가 성적으로 개방되어 있는 여자에 대해서는 거부감을 나타낸다.

전형적인 유교적 사상을 답습한 경우다.

남자는 남자의 역할이 있고 여자는 여자로서의 역할이 있는데, 그것을 침범하는 자체를 용납하지 않는다.

이렇게 여자들로부터 환영을 받지 않는 보수적인 성향을 있다고 해서 연애를 못 하는 것이 아니다. 개방적이고 진보적인 성향과 일종의 타협을 통해 변화를 해왔고, 변화를 모색하고 있기 때문이다.

문제가 되는 것은 자신에게는 늘 진보적인 잣대를 사용하지만 상대에게는 보수적인 성향을 강요하는 스타일이다.

자신에게는 관대하고 상대에게는 엄격하기에 문제를 발생시킨다.

"사귄 지는 8개월 정도 지났어요.

같은 직장 동료인데 서로 조심하자고 해서 아직 아는 사람이 없죠. 소문이라는 게 무섭잖아요. 괜히 회사 생활에 불편을 줄 것이 없다고 판단해서 서로 합의하에 남들 눈을 피해서 쉬쉬하고 있는 상태죠.

처음에는 그냥 오빠 동생으로, 제가 오빠 고민을 들어주는 역할을 많이 했죠

그러다가 오빠 만나기 전의 남자 친구와 헤어지며 오빠랑 제가 정식으로 사귀게 되었고요. 사귀기 전에 다른 직원들한테 남자 친구의 얘기를 많이 들었어요. 약간은 고지식한 면이 있지만 제가 잘 맞출 수 있을 거라고 생각을 했었어요. 남자는 되고 여자는 안 된다는 그런 생각을 하고 있어요. 나이는 28살이고요.

그런데 이해 못 하는 점이 생기더라고요.

첫째는 회사 생활하면서 저는 회식 같은 거나 행사도 회사의 일부라고 생각하거든요. 가기 싫어 투덜거리면서도 어쩔 수 없이 가는 제가 그렇죠. 그런데 오빠는 그런 꼴을 못 봐요.

회사에서 회식하러 가는 것도 안 좋아하고. 이유는 남자하고 여자하고 술 따르고 술 취해서 같이 어울리는 모습이 싫다고 해요. 나중에는 회사 사람들이랑 일 끝나고 늦게 저녁 먹는 것도 싫다고 하더라고요.

어디 멀리 세미나나 출장을 가는 것에 대해서도 '꼭 네가 가야 해. 누가 대신 가도 되잖아' 라고 하면서 대놓고 싫다고 말을 해요.

남자 친구는 일 끝나고 회사 사람들하고 술 마시고 어떨 때는 밤새 먹고 안 들어갈 때도 있으면서, 그러는 게 이해가 안 돼요. 그러면서 제가 회사 끝나면 바로 집에 가길 원하죠.

두 번째는 남자 친구들 만나는 거 이해 못 해요. 동창들 말이죠. 그러면서 자기는 여자 동창들이랑 술 마시고 놀고 그래요.

친한 여자 동창이랑 둘이 만나기도 하면서 저한테는 여럿이 모이는 모임에도 못 가게 하더라고요.

자기가 잘못하는 거는 얼렁뚱땅 넘어가려고 하고, 똑같은 일인데도 제가 그러면 그날은 완전 난리 나는 날이에요.

친구들이랑 놀면 12시 넘으면 화를 '무슨 여자가 12시 넘어서까지 돌아다니느냐고 면박을 주기 일쑤예요.'

이렇듯 오빠는 남자는 되고 여자는 안 된다는 게 너무 뚜렷해요.

남자랑 여자랑 같다고 생각하면 안 된데요.

절 만나면서 그렇게 '안 돼!' 하고 말할 때 어떨 때는 좋았을 때도 있었죠.

왠지 모르게 나한테 신경 써주는 거 같았으니까요.

나에 대한 관심의 표현이라고 생각했죠. 하지만 시간이 지나면 지날수록 이해 안 가는 부분이 너무 많아요. 어떻게 고쳐 나가야 할지 고민이에요. 이런 사람 많지 않을 거 같은데."

보수적인 남자는 대개는 권위적이다. 자신의 말에 무조건 잘 따르는 사람은 좋은 사람이며, 그렇지 않은 사람은 나쁜 사람이다.

이런 이분법적인 생각을 하고 있기에 연애에서도 타협이란 먼 나라 이야기이다.

여자 친구가 자신이 원하지 않는 일을 할 경우 타협을 통해 일정 부분만 이해하는 것이란 없다. 하나 못하냐 두 가지 방법밖에는 없다.

앞에 얘기에서처럼 동창들을 만나러 가는데, 만나되 대신 너무 늦지 않게 들어가고, 술 많이 마시지 않게 타협을 보는 법은 거의 없으며, 만나러 가냐 안 가냐만을 선택하도록 강요한다.

만나러 가면 그만큼의 대가를 치르도록 하고, 만나지 않으면 스스로 만족감을 얻게 된다.

고칠 수 있는 방법에 대해서 많이들 문의를 하지만 사람을 한순간에 바꿀 수 없기에 쉽지만은 않다.

하지만 방법은 있다. 지금 연애를 하고 있는 사람이 보수적이라고 생각을 한다면 보수적인 남자에 대해서 충분히 알고 대응을 하면 남자도 모르는 사이에 원하는 방향으로 타협을 볼 수 있다.

보수적이고 권위적인 사람은 주위의 시선에 민감하다. 그리고 자신의 결정에 대해서 스스로 책임을 져야 한다고 생각한다. 그리고 명분을 중요하게 여길 뿐만 아니라, 어떤 일이든 최초 생각했던 방향으로 나아가고자 한다.

그렇기에 연애에서도 자신이 연애라고 결정을 한 것에 대해서 쉽게 포기하지 않는다. 어떤 일이 있어도 연애 관계를 지속적으로 유지하고 싶어 하고, 결혼이라는 문제에 대해서도 스스로 신중하게 고민을 한다.

만약 남자가 원치 않는 일을 부득이하게 해야 한다면 남자에게 명분을 세워주면 된다.

스스로 권위가 있다고 생각하기에 자신의 생각을 바꾸는 것은 권위가 떨어진다고 여긴다. 권위를 살려주면서 남자의 아량쯤으로 포장을 하면 그만이다.

만약 남자가 원하지 않는 모임에 가야 한다면, 남자 친구랑 같이 있을 때 큰 소리로 친구들과 통화하면 그만이다.

'글쎄, 갈지 못 갈지는 남자 친구한테 물어보고 얘기해 줄게. 우리 오빠는 이해심이 많아서 괜찮아. 대신 난 너무 늦게는 안 돼. 얘기해보고 다시 전화 줄게.' 명분을 세워줬다.

보수적이 아니라 여자 친구를 걱정해서 너무 늦지 않으면 이해심이 많은 마음으로 기꺼이 친구들과의 모임을 지지해 주도록…

요즘 이런 커플이 없다고 생각을 할 것이다. 요즘 누가 남자 친구한테 허락받고 친구들을 만나겠는가? 하지만 남자에게 명분을 세워주고 자신이 원하는 것을 얻는 것은 앞에서도 말했던 둘 다 성공하는 협상의 방법이다.

만약 남자 친구와 사전에 약속을 했는데 친구들과 만나야 할 일이 생기더라도 그냥 취소를 하면 남자 친구가 얼마나 가슴이 아프겠는가! 다툼으로도 이어질 수가 있다.

남자들은 조금은 보수적인 성향을 갖고 있기에 명분을 세워주기만 하면 원만하게 일을 해결할 수 있는 쉬운 방법이 얼마든지 있다.

"저는 24살이고요. 남자 친구와 만난 지 7개월이 넘었습니다.

남자 친구는 굉장히 보수적인 사람입니다. 전 과거는 과거일 뿐이라고 생각하는 사람이고, 과거 없는 현재는 없지만, 이성 문제에 있어선 그냥 그대로를 인정하는 게 옳다고 생각해요.

평소 키스를 하거나 가슴을 만지면 남자 친구는 장난스레 난 네가 처음이다란 소리를 자주 합니다.

29살에 누가 봐도 괜찮은 외모에 활발한 성격, 결혼하려던 사람이 있었던 것도 아는데 그런 말을 합니다.

그리고 '아직 한 번도 관계를 해 보지 못했다' 장난스레 이런 말을 하면, 저도 장난스레 '난 손도 안 잡아 봤어' 이렇게 받아칩니다.

얼마 전 남자 친구의 집으로 놀러 갔는데 분위기가 형성이 됐고, 남자 친구는 저에게 관계를 요구했지만 전 끝까지 싫다고 했죠.

정말로 제가 남자를 안 사귀어 본 걸로 알고 있는 눈치인데, 괜히 처음이 아니라는 사실을 알까 봐 걱정이 되더라고요. 나중에 예전에 남자를 사귀었다는 말을 해야 할 것 같은데 굉장히 보수적이라서 받아들일지 문제예요.

지금 세상에 처음이라는 게 그렇게 중요하지는 않지만 왠지 제가 거짓말을 한 것 같아서 걱정은 됩니다."

흔히들 남자는 자신이 여자에게 첫 남자이기를 바라고, 여자는 남자에게 마지막 여자이길 원한다고 한다. 남녀의 정조에 관한 보수적인 관념은 어느 정도는 무너졌다.

우스갯소리로 "진국들은 얼마나 성적으로 개방적이야" "우리도 빨리 성개방을 통해서 선진국이 되어야 해"라는 말을 한다. 성적으로 개방이 된다고 해서 선진국이 되는 것은 아니지만, 개인의 다양성을 이해하고, 성적으로나 다른 문제에 대해서 닫힌 생각이 아닌 자유롭고 열린 생각으로 받아들이는 것은 옳다고 생각을 한다.

처음 관계를 가진 남자와 꼭 결혼을 해야 하고, 남자는 여자와 관계를 맺으면 책임을 져야 하는 아득한 시절의 모습은 극히 드물지만, 아직도 다른 사람들은 되지만 나는 아니었으면 좋겠다고 생각하는 것이 성적인 개방성에 대한 생각이다.

여성의 순결에 대해서 이야기를 하면 너무나 시대에 뒤떨어져 있고 고리타분하며 여성을 비하한다는 비난을 받게 된다. 그래서 남자들은 울며 겨자 먹기 식으로 여성의 성적인 개방성을 받아들이지는 않았을까?

길가다가 돌 맞을 말이지만 전혀 그렇지 않다고 시원하게 반박하는 남자는 많지 않을 것이다.

여성의 성적인 자유로움에 대해서 말을 하고자 함이 아니라, 남자들의 보수적인 성향에 대해서 말을 하기에 짚고 넘어 가는 것이다.

여자들도 어느 정도 알고 있다. 그렇기에 위와 같은 고민을 하는 여자들이 있는 것이다.

하지만 더는 이런 고민을 하지 말았으면 한다.

연애에서 성적으로 순결의 문제는 더 이상 걸림돌이 되어서는 곤란하다. 만약 걸림돌이라고 생각을 하는 상대라면 깨끗이 정리를 해라.

연애를 한다면 육체적인 접촉이 있는 것은 당연하고 자연스러운 것이다. 그런 과거를 이해하지 못한다면 지금 자신의 존재 자체를 인정하지 않는 처사이다.

상대가 보수적이고 자신의 보수적인 성향을 따라와야 한다고 생각을 한다면 자기 자신에게도 똑같이 보수적인지 물어보라! 똑같은 잣대를 가지고 남녀 관계를 이해해야지 남자라는 이유로, 또는 여자라는 이유로 다른 잣대로 판단하는 것은 전혀 연애에 도움이 되지 않는다.

보수적인 성향은 누구나 가지고 있다. 단지 성향이 강하다거나 약하다거나 하는 정도의 차이가 있을 뿐이다.

보수적인 성향이 연애를 망치는 것은 아니다.

도움이 되기도 한다.

연애는 상호 간의 약속이다. 그렇기에 신의가 있어야 한다. 서로 진실하고, 상호존중의 정신이 보수에는 있다.

지극히 감정적인 연애이지만 그것을 행하는 우리의 행동은 이성적이어야 하기에 보수적인 성향은 어디에도 치우치지 않도록 중심을 잡아주는 역할을 한다.

시의적절하게 보수와 진보의 성향이 있는 것이야말로 진정한 연애를 잘하는 사람일 것이다.

연애코치

상대에게 보수적이고 자신에게 진보적이지 마라.

보수적인 상대에게는 명분을 세워주면 그만이다.

보수 vs 진보는 대립이 아니라 절충임을 잊지 마라.

나를 권태기라 부르지 마라

태태 태자로 끝나는 말은 동태, 명태, 나태, 변태~, 추태, 권~
태. 아무리 생각을 해 봐도 '태자' 로 끝나는 말은 별로 좋은 말이 없
는 것 같다.

태자로 끝나는 별명치고 듣기 좋은 별명이 없을 것이다. 친구 중에
'권태' 라는 친구가 불현듯 생각이 난다.

연애에서 권태기를 맞게 된다.

상대가 소홀해졌다고 생각을 하거나, 자신이 상대에 대해서 흥미
를 잃었다고 생각을 하면 권태기라고 생각을 한다.

"우리 만난 지 1년하고도 이제 한 달 반밖에 되지 않았어요. 아주
가끔 안 좋은 적이 있었지, 권태기가 이렇게 순식간에 찾아올 수 있는

건가요?

바로 일주일 전에도 아무렇지 않았는데, 전에는 전화 잘 안 해도 별 신경도 안 쓰이고 서운하지도 않더니, 요즘은 전화하는 횟수에도 마음이 변했구나 싶고, 작은 행동 하나하나에도 변한 거 같고. 제가 변해서일까요?

그만 헤어지고 싶은 생각이 많이 들어요.

정말 인연이 아니라서일까요?

아니면 그냥 그저 무난하게 슬기롭고 지혜롭게 넘겨야 할 일인가요?

만나도 좋은지도 모르겠고, 전화해도 신나지 않고,

그저 서운한 것만 생각나고. 다른 사랑 찾아서 헤어져야 하는 건지 극복해야 하는 건지. 혹시 미련한 질문이지만, 잠자리를 안 한 거랑 상관 있을까요?

제가 더 맘이 변한 거 같은데, 그래서 헤어지고 싶은데, 혹시 더 깊은 관계를 했더라면 이런 맘이 안 들었을까 싶은 미련한 생각이 드네요.

헤어져야 할지, 극복해야 할지. 많이 사랑했고 웃고 울었던 추억도 많은데…

왜 사랑은 변하는 걸까요?"

권태기, 참으로 무서운 말이다. 연애에 있어서 그렇다.

생성 과정에서 보면 토네이도와 같이 왜 생기는지, 어떻게 생성이 되는지 전혀 알지 못하는 사이에 휩싸여 버리게 된다.

무기력해지며 상대에 대한 관심도 줄어들고, 지금의 상황에 대해서 짜증이 앞서고, 실로 왜 그럴까라는 의문만 쌓여간다.

어떤 뚜렷한 이유도 없이 찾아오는 권태기에 대해서 사람들은 원인도 모른 채 어떻게 극복을 해야 하나부터 생각을 하게 된다.

정신과 의사인 알렘 레프코비치는 권태기가 오는 소리를 대화 중 귓불을 만지는 것에서 온다고 얘기한다.

'상대와의 대화를 지루하고 듣기 싫다는 의사 표시를 하는데, 초기의 행동과 얼굴 표정의 변화 후에 오는 2차 신체 언어로 이야기를 할 때 상대방이 귀를 자주 만진다면 이미 권태기에 들어섰다는 위험 징후다' 라는 주장이다.

권태기가 찾아왔다고 느낄 때는 평상시에 불이 나던 전화가 뜸해지고, 툭하면 '여보세요?' '어? 뭐라고? 안 들려?' 라는 반응이 많이 나오고, 전화를 걸면 정말 안 들리는 건지 혼자 '여보세요' 를 연발하다가 끊어 버리고는 전원을 꺼 놓는 일이 많아질 때.

휴대폰에 메시지를 남겨도 바로 연락을 오는 일이 드물고, 한가하던 상대에게 가족 모임이라던가 친구들과의 약속이 많아지고, 저녁 약속을 하면 밥만 먹고 줄곧 시계만 바라보다가 피곤하다며 일찍 들어가는 일이 많아진다.

조금만 늦어도 예전과 다르게 짜증을 내는 행동을 하면 지금 자신과의 연애에서 권태기를 의심해야 할 것이다.

조심해야 할 것은 권태기의 징후가 양다리의 징후와 비슷하다는 것이다.

권태기를 위장한 양다리를 걸치는 것과의 구별을 해야만 필요 없이 극복하고자 노력하는 수고를 덜 수 있다.

여자는 여자만의 느낌으로 상대가 권태기인지 바람을 피우는 것이지 알 수 있다고 자부를 한다. 하지만 완전 범죄(?)는 지금도 일어나고 있으며, 어디선가 벌어지고 있다. 자만했다가는 나중에 후회를 하게 되는 일이 발생하게 된다.

권태기는 무기력증을 유발한다. 에너지를 발산하는 것 자체가 귀찮고 힘이 든다. 만약 사소한 일에 짜증을 낸다면 권태기일 가능성이 크지만, 정도 이상으로 화를 내거나 과거의 일을 들추어 내면 바람이다. 권태기는 시시콜콜한 것까지 들추어 가면서까지 다툼을 하는 불필요한 행동을 하지 않지만, 바람은 바람의 대상과 비교를 통해 싫증을 내는 것이기에 화를 내고, 그동안 쌓아 두었던 일까지 언급을 하는 것이다.

그리고 권태기와 바람은 다툼을 많이 유발하게 되지만, 권태기는 사이가 좋아질 것을 생각하기에 상대의 약점을 이야기하지 않지만, 바람은 헤어짐을 생각하기에 약점까지 들추어 가면서 이야기를 한다. 미리 '나는 그 정도밖에는 안 돼' 라고 사전 교육을 하는 것이다.
또한 둘 다 연애보다는 주변의 일들, 즉 가족의 행사나 친구들과의 약속에 더 치중을 한다.
권태기는 미안하다는 표현을 하지 않는다. 그냥 지금은 다른 일에 치중을 하는 것이 권태기를 극복할 수 있는 하나의 방법이라고 생각하기 때문이다. 하지만 바람은 미안하다는 말을 달고 산다. 꼭 그에 합당하는 그럴싸한 변명이 있다.

마지막으로 권태기는 과거 애기를 많이 한다. 작은 소망이나마 예전으로 돌아가고 싶다는 표현을 추억을 통해서라도 그렇게 하는 것이다. 하지만 바람은 과거 얘기를 하지 않는다. 양다리라서 헷갈려서일 수도 있지만, 과거는 과거일 뿐 바람을 피우는 사람에게는 아무런 의미가 없는 지난 시간일 뿐이기 때문이다.

나쁘다.

바람을 피우면서 '우리 권태기인가 봐!' '얼마간만 만나지 말고 떨어져 있으면 어떨까?'라고 하면서 다른 상대를 만날 시간을 벌다니…

아무튼 권태기와 양다리를 걸치는 것에 대해서 확실하고 정확히 판단을 하기를 바란다.

다시 권태기로 돌아가서, 일단 아무런 문제 없이 서로 권태기라고 느낀다면 빨리 극복을 하는 것이 최상의 방법이다.

우리는 리모컨 시대에 살고 있다. 재미없으면 바로 채널을 돌려 버리는 세대다. 그만큼 참을성이 없어졌다고도 볼 수 있다.

권태기는 정말 재미없는 단계. 연애가 이런 것이라고 생각을 한다면 바로 연애를 집어치울 수 있을 정도. 정말 참기 어려운 감정의 공황 상태이기에 쉽게 기다리지 않고 바로 채널을 돌려 버릴지 모르니까 가능한 한 빨리 진단을 통해 극복을 해야 한다.

연애에서 그만큼 무서운 바이러스 같은 존재이기에 여기저기 권태기를 극복하는 방법이 많이 나와 있다.

간단하게 소개를 하자면, 가끔 연애가 아니라고 생각을 해 보는 것이 좋다. 연애를 하면 자신과 상대에게 기대를 하게 된다. 그것이 충족되지 않았을 때 실망을 하게 되고, 상대에게 짜증을 내며 "정말 이

것이 연애란 말인가?'를 외치면서 지금의 상황에 대해서 다시 한 번 생각해 보게 되면서 권태기를 부른다.

지금의 연애 상대와 파트너 겸 경쟁 상대가 되어보자. 연애를 하는 상대에 대해서는 늘 자신의 편이라고 생각을 한다. 사랑은 같은 곳을 바라다보는 것이라고 얘기들 한다. 운동을 같이하든, 게임을 같이하든 어떤 목표를 가지고 서로 경쟁을 하면서 때로는 도움을 주는 파트너로 생각을 한다면 권태기를 탈출하는 데 좋은 방법이 될 수 있다. 둘 다 운전면허가 없다면 누가 먼저 면허를 취득하는지 내기를 한다거나 하는 방법도 좋다. 다 알겠지만 절대 운전을 가르쳐 주는 것은 금물이다. 안 싸우는 커플이 없다.

공동의 적을 만들자. 남자가 운전을 하고 여자가 옆자리에 앉아서 시내를 돌아다닐 때 가장 재미있는 일이 무엇일까? 운전을 해야 하기 때문에 일단 입밖에는 자유로운 도구가 없다. 서로 지난 여행 이야기? 아니면 오늘 무엇을 할까? 아님 주말 계획 세우기?

절대 아니다. 바로 지나가는 사람 흉보기다.

'저 여자 옷 정말 이상하지 않아?',

'어머, 저 남자 헤어 스타일 봐. 정말 깨지 않아?'

'저 커플 진짜 사랑하나 봐? 완전히 아크로바트 커플이다. ㅋㅋㅋ'

정말 재미있어 한다.

어릴 적 친구랑 싸우더라도 서로 싫어하는 친구의 흉을 보면서 동질성을 깨닫고 다시 화해한 기억이 있을 것이다.

사람뿐만 아니라 국가 내부적인 일을 해결하기 위해서 전쟁을 일으킨 경우가 제일 많다는 것에서 알 수 있듯이 내부적인 갈등, 즉 연애에서의 권태기를 외부적인 요소로 풀어갈 수가 있다.

친구에게는 미안하지만 상대가 싫어했던 나의 친구가 희생양이 되어야 한다. 나중에 친구한테 거하게 쏘면 되니까…

미국의 정신과 의사 얄롬도 사람 간의 갈등을 해소하는 방법 중에 좋은 방법으로 내부적인 문제를 외부로 돌리는 것이 효과적이라고 밝히고 있다.

두 사람이 같은 대상을 좋아하는 감정보다 싫어하는 감정이 일치할 때 더 친밀감을 느낀다고 한다. 이는 공동의 적에 대해서 뜻을 모으는 과정에 서로 갈등을 잊어버리게 되고, 서로 비밀을 공유한다는 유대감까지 형성되어 믿음을 증가시키기 때문이다.

그리고 마지막으로 병은 감추면 감출수록 악화되듯이 권태기도 마찬가지이다. 이게 권태기라고 생각이 든다면 주체하지 말고 상대에게 말하는 적극성을 가져야 한다.

권태기라는 놈은 앞에서 말했듯이 바이러스 같아서 내가 권태기라고 느끼면 상대에게 옮아가는 특징이 있다. 조기에 발견하고 조기에 치료하면 될 것을 자꾸만 왜 이럴까? 라고 고민을 하다 보면 나중에는 걷잡을 수 없이 권태기의 굴레에 옭아 매어지게 된다.

참 그리고 권태기라고 충격 요법을 쓴다고 연락을 두절한다거나, 이별을 통보하거나, 딴사람을 만난다거나 하는 방법은 위험하다.

권태기라고 느끼는 것이 나 혼자일 뿐일 수도 있는데, 상대도 모르는 충격 요법은 혼자만 알고 있는 것이다. 상대는 바람을 피우는 줄 안다.

말했듯이 권태기의 징후와 아주 비슷하기 때문이다.

여기 한 예에서 볼 수 있듯이 마음이 떠난 사람의 관계가 소원해졌다고 권태기라고 착각을 하는 경우가 있다.

"지금의 남자 친구와 사귄 지 이제 300일이 거의 다 되어가는군요. 처음에는 제가 이렇게 좋아하게 될 줄은 몰랐어요.

남자 친구를 소개받고 저한테 잘해 주는 모습이 고맙기도 하고 해서 사귀자고 결심을 하게 되었는데, 3달이 흘렀을 때인가부터 서로 맞지 않는 부분들이 많다는 것을 느꼈어요.

몇 번의 다툼과 헤어짐을 반복하고. 바보 같은 이야기지만 남자 친구 없인 하루도 못 견디겠더라고요. 결국 매번 제가 매달려서 연애를 계속하고는 있지만, 정말 힘드네요.

처음처럼 대해 주었으면 하는데, 자꾸만 저를 무시하고 연락도 자주 안 해서 너무나 가슴이 아픕니다.

남자 친구는 권태기라고 자꾸 말을 하면서 너무 자주 만나지 말고 서로가 정말 필요할 때 보자고 하는데… 어떻게 권태기를 극복하는 방법 좀 알려주세요."

과연 권태기일까… 이 글을 읽는 사람들은 '벌써 끝난 사이 아냐?'라고 생각을 할 것이다.

거기다가 남성은 여자 친구에게 이전에 사귀었던 여자를 얘기하면서 비교까지 했다고 하니 지금의 남자의 마음은 권태기가 아니라 벌써 마음속으로 정리하고도 남았다.

여자도 알고 있지만 권태기였으면 하는 바람이 너무 강해서 믿고 싶은 심정일 뿐이다.

이처럼 자신의 마음이 벌써 이별을 향해 돌아섰으면서 구차한 권태기를 들먹거리는 사람들의 행패가 많이 있다.

절대로 속지 않을 것 같은 상황인데도 머리로는 알고 있지만 미련을 못 버리는 것이 연애 감정의 중독이다. 빨리 정리를 하는 방법 이외에는 특별한 처방이 없다.

이렇게 이별을 고하는 방식으로 많이들 권태기를 이용한다.

헤어지는 이유가 변변치 않고, 비겁한 자신의 양다리 내지는 사랑하는 감정이 식어서일 때, 구차하게 설명을 하기 싫을 때 애용을 한다.

권태기는 극복이 가능하지만 이미 마음이 떠난 사람을 되돌릴 수 없다. 가능한 한 빨리 캐치해서 새로운 아름다운 연애를 다시 준비하도록 하자.

연애코치

권태기와 바람은 그 징후가 비슷하다.
권태기란 핑계로 이별을 고하지 마라!
당신의 권태기는 아직 끝나지 않았다. 늘 긴장하라.

자 우리 헤어져 볼까

연애 고민에 대한 문제 중 많은 부분을 차지하는 문제가 상대가 헤어지자고 하는 것인지? 아님 아직 기회가 남아 있는지에 대한 물음이다.

놀라운 것은 이런 물음을 하는 사람들은 자체가 다들 그에 대한 답을 알고 있다.

단지 혹시나 하는 마음에 다른 사람의 조언을 듣고 싶어하는 것뿐이다.

이별에 대해서 많은 사람은 이야기를 한다.

어떻게 이별을 고하는 것이 좋은 방법인지…

상대에게 상처를 안 주고 헤어질 수 있는 방법은 무엇인지?

좋은 이별의 방법이라, 과연 누구한테 좋다는 것인지 아직도 이해가 되지 않는다.

좋은 이별이란 없다. 단지 확실한 이별의 방법이 있을 뿐이다.

연애를 하는 사람들은 이별을 경험한다.

이별에서 가장 많이 쓰이는 방법은 연락을 끊는다거나, 문자나 이메일로 통보를 하거나, 다른 사람이 생겼다거나, 자기를 나쁜 사람으로 몰고 가서 좋은 사람 만나길 원하다고 하면서 이별을 진행한다.

이별을 원하는 사람들의 고민은 '어떻게 확실하게 이별을 할 수 있을까?' 이다. 이들에게는 좋아하는 사람들을 꼬시는 방법보다 더 어려운 것이 이별이라는 상황에 놀라기도 한다.

사람의 마음을 정리하는 것보다도 상대가 이별 이외에는 다른 방법을 택하지 못하게 하는 방법이야말로 확실한 이별의 방법이다.

"정말 여자 친구랑은 이제 끝인 거 같아요. 너무 집착이 심해요. 제가 무엇을 하든 어디에 있든 다 보고를 해야 하고, 연락이 안 될 경우는 뒤집혀요."

"주위 친구들도 '너, 그러고 어떻게 사냐?' 라고 얘기를 하면서 헤어지라고 충고를 하는데, 어떻게 해야 할지 정말 모르겠어요."

"이전에 한번 여자 친구가 헤어지자고 해서 순순히 그러자고 했다가 큰일이 날 뻔했거든요. 여자 친구가 울고불고… '나랑 헤어질 생각을 늘 하고 있었나 봐' 하면서… 정말 어떻게 해야 할지 모르겠더라고요."

"이제는 좋은 감정보다는 안 좋은 감정밖에는 남아 있지 않은 것 같아요."

"어떻게 정리를 해야 할지 답답하네요."

이 경우는 여자가 먼저 이별을 고했을 때 순순히 "OK"를 해 버리는 실수를 했기에 헤어질 수 있는 기회(?)를 놓쳐 버리게 되었다.

이런 경우가 발생을 하게 될 경우 남자는 여자가 헤어지자고 한다면 그 순간은 이별은 안 된다고 완강히 거부했어야 한다.

그렇게 되면 여자는 헤어지자고 말하게 된 배경을 말하게 된다. 예를 들어 자기한테 신경을 써주지 않는다거나, 등등의 문제를 들어 헤어지자고 얘기를 했노라고.

이때 순순히 그러자고 했기에 상대는 배신감을 느끼게 된다.

'그래, 나랑 헤어지려고 일부러 그렇게 했단 말이지? 분노가 치밀어 온다. 그리고 지내온 시간이 아까워진다.

그렇기에 폭발하는 계기가 되어 버린다.

한 번은 잡아야 한다. 헤어지지 말자고, 앞으로는 더욱더 잘하겠노라고 그렇게 상대의 처음 이별의 통보는 무마가 되고, 다음의 헤어짐에서 사전 연습이 될 것이다.

하지만 이미 마음이 떠난 상태이기에 더욱더 잘하겠다는 약속은 지켜질 리 만무하다. 그럼 이때(한 두 달이 흘러서) 다시 여자는 헤어지자고 한다.

이번에도 당연히 상대가 헤어지는 것을 반대를 할 것이고, 자신을 잡아줄 거라고 믿고 있다. 이것이 바로 허점이다.

바로 헤어질 수 있는 가장 좋은 타이밍이다.

이별을 받아들이고, 이별의 책임은 상대방이라는 것을 인지시키며 단호하게 헤어지자고 한다. 조금은 매몰찬 느낌을 주는 것도 좋은 방법이며, 과거의 이야기를 하지 않는 것이 또한 키포인트이다.

이렇게 행동을 했다면 확실한 이별을 할 수 있었을 것이다.

너무 계획적이고 야비하다는 비난을 받을 수 있지만, 어쩔 수 없지 않은가. 마음이 떠난 상태에서 단순히 집착만으로 관계를 이끌어 가는 것은 서로에게 마이너스인데…

그리고 분명히 얼마가 지나지 않아서 다시 연락이 올 것이다. 이때에도 단호하게 행동을 해야 한다. 괜히 감정이 앞서서 다시 만난다거나, 또다시 연락을 하게 된다면 어렵게 결정한 이별은 수포로 돌아갈 가능성이 있다.

이별은 아름답지가 않다. 이별은 사랑하는 사람이었던 사람과 헤어짐인데 아름다울 리 만무하다.

직장에서 오래전부터 혼자 짝사랑하던 한 연하의 남성과 교제를 하였던 여성의 고민은, 직장에서 계속 만날 사이인데 헤어지는 방법을 어떻게 하면 쿨하게 할 수 있는지였다.

"서로 관계가 멀어져서 헤어져야겠다고 마음을 먹었어요."

"좋은 맘으로 헤어지고 싶어요. 그런데 그 사람이 요즘 상처받은 일도 있고, 그래서 말을 못 꺼내겠어요. 저한테도 상처받을까 봐요… 어쩌죠?"

감성적으로는 아직까지 좋아하는 마음이 있지만, 이성적으로 이별을 결정한 상태이다. 같이 직장 생활을 해야 하기 때문에 계속해서 얼굴을 맞대어야 하고, 하필 지금의 남자 친구가 처한 상황이 그렇게 좋지 않기에 어떻게 배려를 해 줘야 하는가에 대한 고민이었다.

참으로 난감한 상황일 것이다. 그렇기에 사내 연애 및 캠퍼스 커플은 웬만한 확신이 없이 시작하는 것은 후에 이런 문제를 야기하는 단점이 있다.

이런 것을 잘하는 스타일이 있다.

이전에 사귀었던 남자들과 그냥 친한 동료 및 친구로서 지속적으로 연락을 하고, 유대 관계를 맺는 것에 능숙한 사람들이 있다.

이들이 주장하는 철칙은 "절대 자신의 적을 만들지 말자"이다.

이전의 여인이었지만 헤어진다고 해서 나쁜 관계를 갖게 된다면 어떻게든 나쁜 결과로 자신에게 돌아온다고 생각한다.

이들이 가장 많이 사용하는 방식은 '충격의 완화'와 '친화적인 방법'이다.

이들은 헤어진다는 표현을 사용하기를 거부한다. 남녀 간의 관계에 대해서 만나고 연인으로 발전을 해서 헤어지는 단순한 단계가 아닌, 만나서 연인과 동시에 친구로서 인식을 시켜준다.

상대방에게도 단순한 연인이 아닌, 서로 삶에 조언자라는 사실을 받아들이도록 한다.

그리고 헤어짐을 생각하게 되면 다른 사람과의 만남을 같이한다. 물론 자신의 이성 친구와의 만남을 주선한다. 상대에게 이런 관계도 있다는 것을 주지시키면서 단순한 이성의 친구로도 좋은 관계를 유지할 수 있음을 보여주는 것이다. 암묵적으로 당신도 그렇게 될 수 있다는 것을 강조하고, 추후에 연인의 단계가 그렇게 발전할 수 있다는 사실을 받아들이도록 훈련을 시킨다. 점차 충격을 완화하면서 이별을 하게 된다.

그리고 이것은 이별이 아닌 새로운 관계로의 발전이라고 통보를 한다.

핑계를 댈 수 있는 것은 무궁무진하다. 이때 사용되는 것이 친화적인 방법이다.

헤어질 때 누구나 약간의 미련을 갖게 마련이다. 이별을 상대로부터 통보받은 사람은 더 그렇다.

이별이 번복될 수 있다고 생각을 하기 때문에 서로 관계를 다른 방법으로 유지를 하고 싶어한다.

그래서 새로운 관계(단순한 동료, 선후배, 동기, 친구 등)에 대해서 동의를 하게 된다.

이런 새로운 관계가 성립이 되면 그전보다 더 상대를 배려해야 하고, 친밀함을 느낄 수 있어야 한다.

감정적인 절제가 필요하다.

이렇게 된다면 연인의 사이에서 헤어짐을 통한 적대적인 관계가 아닌, 우호적인 대상을 얻게 되는 것이다.

연애를 하면서 상대와 헤어졌다고 해서 모든 것이 끝나지는 않는다.

간혹 연애의 실패로 목숨을 끊는 등의 극단적인 방법을 사용하거나, 거의 폐인으로 사는 사람의 경우는 연애에 관한 훈련의 부족이다.

이별은 슬프다. 헤어지는 사실만으로 고통스러워 한다.

하지만 의연하게 이별을 받아들일 수 있는 사람만이 다음의 연애에 성공할 수 있다.

과거에 묶여 있는 사람은 한 발짝도 더 나갈 수 없기 때문이다.

연애코치

이별은 연애의 끝이 아니라 연애의 시작이다.

이별을 원한다면 자신의 감정과도 이별을 해라.

좋은 이별은 없다. 단지 확실한 이별이 있을 뿐이다.

Are you 가자미?

가자미는 눈이 옆으로 가 있어서 똑바로 쳐다보는 것이 사람의 기준으로 보았을 때 힘들어 보인다.

사람 중에도 가자미와 같이 옆을 보는 경향의 부류가 있다.

그 하나는 사람과 대화시 상대를 쳐다보지 못하는 경우고, 또 하나는 연인과 함께 있을 때도 다른 이성에 시선을 꽂는 스타일이다.

둘 다 상대에게 불쾌감을 줄 뿐 아니라 연애에 있어서 오류를 내포하는 습관이다.

"처음에는 수줍어서 그런 줄 알았어요. 근데 몇 번을 만나도 똑같이 저를 잘 쳐다보지도 못해요"

친구의 소개로 처음 소개팅에서 만나서 서로가 좋은 감정을 갖고 연애를 시작한 여자의 얘기이다.

"요즘 남자들과 같지 않게 순진해 보이는 모습이 좋아보였는데, 만나면 만날수록 저를 똑바로 쳐다보지 못하는 것이 마음에 걸려요.

남자는 이상하게 이성을 만나면 똑바로 쳐다보는 것이 부자연스럽게 느껴져서 언제부터인가 습관처럼 되었다고 한다.

"오빠는 너무 좋은데 마주 앉아서 얘기를 하다보면 너무 답답하고 날 무시하는 것처럼 느껴져서 기분이 나빠질 경우도 있어요."

"혹시 병은 아닐까요?"

의식을 하는 순간 부자연스러워진다.

가령 사람을 만나서 '손을 어떻게 해야 하나?' 라고 생각을 하는 순간, 만나서 헤어지는 동안 자신의 손에 대해서 자꾸 신경 쓰이게 되고 대화에 집중을 하지 못하게 된다.

시선도 마찬가지이다.

시선 처리에 대해서 여러 가지 말이 많이 있다. 눈을 똑바로 쳐다보면 도전적이라는 주장과 눈을 똑바로 쳐다보지 않으면 존경하지 않고 정직하지 못하다는 인식을 받는다는 얘기까지…

이성을 만날 때의 시선은 70퍼센트 정도는 눈을 보고, 대화 주제에 따라서 30퍼센트 정도는 다른 곳을 보는 것이 가장 좋은 방법이다.

"왜 상대를 똑바로 쳐다보지 못할까?"

자신감의 결여라는 단정적인 결론을 내는 경우가 지배적이다.

과연 그들은 자신감이 없어서일까? 그들은 자신감이 없다라기보다는 상대가 무안할까 봐 배려한다는 표현을 자주한다. 눈을 너무 응시하면 상대가 너무 위협적으로 생각할까 봐 일부러 눈을 피하고 눈 근처를 본다고 얘기를 한다. 그러면서 상대가 또 어떻게 생각을 할까라고 걱정을 한다.

이들의 가장 큰 문제점은 자신의 시선을 처리하는 데 신경을 쓰고 있다는 것이다.

이성과 대화에 있어서 정말 자연스럽게 이끌어가는 사람은 만나고 난 뒤 자신이 시선을 어디다 두었는지 기억을 하지 못한다. 그만큼 시선에 대해서 신경을 쓰지 않는다. 내가 이런 시선이면 어떨까? 라는 걱정이 바로 부자연스럽고 상대에게 부담을 주는 시선 처리가 되는 것이다.

사람을 만날 때 처음 산 스카프가 마음에 들지 않는다. 상대는 별로 신경을 쓰지 않지만 사람을 만나는 동안 자신의 신경은 스카프에 온통 쓰이게 된다.

시선도 마찬가지이다.

의식하는 순간 어디를 봐야 할지, 어떻게 처리를 해야 할지 온통 고민에 싸여서 만남의 본질을 잊어버리고 무의미한 만남으로 전락해 버리는 예는 적지 않다.

또 한 부류의 가자미는 자꾸 주위의 다른 이성에게 눈을 돌리는 사람들이다.

한눈을 파는 남자 친구를 무작정 의심부터 하지 말고 수상쩍은 행동의 원인이 무엇인지, 권태기, 바쁜 일, 다른 여자 등의 이유들을 고려해 봐야 할 것이다. 간혹 연인 사이라도 서로에게 말 못 할 고민은 있기 마련이다. 이에 대한 대처 방안을 살펴보자면,

연인 사이의 변화가 필요하다.

자신을 아끼고 사랑하라. 그리고 가꿔라. 이기적이고 자기 중심적이 되라는 말이 아니라 자기 자신을 소중히 하라는 말이다.

자신을 소중히 생각하고 사랑해야만 누군가를 사랑할 수 있고 다른 사람의 사랑을 받을 수가 있다.

그리고 가꿔라. 가꾸지 않는 사람은 게을러 보인다. 외모는 중요하지 않다. 센스 있는 옷차림과 헤어 스타일만으로 당신에 대해 새록새록 매력이 배어나오게 될 것이다. 상대는 절대 눈을 돌리지 않는다.

애교 작전을 써라. 너무 자주 또는 오버 등은 역효과를 낼 수 있지만, 자신에 맞는 애교를 개발하고 적절하게 선택을 한다면 가능하다.

동물원 가서 그냥 잠만 자는 사자보다 재롱 부리는 원숭이가 더 사랑을 받는다. 천편 일률적인 한결같은 사람에 대해서 매력을 느끼기란 쉽지가 않다. 가족에게 애교를 부리기 힘들지 않은가. 더 나이 들면 애교, 글쎄 지금이 애교를 부릴 수 있는 가장 좋은 시기임을 잊지 말도록 하자.

애인임을 선포하라. 언제나 함께라는 것을 주위 사람들에게 알리는 효과와 함께 두 사람이 연인 사이임을 재인식시킬 수 있다.

항상 긴장하게 만들자. "다 잡은 물고기에는 밥을 안 준다." 그러나 다 잡은 고기도 밥을 주게 하는 것이 바로 긴장감을 주는 거다. 항상 긴장감을 주면 불안해할 수 있으니 가끔씩 데이트 신청, 튕기는 식의 다른 사람들이 가지고 있는 나의 호감도를 알려주는 방법을 쓰는 것도 좋은 방법이다.

서로에게 약간의 사생활도 필요하다.

너무 붙어만 다니면 사람은 쉽게 싫증을 낸다. 가끔은 자신만의 시간을 가질 수 있도록 챙겨주는 것도 좋고, 당분간 떨어져 지내는 것도 괜찮다. 너무 기간이 길어지면 안 되겠지만.

　둘만의 추억을 많이 만들자. 가끔 소풍도 가고, 놀이동산도 가고, 깜짝 이벤트도 하고, 이런 가지가지의 추억을 만들어 보는 것이 필요하다. 어렵다고 생각을 한다면 연애할 자격이 없는 것이다. 한 사람을 사랑하고 감동을 주는 데 공짜로 이루어지는 것은 없다. 자신이 노력한 만큼의 여부에 따라 성공하는 연애인가 실패하는 연애인가가 판가름이 난다.

　같이할 수 있는 취미를 만든다. 너무 자신만이 좋아하는 것을 강요하지는 말고 둘이 같이할 수 있는 것, 운동도 좋고 그림 그리기나 낚시 등 둘이 같이할 수 있는 취미를 만든다면 천편 일률적인 연애 관계에서 더욱더 흥미롭고 서로를 이해할 수 있는 계기를 만들 수가 있다.

　여자들이 한눈을 팔고 싶을 때는 남성의 무능력을 느낄 때이다. 미래가 없이 될 대로 되라는 식으로 살아가려는 남자 친구를 볼 때 한눈을 팔고 싶어한다. 서서히 바뀌는 데이트 장소와 시간의 변화, 즉 예전에는 이곳 저곳 데이트 장소를 찾아다니기에도 모자랐던 데이트 시간이 이제는 식당에서 밥만 먹어도 시간이 남아돌 때, 예전 남자 친구가 다시 만나자고 할 때 마음이 흔들리면서 한눈을 팔게 된다. 또한 친구의 화려한 결혼 소식을 들을 때 나보다 별로였던 내 친구가 킹카를 만나 잘 되고 있는 얘기를 들을 때 남자 친구를 사랑하지만 그래도 배 아프고 더 좋은 사람 없을까라는 생각을 갖게 된다.

남자들은 눈을 뜨고 있는 한 언제나 한눈을 판다. 모든 남성은 예쁘고 섹시한 여성을 볼 때마다 한눈 팔고 싶은 감정을 느낄 뿐만 아니라 실제로 한눈을 판다. 고집 불통에 끝까지 자존심만 내세우며 나를 무시하는 여자 친구를 볼 때, 여자 친구가 집착이 강해져서 이 정도면 스토커라고 생각이 되어질 때, 10분마다 전화해서 위치를 확인하는 여자 친구가 점점 귀찮고 무서워질 때, 다른 여성을 만나고 싶다. 애교 많은 주위의 여자를 볼 때면 보통의 경우 학교 후배나 직장 후배들에게 왠지 한눈을 팔고 싶은 충동을 느낀다.

모든 남자한테 친절한 여자 친구를 볼 때 허전함을 느끼고, 나만을 좋아하고 사랑해 주는 다른 여자 친구를 만나고 싶은 생각이 든다.

물론 아무리 애인이 자신을 귀찮게 하고, 재미 없게 만들고, 벗어나게 하고 싶다고 해서 한눈을 파는 것에 면죄부를 쥐어주는 것은 아니다.

단지 그렇게 만드는 것이 연애에 있어서 가장 큰 위기를 불러 올 수 있다는 것이다.

한눈을 판다는 것은 둘 사이의 신뢰를 무너뜨리는 가장 나쁜 방법이며 '이별' 이라는 극단적인 결말을 가져오게 되는 결정적인 계기를 동반한다.

사람의 인체 구조상 정면을 볼 때 가장 안정적인 느낌이 든다.

고개를 돌리지 않고 옆을 10초만 쳐다봐라. 눈은 아프고 눈물까지 난다. 그런 어려운 일을 굳이 해야 하나.

정면을 응시하는 것은 신뢰를 의미한다.

연애에서도 마찬가지이다.

상대를 똑바로 쳐다보지 못하는 것, 상대를 옆에 두고 다른 사람에게 눈길을 돌리는 것, 모두가 신뢰를 무너뜨리는 자기 표현이다.

세상은 앞만 보고 살아도 할 일이 많고 보지 못하는 것이 많다. 그럴진대 한눈을 팔게 되면 그만큼 자신의 인생에 있어서 손해를 보는 것이다.

연애에도 실패한다.

지금 당신의 눈은 어디를 보고 있는가?

당신의 사랑하는 사람을 정면으로 응시해 보자.

믿음이 가득 찬 당신에 대해서 사랑이 두 배로 늘어나는 것을 느낄 것이다.

연애코치
정면을 응시하는 사람만이 신뢰를 줄 수 있다.
이유 없는 곁눈질은 없다. 하지만 용서받을 곁눈질도 없다.
사람은 자신을 쳐다봐주는 사람에게 끌리게 되어 있다.

나를 낮추고, 상대를 깔고

나를 낮추는 것은 협상에서 유리한 위치를 차지하기 위한 하나의 테크닉이다.

그러면 상대는 나의 밑에 있게 마련이다. 하지만 위에 올라서려고 하면 상대는 나보다 위에 있다.

진정으로 용기 있는 사람만이 겸손할 수 있다! 겸손은 자신을 낮추는 게 아니라 도리어 자신을 높이는 길이다! 협상의 황제로 군림하며 유명한 작가인 협상 전문가는 협상의 요소 가운데 뜻밖에도 '겸손의 미덕'을 맨 앞자리에 놓는다. 상대의 얼어붙은 마음을 녹이는 데는 겸손보다 더 좋은 '훈풍'이 없다는 논리다. 그는 일상생활에서 일어나는 일 중에서 80퍼센트가 협상에 의해 결정된다고 했는데, 연애야말로 협상의 법칙이 가장 잘 적용된다

우리는 협상을 한다.

물건값을 깎기 위해서 판매자와 협상을 하며, 또래 집단의 놀이에서도 역할을 나눌 때도 서로가 좋은 결과를 얻기 위해 협상을 한다. 연애도 일종의 사랑하는 사람과의 협상으로 이루어져 있다. 저녁 메뉴를 정할 때에도 서로 최대한의 만족을 얻을 수 있는 방법을 택하고자 상호 협상을 통해서 결정하게 된다. 연애의 모든 것은 협상이라고 해도 과언이 아닐 정도로 협상과 밀접한 관계를 하고 있다. 그도 그럴 것이 서로 다른 문화와 성장 배경을 갖고 있는 두 남녀가 만났으니 모든 일에 대해서 만족스러운 결론을 얻기 위해서는 누군가가 희생을 하는 것이 맞지만, 그렇다고 누군가가 일방적으로 손해를 본다면 그 관계는 오래 가지 못하기 때문이다.

그렇기 위해서는 서로가 합일점을 돌출시켜야 하기 때문에 협상은 필수적인 요소이다. 하지만 협상의 전문가라고 하더라도 연애에 있어서 협상의 능력을 100퍼센트 발휘하는 사람은 없을 것이다. 사랑의 감정이 이를 저해하기 때문이다.

연애도 협상의 한 분야로 보았을 때 가장 좋은 태도는 겸손의 미덕이다. 연애를 할 때 싸움도 하나의 협상이 이루어지는 단계로 파악된다.

싸움이라는 것은 승자와 패자가 있어야 하는데, 연애 중의 싸움은 승자도 패자도 없다.

단지 둘의 의견 충돌이 하나의 합의점으로 도달해 가는 단계일 뿐이다. 단, 사생결단을 내면서 관계를 끊기 위한 고의적인 다툼은 제외한다. 사랑하는 사람끼리의 싸움을 미화한 많은 내용이 있다.

모두가 싸우더라도 서로에게 상처를 주지 않고, 조금 더 좋은 관계로 발전시키는 내용이지만, 과연 그것이 다일까?

흔히 말하는 사랑을 두 배로 키워주는 싸움 테크닉이 있다고 하는데 과연 그럴까? 싸울 때 둘만 싸우고, 과거의 일을 들추지 않고 싸우고, 진짜 화나면 참고, 상대의 콤플렉스는 건들지 않고, 내일 다시 만날 것이니까 심하게 싸우지 마라… 누구나 할 수 있는 말 아닐까?

싸우는 데 과연 이런 것들을 생각할 수 있을까?

절대 그렇지 않다.

지금 내가 감정이 상했고, 상대방의 행동이나 생각이 못마땅한 이 마당에 여러 가지를 생각하면서 다툴 수는 없다. 그렇다고 무시할 수 없을 정도로 맞는 얘기이기도 하기에 우선 하나의 원칙만을 세운다면 연애 기간 중의 다툼에서 늘 우위를 지킬 수가 있다.

그것이 바로 겸손의 미덕이다.

나를 낮추고 갈등을 해결하고자 한다면 어느새 상대는 나의 아래에 깔려 있게 된다. 그 순간은 자신이 양보한 것 같고 싸움에서 진 것 같지만 내막은 다르다. 연애를 하는 데 있어서 다툼이 난 후 먼저 손을 내미는 사람이 늘 앞으로의 비슷한 일에서 좋은 결과를 갖게 된다.

한번 양보를 했기에 다음에 상대가 양보를 해 주는 단순한 논리가 아니다. 여기 한 예가 있다.

사귀게 된 지 두 달밖에 안 된 커플이 있다. 둘은 팽팽한 자존심 싸움을 하고 있으나 서로 호감이 있다는 사실에는 둘 다 믿어 의심치 않는다. 서로 일은 알아서 하고, 성실하게 자기 관리 잘하며 사는 편이다.

하지만 둘 다 콧대가 높은 나머지 연락을 자주 안 한다. 모든 싸움의 발단은 연락을 잘 안 하는 것에서부터 시작을 한다. 여자도 이제껏 남자들에게 인기가 있는 편이어서 늘 자신 위주였고, 남자도 마찬가지로 자신감이 있어 보일 정도로 괜찮은 스타일이다. 여자와 남자는 서로 자신에게 조금만 더 비중을 두었으면 하고 바라기에 먼저 전화를 하는 일은 그렇게 많지 않아 다툼이 시작이 되는 것이다. 막상 둘이 만나서 얼굴 보게 되면 배시시 웃으며 좋아하지만 또 그러면서도 둘 다 은근히 당기는 느낌, 자존심 강하고 콧대 높은 똑같은 두 사람, 어떻게 관계에 진전을 가져와야 할까? 누구나 연락을 자주 하지 않는다는 이유로 다툼을 경험했을 것이다.

과연 이럴 때 어떻게 해결을 해야 할까? 협상의 법칙이 요구된다. 둘에게는 '겸손의 미덕'이 없다. 서로가 자신의 위주로 둘의 관계가 이루어지기를 바라고 있다. 누가 먼저 겸손의 미덕을 통한 협상의 법칙을 이용해서 원하는 관계를 만들 수 있다. 단순하게 먼저 연락을 자주 하는 것이 좋을까? 그렇지 않다! 내가 먼저 연락을 하게 된다면 상대는 순간 만족을 할 것이다. 잠시나마 상대는 만족스러운 결과를 얻었다고 생각을 한다. 나는 연락을 자주 하는 스타일이 아니다. 그렇기에 지속적으로 자신이 갖고 있는 성향을 속이고서 자주 연락을 하는 것은 한계가 있다. 어느 순간 다시 예전의 상태로 돌아갈 것은 뻔한 내용이다. 그리고 먼저 연락을 자주 한다고 해서 둘 사이의 갈등의 요소를 잠식시키는 것이 아니다.

하나를 주면 그것으로 만족을 하는 것이 아니라, 하나를 주면 다른 하나를 더 요구하는 것이 일반적인 사람의 습성이다.

계속해서 지키지 못할 것이라면 순간적으로 상황을 모면하기 위해서 하는 행동은 노력이라는 이름의 가상한 맛은 있지만, 금방 달라지면 더 큰 실망을 상대에게 줄 수밖에 없다.

우선 상대가 무엇을 원하는지 생각을 해 보자. 상대는 단순히 자주 연락을 하는 것을 원하지 않는다. 자신이 너무나 매달려 보이거나, 상대보다 내가 더 좋아한다는 느낌을 주는 것을 피하고 싶은 것이다. 자존심 싸움이다.

그렇다면 연락을 자주 할 필요는 없다.

만났을 때 그런 느낌이 들도록 해 주면 된다.

지금 가장 중요한 일은 연애라는 느낌을 주면 된다. 돌발적인, 일탈적인 행동도 필요하다. 자신의 일을 하루 정도 팽개쳐서 상대를 만나러 간다거나, 하루를 몽땅 상대를 위해 헌신을 한다거나, 나에게 현재에도 그렇고 앞으로도 당신이 가장 큰 존재라고 믿게 하면 끝난다.

상대는 감동을 하게 된다. 정말 자신의 일이 우선이고, 늘 시간을 쪼개서 만나는 사이인데, 나를 만나는 일에 가장 큰 비중을 두고 있다는 느낌은 밀고 당기는 일을 까맣게 잊어버리게 한다.

한두 번만 노력을 하면 된다.

나의 자존심은 버리고 겸손하게 지금의 연애에 감사하다는 표정으로 사랑을 표현하는 몇 마디 말이면 만사 오케이다. 괜히 전혀 자신의 생리에도 맞지 않는 전화를 통한 대화보다 훨씬 더 효과적이다.

자신을 위해 모든 것을 다 미룰 수 있는 사람에 대해서는 믿음을 갖게 된다. 그러기에 이후 사소한 일에 대해서는 그냥 간과할 수 있기에 큰 노력 없이 연애의 주도권은 먼저 손을 내민 사람이 가져가게 된다.

그리고 이러한 문제에도 부딪치게 된다.

잘난 체하는 사람에 대해서 거부감이 있다. 아무리 사랑스러운 나의 연인이지만 잘난 척하는 것은 어떠한 이유를 달아서라도 고치도록 하고 싶은 것이 공통된 생각이다.

겸손의 법칙은 자신을 낮추는 것을 의미하지만, 한편으로는 자신을 감추는 역할도 수행을 한다.

자신이 아무리 잘 나가고, 인기가 많고, 똑똑하고, 소위 말하는 킹카 퀸카일지라도 자신의 입이나 몸으로 표현하는 것은 보기 안 좋을 뿐만 아니라 상대에게 불쾌감을 준다.

'내가 잘난 점을 사랑하는 사람한테 보여준다면 날 너무 좋게 생각을 하겠지. 날 다른 눈으로 볼 거야' 라고 생각을 한다면 오산이다.

누구나 질투심이 있다. 처음에는 상대의 자랑을 기분 좋게 받아들이지만, 늘 처음 같을 수 없는 것이 연애 아닌가. 나중에는 자신의 결점으로 치부하게 되고, 상황을 나쁘게 이끌어나가는 촉매제가 될 수 있다.

감춰라! 과거에 어떤 일이 있었고, 누구를 만났고, 내가 잘하는 것은 무엇인지 굳이 자신의 입으로 밝히지 않아도 연애를 하다 보면 밝혀지게 된다.

자신의 장점이 자신을 입을 통해 나오게 되면 그것은 장점이 아닌 단점으로 비치는 것이 사람이다. 반대로 다른 사람의 입을 통해 나오게 되면 그 장점은 몇 배 이상의 파워를 갖게 된다.

겸손할 수 있다는 것은 그만큼 높은 위치에 다다를 수 있다는 것이며, 상대를 포용하고 너그러운 인상을 줄 수 있다.

흔히들 자기 잘났다고 싸우는 사람들을 많이 본다.

연애에서 자기 잘났다고 싸우면 그 끝은 뻔하다. 연애만큼 빈번하게 만나 헤어지는 관계도 드물다.

친구는 만나면 평생을 같이해야 하고, 가족도 마찬가지이며, 학연 또한 마찬가지이다. 다들 일 대 일의 관계보다는 일 대 다수의 관계이기 때문이다.

하지만 일 대 일의 관계인 연애는 나와 상대만 정리를 하면 되는 것이기에 그만큼 정리도 쉬워지는 것이다. 감정적으로는 힘들겠지만…

상대의 자존심에 상처를 주지 않는 것은 연애에서 중요하다. 원만한 연애를 하는 데 도움이 된다. 하지만 겸손한 태도는 더욱더 연애를 한 단계 업그레이드시킬 수 있는 특별한 무엇이다.

여유가 없는 사람은 겸손할 수가 없다. 늘 마음을 느긋하게 가져라. 연애에서 혼자 갈 수는 없다. 아무리 급하더라도 같이 가는 길이다. 너무 빠르게 간다면 금방 지치고 중도에 포기할 수 있다. 한 걸음 멈추고 자기 자신을 돌아보고 상대를 생각하는 자세, 이것이 연애에서 말하는 겸손의 법칙이다.

연애코치
....
사랑 싸움에서 이기는 사람만큼 초라한 사람은 없다.
상대보다 우위에 있고자 하면 상대는 벌써 머리 꼭대기에 있다.
연애는 협상의 연속이다.

에필로그

에필로그

지금까지 연애를 잘 하자라는 말로 압축되는 얘기를 주저리 주저리 했다. 과연 연애에서 가장 중요한 것은 무엇인가?

연애 기술을 잘 이용하는 것, 아니면 자기 자신일까?

둘 다 아니다. 바로 지금 연애를 하고 있는 상대이다.

우리는 연애를 한다고 표현을 한다. 아주 능동적이다. 또한 자기 위주의 감정을 중요시한다. 하지만 키포인트는 상대에게 있다. 내가 즐거운 것도 상대를 통해서이고, 자기만족이나 연애 방식에서도 상대가 없으면 아무런 의미가 없기 때문이다.

그렇다고 상대 위주의 연애를 하라는 것은 절대 아니며, 단지 상대가 자신이 둘 사이의 연애에서 구심점이라는 생각만 들게 하면 된다.

연애가 어렵다? 아니다, 연애는 쉽다.

지금 당신에게 당신의 연애가 어려울 뿐이지 다른 이에게는 쉬워 보인다. 너무 몰입하는 것이 연애를 어렵게 만드는 것이다.

한 번쯤 다른 사람의 시각에서 연애를 바라보자. 아주 쉬운 길이 보일 것이다.